AF492496

1   El Adversario

El lance había resultado perfecto. Tres movimientos, dos vuelos rápidos "con toque", y el lance final depositando la mosca en el punto exacto del centro de la poza.

La caña de bambú asiático de tres piezas, ensambladas en Saint Etienne Francia, probablemente por los mejores artesanos de la confección y ensamblaje de cañas para la pesca con mosca del mundo, y traída hasta Sóller por mi tío Sebastián, que vivía en Tolosa del Languedoc, con todas las dificultades inherentes de la época, tanto por lo incómodo de los viajes, como por las aduanas, la caña se había portado como lo que era, una perfecta campeona.

La mosca estaba colocada en el punto exacto, el centro de la poza. El torrente de aguas claras discurría alegremente, que era lo que se deseaba, el sol acababa de asomar su nariz por entre las altas montañas de l,Ofre y els Cornadors un poco más hacia el sur, aunque sus rayos no llegaban todavía a acariciar la poza, con lo que no se producían aún destellos o falsos brillos que pudieran distraer a los peces. Se trataba sencillamente del cuadro idóneo que pintaría cualquier pescador de mosca del mundo.

Mis ojos estaban depositados fijamente en el centro de la poza, vigilantes ante todo movimiento o sombra que pudiera deslizarse, sobre o bajo el agua. Pero mi mente…, mi mente con el suave movimiento del agua, sus destellos que ya empezaban a adivinarse, y sus cantarinas melodías, mi mente viajaba…

Con qué inaudita facilidad la mente puede llegar a abstraerse de un determinado lugar, donde está su cuerpo, el cuerpo que la contiene y la alimenta, y … marcharse.

Marcharse a lugares lejanos, muy lejanos, y también con qué rapidez puede volver. Unos momentos antes estaba remontando el gran río Nilo a bordo de una faluca, y comandada por un nubio de piel oscura como el ala de un cuervo, y semblante feliz, probablemente pensando en las propinas que sacaría de aquel grupo de turistas despistados, que aquella mañana llevaba con su barca hasta las márgenes del templo de Philae, dedicado a la diosa Isis, la diosa egipcia femenina del amor, la maternidad y la magia.

Dicen las leyendas que cuando Osiris marido de Isis resultó asesinado por su hermano Seth, lo despedazó y arrojó los pedazos de su cuerpo por todo el país, Isis recogió estos pedazos, y juntándolos lo devolvió a la vida, refugiándose después en la isla de Philae para escapar de la cólera del asesino. Más tarde se levantaría en este lugar un templo en su honor para venerarla.

De repente una sombra, solamente una sombra con un sugerente movimiento debajo de la superficie del agua, resultaba un billete más que convincente para volver rápidamente, y prestar toda la atención del mundo, a lo que podría resultar ser un pez a la búsqueda de su desayuno.

La mosca estaba colocada en su sitio, el lance había sido hecho con una técnica perfecta, con la perfección que da la práctica cuando se acompaña de la paz interior, que sirve de filtro para todas las extrañas influencias a veces malignas del mundo exterior, junto a los movimientos del agua que hacían que ella misma se moviera pareciendo casi viva en sí misma.

¿Qué clase de pez sería el que no se dejara tentar por un cebo así?

La sombra ascendió lentamente, como no queriendo asustar a su presa, permitiendo así entrever sus reflejos plateados, principalmente cuando se ladeaba ligeramente.

Se trataba de un animal magnífico, precioso, enorme al parecer, nadaba lentamente como un verdadero campeón que domina completamente el medio en que se mueve.

Era sencillamente espléndido y toda mi atención estaba ahora contemplando, y pendiente de aquella aparición, la primera de la mañana y en la hora más oportuna. ¿O acaso no estaba allí para contemplar y saborear, vivir, en definitiva, aquella soberbia escena?

El pez dio todavía una vuelta más al cebo, antes de desaparecer en lo más profundo de la poza, lejos de las miradas de ojos ávidos, o indiscretos, que pudieran alterar de palabra, o mejor dicho de pensamiento, o de obra, su silencioso mundo.

¿Qué habría pensado el pez? para escurrirse de aquella manera, ¿Acaso había descubierto el engaño? Y si lo había descubierto, ¿Por qué ahora que el lance y las condiciones habían resultado perfectas? y no otros momentos que parecían tener otros inconvenientes añadidos.

¿O quizás sería este un pez diferente? ¿Quizás dotado de un más alto nivel de inteligencia, más listo, o simplemente más experimentado?

O acaso no tenía hambre, porque simplemente acababa de comerse otra mosca, o una ninfa del río había constituido su desayuno, y en realidad la única cosa que había hecho el animal, fuere subir a investigar unos extraños ruidos o movimientos que habían venido a alterar, en la superficie, la paz de su poza.

Habría que volver a intentarlo, tentación en estado puro.

Retiré la mosca con sumo cuidado para no alterarla o estropearla, y procedí a enrollar de nuevo todo el hilo. Lo mejor sin duda era empezar todo el lance desde cero.

Decidí que aquella mosca no había excitado suficientemente al pez, quizás lo mejor sería probar con una nueva y diferente, una más adecuada al posible tamaño del predador, al momento de la mañana, a la luz creciente, y cómo no al lugar elegido. Si, lo mejor la última de mis creaciones de moscas, porque una religión tan importante e interesante como el pescar, resulta el preparar los aparejos adecuados, confeccionar los cebos, cómo diseñar posibles estrategias de acercamiento, de lance. ¿Porque, qué es la pesca sino una constante investigación? un estudio, un constante aprender, ensayar, investigar, verdadero estudio diría un erudito, donde uno aprende, se amolda, en definitiva, vive.

Por esta razón yo me fabricaba mis propios cebos, moscas voladoras, ninfas, y toda clase de bichitos que podía ver y observar en las márgenes y vecindades de los ríos, de los torrentes o de los lagos locales.

Ahora se trataría de una libélula roja, como las que a veces volaban, a la salida del sol, sobre las aguas de aquella zona, y que había confeccionado con las plumas del cuello del gallo rojo de mi abuela.

Durante mis inicios como pescador, cuando un animal de la casa aparecía con el cuello pelado, como si le hubieran quitado la bufanda que llevaba, mi abuela, perfeccionista la mujer, que gustaba de jactarse de poseer los animales más gordos, más vistosos, y más bellos del lugar, y era verdad, además, terminaba por perseguirme escoba en ristre y echarme una bronca de aquellas de aúpa.

Y cuando vio que sus vecinos se mondaban de risa cuando ella, muy enfadada se lo contaba, casi con la misma vehemencia como si la hubieran atracado a ella misma y le hubieran robado toda la paga, que mi abuelo le entregaba para pasar el mes, y junto a algunas de las mejores truchas y barbos que pescaba y que le dejaba en la cocina dentro de un plato, cubiertas con una tela de lino, y eso sí, bien limpias de tripas y escamas, casi a punto de poner directamente a la sartén o al horno, la cosa decía, empezó a suavizarse y a cambiar, mi abuela comenzó a entender mis aficiones, pesqueras y a sacarles un rendimiento.

Digo un buen rendimiento, porque cuando pasaba un cierto tiempo que no le había llevado un presente de pescado, ya porque no había podido ir a pescar, ya porque nada interesante había sido cogido, porque no cada día es fiesta en la viña del Señor, entonces ella se hacía la encontradiza conmigo, y me recordaba que a mi abuelo le encantaban las truchas a la Navarra, o los barbos al papillote con menta, y como ya hacía mucho tiempo que no había comido, y que le encantaría que ella le guisara algunas.

Mensaje recibido.

Lo que tocaba era buscar el tiempo preparar los aparejos e ir a pescar, y las mejores capturas limpiarlas y dejarlas en la cocina de mi abuela, debajo de la consabida tela de lino. A cambio ella se olvidaba de mis diabluras con sus gallos, o sus ocas y gansos, y a veces hasta con los pelos de la cola de su perro. Porque todo el material es bueno para la confección de moscas, ninfas, y otros cebos tanto voladores como buceadores, que también habían sido ensayados, en mi constante búsqueda para mejorar las capturas.

La libélula roja me había salido casi perfecta, confeccionada con las mejores y más rojas plumas del gallo del corral de mi abuela, conseguía que con los primeros rayos de sol, el espécimen produjera unos cambios de color e irisaciones, que acentuaban si cabía, la sensación de vuelo y de movimiento típico de estos animalillos, que se pasan todo el día volando y planeando sobre los cursos de agua, muchas de las veces tocando con su cola la superficie del agua, como desafiando a los grandes depredadores que se mueven por debajo de la superficie, diciéndoles de alguna manera, que su velocidad superaba a la voracidad y a la velocidad de ellos, y llamándolas a la arena del desafío donde tendría lugar el desigual combate, porque si el pez se exponía solamente a perder algunas de sus energías y un poco de su tiempo en cada salto, la libélula exponía todo su cuerpo, su vida en definitiva, o lo que es lo mismo, todo su futuro y el de su posible descendencia.

Aun así, las libélulas siguen a diario desafiando su suerte, quizás porque para ellas la vida rutinaria no vale la pena ser vivida, o quizás sencillamente porque resulta que esto es la esencia del ser, de la libélula.

Ahora el lance requería de una técnica un poco diferente, ya que se trataba de un cebo un poco más pesado y menos aerodinámico.

Preparé la caña, volví a soltar el sedal que consideraba necesario, estudié de nuevo la distancia a la poza, como si de la primera vez se tratara, y empecé los movimientos de vaivén y toque preparativos para el lance definitivo.

La libélula tenía un movimiento diferente, y efectivamente resultaba más pesada que otros cebos, lo que requería de mí más atención y un buen juego de muñeca, más concentración, en definitiva. Levanté la caña, la volteé varias veces en el aire e inicié los movimientos básicos para el toque y el lance definitivo.

Un, dos, tres, la libélula en su arco aéreo tocó dos veces la superficie del agua alterándola ligeramente, para al final depositarse, casi con suavidad, casualmente, sobre el espejo del agua en el centro mismo de la poza.

La sombra hizo su aparición de nuevo, esta vez rauda de las profundidades, y se abalanzó como un torpedo sobre el insecto artificial de plumas de gallo, que estaba esperando con los espolones muy afilados.

Después del "golpe", el animal volvió a sumergirse en las profundidades de sus dominios, o al menos lo intentó, tensando el hilo que sostenía con mano firme, y clavándose el anzuelo profundamente en sus carnes, que le hicieron cambiar de idea y de dirección, en un intento de despistar lo que se le venía encima.

El pez zigzagueó, con energía puede que, con rabia, en un desesperado intento por arrancarse aquel objeto que le estaba torturando, complicándole la fuga y quizás la vida, pero sin resultado alguno.

El animal intentó sumergirse de nuevo y al no poder hacerlo, cambió bruscamente de rumbo, dando un vertiginoso salto fuera del agua, que lo llevó a volar unos metros mientras daba unas vueltas completas en el aire.

Al caer de nuevo al agua estaba libre, había conseguido romper la parte más fina del sedal, que debido a la tensión y al movimiento se había partido por uno de los nudos de unión.

El pez estaba libre.
Y de un buen pez se trataba.

Aquello era inaudito. El colmo de la mala suerte. El lance más bonito realizado en toda la historia de la pesca a mosca pasado y futuro, la trucha más grande y más bonita de todo el río Mayor del valle, el enganche más perfecto, y con un perfecto salto y cabriola aérea acababa de romper el sedal, y consecuentemente, escaparse.

No podía ser posible.

Si existía un dios del río, no podía ser tan cruel y permitir tales bromas, y mucho menos que tales faenas me pasaran precisamente a mí y a mi cebo de libélula roja, confeccionado con las mejores plumas rojas del cuello del gallo de mi abuela.

Estuve a punto de tirar la caña al suelo, de romperla. ¿Pero qué culpa tenía la caña? Y si luego se rompía, se trataba de una buena caña. Poco a poco después de la frustración inicial y de todas las palabrotas y maldiciones que se me acudieron, la sensatez se impuso y me senté sobre una roca mirando hipnotizado la superficie del agua de la poza, en el punto donde la trucha, se había sumergido definitivamente.

¿Quizás esperando que volviera a salir para desfacer el entuerto? .No. Aquello había sido el destino, y no había que darle más vueltas.

Un lance más para contar cerca de la chimenea, a la lumbre de una lluviosa noche de otoño, o quizás sentado en la barra de un bar frente a una buena cerveza fría un caluroso día de verano. Que por cierto resultan los lugares donde se pesca más, y donde los peces adquieren su máximo tamaño y longitud.

Decidí que en aquellos momentos lo mejor sería recoger las cañas y marcharme a casa a rumiar mi derrota. Mañana sería otro día. Y quizás mañana sería otra la suerte que estaría en juego.

2   Primeros Nudos

Dos son los recuerdos más antiguos que puedo encontrar rebuscando en el desván de mi cerebro.

El primero de ellos se trata de un recuerdo de violencia, en realidad de fuego mejor.

Se trata de un incendio que se produjo, o que produjeron en la carpintería donde trabajaba mi padre de encargado. Mi padre como San José era carpintero y especialista aserrador, en su juventud había participado en la guerra Civil Española, y como muchos de los jóvenes de aquella guerra resultó enlistado casi sin saber ni porqué, ni lo que en realidad estaba pasando, ni adonde iba, ni por quien iba a pelear, como suele suceder siempre, unos vejestorios mal carados y quizás debería decir mal lechados, inician una guerra y muchos jóvenes imberbes, e inocentes, son mandados a morir por su mal rollo senil. Decía que mi padre era el encargado de la aserrería donde trabajaba, y por ello vivíamos en la vivienda de al lado. Era el encargado de abrir el negocio por la mañana, de cerrar al atardecer, y de vigilar por las noches y hasta los fines de semana.

Aún después de haberlo cerrado todo, y sin nada de un especial valor en el taller, mi padre hacía frecuentes rondas para comprobar que todo estaba correcto y en orden.

"Voy a pasar revista" solía decir, y mi madre sabía así en todo momento donde estaba, o donde tenía que buscarlo en caso de necesitarlo. Tanto mi madre como yo estábamos acostumbrados a aquellas rutinas, incluso años más tarde, en más de una ocasión lo acompañé en su ronda de vigilancia, me gustaba ir con él porque en estos momentos el hombre quizás se ponía romántico y solía contarme sus aventuras y batallitas durante su tiempo de mili que, con guerra incluida, llegó a durar más de siete años. Lo que significaba historias mil.

Un día de invierno, ya oscurecido, mi padre regresó antes que de costumbre y lívido de su ronda, hablaba con dificultad y empezó a dar órdenes a mi madre:

- Coge al niño, todo el dinero que tenemos en casa, tus joyas – que no eran muchas - así como las cosas de valor, la ropa más imprescindible y márchate corriendo a casa de las vecinas. Hay fuego en la aserradora.

Mi madre no necesitó escuchar más, sabía que en un lugar donde hay mucha madera almacenada, y mucho serrín por todos sitios, es un lugar muy peligroso, un lugar que puede arder con extremada facilidad, se trata de pólvora pura y la mecha ya estaba encendida, así que sin más se puso en marcha siguiendo las instrucciones de mi padre al pie de la letra.

Mientras mi padre empezó a dar la alarma a todo el vecindario, recabando la máxima ayuda y organizando todo el dispositivo para sofocar el fuego.

- Tú llégate hasta el cine Alcázar, y diles a todos que aquí hay fuego, y agradeceremos su ayuda.

  Tú recoge todos los cubos y recipientes útiles de todo el vecindario y tráelos aquí.

  Tú ayúdame a montar dos filas de personas, los hombres delante que acarrearán los cubos llenos, las mujeres detrás que harán correr los vacíos hasta la acequia que está a la vuelta de la esquina.

  Tú llégate al ayuntamiento y avisa a los serenos.

  Tú acércate al domicilio del dueño de la aserradora y explícale lo que ocurre.

Era un jueves, y por aquel entonces los jueves había una sesión de "Cine Club" donde se pasaban películas para los adultos por lo que resultó relativamente fácil reunir a mucha gente. Desde luego, ante la seriedad del problema acudieron todos sin dilación.

Como curiosidad, la sesión de cine fue suspendida y postergada la sesión para el día siguiente. Todos acudieron para apagar el fuego. Era un pueblo y así se hacían las cosas.

Sin mucho tardar las cosas se fueron organizando, las líneas de hombres y de mujeres se formaron rápidamente, y el agua empezó a llegar con regularidad hasta el foco principal del fuego, mi padre era el que echaba el agua procurando ser sistemático y dirigiendo los cubos hacia las zonas que pudieran ser de más efectividad, los chicos jóvenes apagaban los fuegos secundarios más pequeños y no peligrosos con palos y escobas mojadas, y así poco a poco y con mucho esfuerzo de todos los que allí trabajaron, fue resultando primero dominado, y luego al final sofocado y extinguido definitivamente, procurando remojarlo todo adecuadamente, para que no se reactivase de nuevo.

Más tarde los informes de los especialistas de la Guardia Civil confirmarían lo que mi padre sabía desde el primer momento al ver como el fuego resbalaba por la pared, el incendio había sido intencionado, al parecer como una revancha por extrañas deudas adquiridas y nunca pagadas por el propietario de la factoría.

Mientras todas estas cosas sucedían en la calle yo estaba al cuidado de una señora mayor vecina nuestra que, al no querer perderse el espectáculo, subió conmigo a la terraza de su casa que era como una butaca en primera fila y allí pasamos media noche, y por supuesto yo también, de aquí mis vívidos primeros recuerdos del aquel evento que resultó magnífico, digno de ser recordado.

Meses después la Guardia Civil "pescaría" al pirómano que confesaría su delito, lo justificaría como una venganza por una deuda de juego impagada y rechazada.

¡Je!, el fulano casi nos asa, porque otra persona que no éramos nosotros, le debía un dinero perdido en una partida de póquer, más o menos ilegal y que no quería saldar. ¡Cuán perros podemos llegar a ser los humanos!

El segundo de mis más antiguos recuerdos resulta, comparado bastante tranquilo.

Anochece, mi madre termina de fregar los platos después de la cena, y está previsto que cuando haya terminado se sentará a escuchar una vieja radio de bombillas que mi padre ha montado a partir de unos apuntes que le han regalado de la CCC o estudios por correo, muy generalizados en el momento, , y de paso para no perder el tiempo y "pasar la velada" arreglará unas cestas de una vecina que le ha traído para ello, y luego tejerá o tricotará un jersey de lana recuperada de otros más viejos, para mi padre que llevará el próximo invierno durante su trabajo. La idea es sencilla, cuantas más cosas confeccione ella, menos habrá que comprar, y más dinero se ahorrará por estos conceptos.

Mi padre ha cenado, se sentará unos minutos para fumar una pipa de picadura que ha conseguido un poco de contrabando, el tabaco es escaso y caro, mientras se sienta tranquilamente cerca del fuego, no sin cierta dificultad y después de mover la antena de la radio unas cuantas veces, consigue sintonizar la emisora nacional, para escuchar las noticias de lo que sucede y de lo que no sucede en el país, el tiempo, parte quizás la más importante de todas o al menos de mayor interés, y después por supuesto el programa de "Corín Tellado" o bien una novela policíaca muy interesante, después despliega sus utensilios y empieza a confeccionar pies de línea, para la pesca en el mar, anuda hilos para no desperdiciar ni un solo trozo del preciado nylon.

-   Son caros

Advierte, y ¡cómo no!, y "muy difíciles de conseguir"

Fabrica flotadores, improvisa, y de vez en cuando hace algún invento, siempre con la intención de pescar algo interesante. Con dos finalidades: La pasión por la pesca, y de paso traer un poco de pitanza a casa en forma de pescado "que si hay que comprarlo resulta muy caro".

Más tarde montará su pequeño torno de fabricación propia, mi padre siempre fue especialmente mañoso con sus ideas y sus manos, comienza a confeccionar moscas, ninfas, pececillos, todo tipo de cebos para la pesca al vuelo.

Como es muy bueno en ello, por tanto, sus cebos muy valorados, venderá algunos en la tienda de la plaza Mayor, con sus beneficios podrá seguir comprando material para poder continuar fabricando sus afamados cebos, conseguir que al final la afición se autofinancie sola. Y si además alguna vez consigue una pesca especial, o un pez de "diez" grande y hermoso, lo venderá al restaurante que hay cerca de la estación del tren, y así le pagarán un sobresueldo, que posteriormente dará a mi madre para que ella "en su sabiduría" lo administre.

Yo todavía soy pequeño, pero después de cenar se me permite durante un ratito escuchar la radio, sobre todo si hay música, antes de acostarme. Me siento junto a mi padre y bajo su supervisión realizo algunos trabajos de pintar o de caligrafía para la escuela.

Me fascinan las moscas que confecciona mi padre, pero como no puedo tocarlas, porque "pican", las pinto.

Ojeo los libros que tiene mi padre, donde él recoge muestra e ideas, en ellos aparecen dibujos de insectos y otros bichitos que viven cerca de la ribera, para fabricar sus cebos. Sólo tengo un lápiz de carbón, pero, aun así, hago lo que puedo. Estoy contento porque mi madre me ha prometido que si me porto bien y hago los deberes puntualmente los reyes Magos de Oriente me traerán una cajita de lápices de colores Faber, y entonces podré colorear mis dibujos como están en el libro de Papá.

Mi padre, a su vez, me ha prometido que, si sigo estudiando en el colegio, pronto seré un poco mayor, y así él podrá enseñarme a hacer nudos de pesca y a atar trozos de sedal de nylon, y quizás ya el próximo año podrá enseñarme a manejar el pequeño torno, y empezar a confeccionar moscas volantes y otros cebos.

¡Qué envidia!

Le pregunto con ansiedad a mi madre cuando creceré más para poder manejar el torno de las moscas. Mi madre responde que si como mucha verdura creceré antes. La verdad es que la verdura no me gusta nada, pero sobre todo los guisantes a los que odio casi a muerte. Pero si resulta que este es el precio para crecer y poder manejar el torno de mi padre, entonces comeré más verdura. Y así me la como, incluso los odiados guisantes.

Poder manejar el torno y con un anzuelo, un trozo de hilo, una pluma roja de gallo, un poco de pelo de perro de la abuela, fabricar una mosca y con ella engañar una trucha y poder pescarla y asimismo los codiciados salmones, se me antoja como la cosa más maravillosa del mundo.

Entonces no me daba cuenta, pero aquello era como crear algo diferente del punto o de los materiales de partida, increíble, ahora sé que ya entonces se me antojaba cómo jugar un poco a ser un dios menor, eso sí, pero un dios, al fin y al cabo.

Aunque alguien pueda tildarme de ser un poco hereje, ahora debo confesar que todos los pescadores tienen, tenemos un dios particular, se trata de una especie de dios que habita en el río donde uno más suele acudir a pescar en sus ratos de asueto, y al que cuenta sus problemas, confía sus secretos más íntimos, y debo decir que aunque no escucha mucho, porque se ha llegado a decir que los dioses del río son un poco sordos, la verdad es que tampoco lo traicionan a uno, y yo en mi interior pienso que si pueden hasta nos echan una mano. De vez en cuando.

Bien estos resultan ser mis dos recuerdos más antiguos, violento y espectacular el primero, de asombro y de miedo un poco mezclados, tranquilo el segundo, de placer y reposo.

Si sigo hurgando en mi memoria, recuerdo ¡cómo no!, el día en que mi padre empezó a enseñarme como hacer buenos nudos de pescador, estaba sentado en el suelo intentando componer unas canicas de vidrio en una pequeña cajita de latón, ¡ven! me dijo, vamos a hacer unos nudos de pescador, nudos que aún hago ahora, sencillos pero muy efectivos. Para juntar sedales entre sí y que no se suelten, para anudar anzuelos, para fabricar pies o bajos de línea, para atar cañas, incluso algunos secretos, que en el mar se estilan mucho, eso de los secretos, para hacer un buen curricán que no se rompiera fácilmente a la tracción de un pez más grande de lo habitual, que siempre uno siente mucho más el perderlo. Y...por fin a usar el torno y poder confeccionar mis propias moscas, y toda la filosofía que envuelve este mundo.

Debo admitir y confesar, que esto es más difícil de lo que parece o se dice, y que tuve que desmontar y tirar muchas moscas que me salieron como churros antes de llegar a conseguir una medianamente buena para poder probar con ella, y parece mentira, pero si una mosca no está solamente un poco bien confeccionada, ni vuela bien, ni se mantiene sobre el agua, se hunde. En fin, un desastre después de otro con el subsiguiente resultado final de que las truchas no pican.

En un principio llegué a pensar que uno puede confeccionar la mosca que le de la real gana, pero eso no resultó ser así, al final uno tiene que pasar el examen del río, y los peces los severos jueces que dan el aprobado definitivo. Uno podrá decir que la mosca es buena, que patatín que patatn, pero si no coge truchas al final tendrá que tirarla.

Examen práctico del río, veredicto: suspenso.

A tirar la mala mosca, y a empezar de nuevo, a ser más humilde, a reconocer los errores cometidos, a esmerarse mucho más, y ala a empezar con una nueva mosca. Que a su vez tendrá que pasar de nuevo el examen, y si uno no ha aprendido nada, si uno no ha intentado en serio mejorar, si uno no se ha esforzado lo suficiente, ¡ala!, mismo resultado, o sea: cate.

Pero mientras, recuerdo aquel día como si hubiera encontrado oro. Mi padre como solía hacer siempre, incluso con los mismos movimientos, montó el torno y dispuso todos los útiles y todos los materiales, pero esta vez en lugar de sentarse en la silla, como solía hacer siempre, esta vez me llamó a mí.   ¡Siéntate!, me dijo, y colocándose a mis espaldas me cogió las manos y me las colocó sobre el torno, empezando sus explicaciones.

¡Esta es la postura!, luego empezó a enseñarme los movimientos básicos, a corregir los errores de principiante o comunes, y a prestar especial atención a los anzuelos. ¡Lo más imbécil – dijo – es pescarse a uno mismo!, aunque parezca redundante hay siempre que saber dónde uno tiene las manos, hay que procurar hacer siempre el mismo tipo de movimientos, estudiarlos, sistematizarlos, y así evitar errores y accidentes que, aunque no muy peligrosos, si pueden llegar a resultar muy dolorosos, porque tener un anzuelo bien clavado en el dedo, resulta una muy dolorosa experiencia.

Yo procuraba tener los ojos y los oídos bien abiertos para que mi padre no tuviera que repetir las explicaciones dos veces.

Así, me fui aficionando a aquellos "trabajos manuales", mi padre entonces me dejaba su torno, y me mostraba uno de los insectos de su libro, y me daba tres o cuatro días de tiempo. Yo debía buscar los mejores materiales, y confeccionar mi cebo lo más parecido posible al modelo del libro.

- Un buen pescador debe saber confeccionar sus cebos, y para ello uno debe comprender al río… ser río.

Fue entonces cuando empezaron los desastres. Me había tomado tan en serio aquello de la confección de cebos, que no tenía reparos ni freno para conseguir los materiales que creía necesitar para que el resultado fuera lo más perfecto posible.

Recuerdo que una vez necesitaba dos puntitos negros para poner ojos a una libélula que estaba confeccionando, y no podía encontrar nada que se asemejara ni de lejos, a unos posibles ojos. Hasta que vi a mi abuela con su collar de azabache negro como el carbón, las cuentas centrales eran muy grandes, pero iban decreciendo y haciéndose más pequeñas a medida que se alejaban del centro y se acercaban al cierre. Las últimas cuentas tenían la medida perfecta que yo necesitaba.

Vigilé casi dos semanas a mi abuela para poder llegar al collar, al fin me hice con él. La idea era sacar las dos últimas cuentas que necesitaba, una de cada lado, y volver a dejar el collar bien anudado y en su mismo sitio para que nadie se diera cuenta del cambio. Quitar las cuentas resultó fácil, pero ya que estaba en plena faena decidí que si quitaba dos más y las guardaba para futuros animalitos tampoco pasaría nada. Pero el problema no consistió en desmontar, sino en volver a montar. Los nudos no terminaban de quedar lo discretos que deberían, y eso que ya sabía hacer varios tipos de ellos. Me puse nervioso, y cuando oí pasos en la entrada de la casa, entonces ya no pude más y dejé el collar con los nudos que había hecho.

El resultado de la aventura fue la confección de una libélula de "examen" o sea casi perfecta, incluso mi padre dijo que le gustaría probarla en el río. Lo cual me satisfizo de sobremanera, y me llenó de orgullo.

La otra cara de la moneda resultó que días después cuando la abuela fue a colocarse el collar, - del que estaba muy enamorada porque se lo había regalado su marido, mi abuelo -, el nudo se deshizo, el collar se cayó al suelo y se desmontó totalmente, llenando la habitación de bolitas negras azabache por todos los rincones.

Mi abuela supo al instante que alguien había manipulado su collar. ¿Y quién podía ser el puñetero travieso que había podido hacer tal cosa?, ¿Y para qué alguien quería manipular un collar y no llevárselo?

Bien, un ladrón quedaba descartado, tenía entonces que ser algo tipo travesura, y los cañones empezaron a apuntar en mi dirección. Cuando mi padre supo lo del collar, enseguida fue hasta su caja de cebos para revisar la hermosa libélula y sus negros ojos de cuentas azabache.

El castigo resultó ejemplar, tuve que recoger todas y cada una de las cuentas que habían quedado esparcidas por la habitación, tuve que recorrer todo el espacio de rodillas para asegurarme que nada quedaba por el suelo o los rincones, y desde luego devolver las cuentas "robadas".

Mi gran libélula, mi obra maestra se quedó ciega, sin ojos.

El colofón de la historia era que yo tendría que pagar de mis ahorros el montar y arreglar el collar roto. ¡Esto sí, que me dolió!, mis arcas se quedaron vacías como si hubiera pasado por allí un barco de piratas y ladrones.

A cambió aprendí que el joyero tenía una caja de puros llena de cuentas de todos los colores sobradas o quedadas de otros collares anteriores.

Juré. Me juré a mí mismo que no volvería a hacer nada por el estilo. En el fondo la libélula había quedado muy bien, pero robar las cuentas del collar de mi abuela me había salido extremadamente caro, resultaba mucho más barato comprar lo necesario en la tienda de la plaza.

Pero ahora ya estaba cogido por la fiebre de las moscas ¡y eso que aún no había comenzado a pescar! así que cuando las aguas volvieron a su cauce y la cosa empezó a olvidarse, yo volví de nuevo a mis pinitos de montador de moscas y cebos para la pesca al vuelo.

Un día, unos tíos lejanos de mi padre que vivían en Francia vinieron de vacaciones a Mallorca. Como buenos franceses que eran, les encantaba la pesca, todas las modalidades de ella, y traían cañas, buenas cañas, carretes hilos y todo tipo de cebos desconocidos para mí, y un libro.

El libro no era otra cosa que un vademécum de material de pesca de unos grandes almacenes franceses, pero qué libro, y qué material. Siempre que mis padres iban de visita, yo me pasaba todo el tiempo ojeándolo una y otra vez. Aquel libro terminó convirtiéndose en una biblia para mí. Cuando los tíos se marcharon de regreso a su país, me lo regalaron convirtiéndose así en la pieza central y esencial de la mesa de mi habitación.

Llegué a conocer casi de memoria todo lo que allí estaba escrito, aún sin entender, estaba en francés, me sabía nombres y números de referencia de memoria, igual que si yo fuera el representante de aquellos productos, de aquellas cañas, de aquellos hilos, y de todos aquellos cebos.

Y por supuesto también se convirtió en fuente de inspiración para mis nuevas creaciones.

Una noche después de la cena mi padre empezó a repiquetear unos aros de latón. A pesar de mis insistentes preguntas, él hombre no soltaba prenda, pero yo en mi fuero interno "sabía", "intuía", que había empezado la construcción de una nueva caña de pescar, y en mi profundo interior también sabía que sería para mí.

Así que seguí muy de cerca sus trabajos y sus progresos, pero procurando no importunarle demasiado con mis preguntas. La verdad es que no quería retrasarlo.

3.- El Valle

Cuentas las antiguas leyendas, que estando los dioses del Olimpo jugando a diversos juegos del escondite, por todos los rincones de la tierra, dos de ellos, a saber Ares y Artemisa corrieron juntos en la misma dirección, y saltando montañas, ríos, valles, y hasta mares en su alocada carrera por no ser hallados, fueron a esconderse en una de las islas más alejadas del Mare Nostrum, mucho más allá de las fraguas de Vulcano, y no muy lejos de las columnas de Hércules, que indicaban el fin del mundo conocido, donde empieza el océano tenebroso. Y lo hicieron, ¡oh! Casualidad, entre las mismas montañas.

Tanto corrieron y tanto se alejaron, para no ser hallados, que de pronto se encontraron cansados y perdidos ellos mismos, en los confines de aquellas tierras, además ya el día empezaba a tocar a su fin.

Tras un breve parlamento ambos, dios y diosa, decidieron descansar y pasar la noche en aquel lugar, y ya a la mañana siguiente seguirían su camino de regreso.

Pero aquella noche, aunque estrellada y hermosa, resultó más fría de lo que ambos habían imaginado. Y por si fuera poco Ares había dejado sus piedras de encender fuego, con la finalidad de poder correr más ligero. Para conservar un poco su calor corporal, se fueron acercando lentamente el uno al otro, y como era de esperar pronto terminaron en un profundo abrazo. Abrazo que ayudaba a conservar el calor de sus cuerpos, pero a la vez que encendía la pasión de sus almas.

Siendo ambos jóvenes y fogosos pronto se olvidaron del frío de la noche y hasta del rocío que ya cubría sus cuerpos, e iniciaron un apasionado ritual de caricias besos y abrazos, que pronto terminarían indefectiblemente haciendo el amor.

Artemisa que sentía sus entrepiernas ardiendo como si tuviera un volcán entre ellas, aposentó firmemente sus nalgas en el suelo sin prestar atención ya a ninguna frialdad, y abriendo sus piernas ofreció su poblado Monte de Venus y su inflamado introito vaginal a su compañero Ares, que, consumiéndose en el fuego del deseo y de la pasión, como estaba, la poseyó allí mismo una y otra vez con tan fuertes sacudidas que hicieron temblar la tierra.

Con la violencia de su joven y mutuo amor, ardiendo por la pasión del momento y el vaivén de las nalgas de Artemisa, bajo las embestidas apasionadas de su compañero el dios Ares, poco a poco se fue labrando en medio de aquella tierra perdida y casi olvidada, una especie de valle con dos cuencos uno a cada lado correspondiendo ellos a cada una de las nalgas de la diosa. Y entre ellos, por los derrames de su amor de uno y otro, sucedidos durante aquella larga y apasionada noche, quizás deberíamos decir celestial, se formó una especie de erosión, y de allí nacería, como no podía ser de otra manera, un río que discurriría suavemente hacia el mar Mediterráneo, o mejor deberíamos decir, hacia el Mare Nostrum.

A ambos lados del gran valle unos montículos de tierra y piedras que con el paso del tiempo se irían transformando en la "Serra de Tramuntana" que en sus picos más altos sería la encargada de retener las nubes que preñadas de humedad acuden desde el mar, para dejarla caer después en forma de lluvia humedeciendo sus laderas, e ir formando después los diferentes ríos y torrentes del valle, cuyas aguas limpias y saltarinas resultan el lugar ideal para crecer y engordar las mejores y más bravas truchas del mundo.

Solamente en algunos torrentes de Chile, que descienden raudos de los altos Andes al mar, llegan a darse animales de tal bravura.

También los salmones, en sus épocas de cría, remontan sus aguas con ingentes esfuerzos, probablemente enamorados o mejor seducidos por su pureza, o su dulzura, o ambas cosas a la vez.

En aguas ya más bajas y tranquilas se pueden encontrar los barbos que, aunque gordos también presentan su pelea para salvar sus escamas, y asimismo gobios pequeñitos, cerca de la desembocadura.

Y cuando las aguas que bajan de las montañas frescas y dulces se juntan con las del Mare Nostrum forman una zona de aguas salobreñas donde abundan lisas y mújoles enormes, y como no, los apreciados "llops" lobos de mar o lubinas, de bravo cuerpo y blancas carnes, quizás uno de los más sabrosos y por ello apreciados pescados del mundo, apreciados por cocineros y gourmets, para ser cocinados y degustados directamente a la plancha, a la sal, al papillote, con salsa verde y otros guisos, o con los nuevos experimentos de lo que ha venido en llamarse "la nouvelle cuisine" o cocina de autor, que a decir de mi abuelo es: "El comer sin comer nada, y el pagar una abultada cuenta", esto lo retratan magistralmente "el Tricicle" en uno de sus increíbles sketches.

Pero volvamos al valle.

Las montañas son altas, en sus cumbres más allá de los dos mil metros apenas ya se encuentran algunos matojos de romero y "camamilla" o manzanilla de roca, que florece ya avanzado el mes de junio perfumando con su olor las cumbres como una novia que acude al altar.

Decía mi abuelo, ladino él, que aquel olor era la que desprendían las piernas de la diosa Artemisa cuando se abrieron al mundo, inflamadas de deseo, y que todavía en ciertos momentos las altas montañas recuerdan, o quieren recordar a los mortales, para que nos hagamos una pequeña idea de lo que supone el deseo y la pasión de una diosa.

Sea o no el olor de la diosa, la verdad es que, si uno tiene la suprema suerte de subir y visitar las cumbres y coincidir con la máxima floración de aquella manzanilla silvestre que allí florece, se encuentra con la máxima exaltación de uno de los sentidos, que algunos consideran menor, pero que allí y en aquel momento, uno llega a entender su exacta importancia y resulta a partir de este instante cuando se aprende a valorarlo en su justa medida.

Para mí, el olor en la relación erótica de un hombre y una mujer siempre ha sido algo muy importante y único, determinante quizás.

Como seguramente determinante resultó para Ares y Artemisa, y por ello las montañas de la "Serra de Tramuntana" que tienen más y más antigua memoria que nosotros, honran aquel momento sagrado, haciendo florecer la manzanilla de la montaña toda a la vez, perfumando todas las cumbres con una olor única y embriagadora, y además extremadamente sugerente.

Cuando uno desciende un peldaño hacia las tierras bajas, aparecen los bosques de encinas, tejos, y alcornoques corcheros, aquí ya es donde aparecen los animales de todo tipo, y es aquí donde en tiempos prehistóricos apareció el más animal de todos, llamado "el hombre".

También a este nivel se encuentran los grandes pantanos de "Cúber" y del "Gorg Blau", de aguas frescas y transparentes, antiguamente más pequeños, pero ahora muy recrecidos gracias a sendas presas que retienen las aguas que bajan de las laderas de las montañas más altas que los circundan, o de los deshielos los años particularmente fríos cuando las cumbres se cubren de blanca nieve, que dan un aire de novia especial a toda la cordillera.

En ambos pantanos encontramos truchas arco iris, probablemente por repoblamientos en tiempos pasados y que se han adaptado definitivamente a este medio. También hay carpas de espejo, animales curiosos y de una voracidad sin límites y que he visto pescar de más de treinta kilos de peso la unidad.

Si serán grandes, que, durante una época de locuras juveniles, no habría de ocurrírseme otra idea que pescarlas con arco y flechas, el problema es que había que tener la flecha bien atada ya que de no ser así el animal con su fuerza se escapaba con ella clavada. Y también los enigmáticos lucios, siempre al acecho, siempre dispuestos a hacerse con una presa, y de extraña historia, porque antiguamente eran desconocidos y de repente un buen día aparecieron para mayor gozo de los pescadores, ya que constituyen un rival también muy valiente e interesante, sobre todo para los amantes de la pesca de lance o el uso de cucharillas.

Tipo de pesca que a mi particularmente me gusta mucho.

En el río Ebro que atraviesa casi todo el continente y es el mayor de todos de la península Ibérica tampoco antiguamente había siluros, y un buen día alguien con mucha suerte pescó uno de grandes dimensiones, y desde entonces la pesca del siluro del Ebro sobre todo en la zona de Mequinenza, mueve mucho turismo de pesca de esta especie y mucho dinero alrededor, y además como curiosidad, estos siluros recién aparecidos han llegado a convertirse en los más grandes de Europa.

En estas zonas de alta montaña vivieron los primeros habitantes de las Islas, mejor debería decir de la zona.

Soy un hombre rico en amigos. Tengo entre ellos a dos hermanos que vivieron en la finca de "Cúber" alrededor del gran pantano del mismo nombre, durante su juventud, y ambos son dos verdaderos arqueólogos "en espíritu", los llamo yo, porque seguro que nacieron ya siendo arqueólogos, y durante toda su vida, más o menos, se han dedicado y seguro que se dedicarán a ello,

El mayor ya descubrió una cueva por aquellos entornos, cueva que lleva su nombre "es Coval Simó" donde se han encontrado restos humanos prehistóricos, al parecer se desprendió una piedra enorme del techo, quizás por un terremoto o movimiento de tierras sepultando a todos los que estaban debajo, lo que motivaría que la cueva fuera abandonada después dejando a los pobres infelices bajo aquella impresionante sepultura.

El menor de ellos Antonio, co-descubrió y excava aún todavía otra cueva muy especial, que al parecer ha sido modificada por mano humana a la que llaman "Sa cova de sa Cotorra", o sea la "cueva de la vulva" ya que la entrada del recinto es igual al introito de la vulva de una mujer, donde la zona de los labios al parecer han sido retocados por la mano del hombre para acabar de darle forma, y la zona correspondiente al clítoris aparece un agujero, también hecho por mano humana, o quizás retocado de uno primitivo y donde durante dos veces al año durante los solsticios, la luz penetra a través de él, iluminando una zona muy concreta de la cueva, al parecer donde se llevaban a cabo los ritos de fecundación, o el "rito de la cabra".

Todos estos hallazgos y teorías se han inferido por el carácter ritual de la cueva, y por una tablilla de piedra plana hallada allí que presenta un grabado, como el que seguidamente reproducimos:

Grabado

El grabado representa de una manera muy esquemática a un hombre y una mujer copulando, lo llamativo es que el hombre parece llevar sobre sus hombros una capa que correspondería a la piel de una cabra, y además aparecen dos líneas descendientes y divergentes que enmarcan la zona del acoplamiento y que representarían los rayos del sol, que así dos veces al año durante los solsticios se introducían a través del orificio correspondiente al clítoris de la entrada de la cueva, y que serían las fechas en que se llevaría a cabo este rito de fecundación ante todos los componentes de la tribu, y con no otra intención que mejorar el futuro de la tribu, aumentando y mejorando la fecundidad de bienes, animales, y personas.

Djatrak corría como si lo persiguieran cien demonios. Si conseguía arrinconar aquel grupo de cabras contra el acantilado, serían suyas. Y si llegaba al poblado con una cuerda de cabras como aquella, entonces sería considerado como el mejor cazador y nombrado como embajador de la tribu ante los dioses, para llevar a cabo los ritos de fecundidad de aquel período.

Por si fuera poco, Bomar era la hembra elegida, y él estaba enamorado de Bomar, y si era el primero en poseerla y además durante los ritos de fecundación de la cabra, lo más probable es que se casara definitivamente con ella. Y él, Djatrak estaba profundamente enamorado de Bomar, y pensaba que no podría vivir si otro se la llevaba, sobre todo el bestia de Gomit que era su más directo competidor y por el momento considerado como el mejor cazador de la tribu de la cueva de la vulva.

Además, él estaba seguro de que Gomit no amaba a Bomar al menos como lo hacía él, para su rival, aquello sólo era un peldaño más en su ambición para llegar a ser el jefe de la tribu.

Para él, para Djatrak no era ambición de nada lo que le motivaba, sino solamente el amor por aquella mujer de ojos de miel y pechos hermosos, que en todo momento ocupaba su mente, y enloquecía sus noches. Por eso ahora no podía fallar. Siguió corriendo como nunca lo había hecho, hasta conseguir acorralar a todos los animales en aquella especie de grieta y contra el acantilado, una vez allí mataría primero a las cabras más grandes, las que dirigían el grupo, e intentaría coger a las más pequeñas vivas, cuantas más mejor, su amor y su orgullo lo reclamaban.

Pero la cabra se trata de un animal indómito, tozudo, escurridizo, y que no se rinde fácilmente. Para Djatrak sería toda una hazaña coger unas cuantas y sobre todo si las quería vivas.

El gran macho que dirigía el grupo resultó el primero en no querer aceptar que estaban enrocadas, atrapadas entre el cazador humano, y el precipicio, e inició los primeros movimientos para escaparse. El joven cazador que ya esperaba una conducta similar, se apresuró a lanzar uno de sus venablos al pecho del imponente animal de casi dos metros de envergadura. El gran macho estaba parado entre las rocas y los matorrales y el venablo lanzado con brazo fuerte y hasta casi con rabia se introdujo entre sus carnes partiéndole en dos el corazón, y el animal se venció limpiamente sin emitir ningún sonido.

Ahora el joven cazador centró su atención en el segundo de los machos, bastante más joven y ágil que su jefe, y trató de colocarse en una posición idónea para poder lanzar su segundo venablo. Se movía ahora muy lentamente para no asustar mucho, a los de por sí ya asustados animales, además de vez en cuando rompía unas ramitas de lentisco que se frotaba por todo el cuerpo para disimular un poco su olor.

De repente el animal inició una alocada carrera intentando escaparse de la trampa, el cazador no tuvo otra opción que, cogerlo por los cuernos, intentar tumbarlo al suelo y golpearle la cabeza con una piedra, lo consiguió, pero a duras penas ya que el animal era muy fuerte, estaba muy asustado y peleaba con desesperación. De alguna manera sabía que estaba luchando por su vida. Mientras estaban enzarzados en esta pelea, algunas de las hembras intentaron y consiguieron escapar por el otro lado de la trampa.

Este hecho desesperó al joven cazador que golpeó con más saña y rabia al indómito animal hasta rendirlo definitivamente. El joven se levantó, y aunque se sentía un poco mareado por el duro esfuerzo realizado, se obligó a recoger su venablo y su lanzador y situarse de nuevo en el camino de escape de los animales, que nuevamente se detuvieron titubeando y caracoleando sin atinar que dirección dirigirse.

Esto le dio tiempo para colocar el venablo en el lanzador, y esta vez ya no fue tan selectivo, eligió al animal que tenía más cerca y le lanzó la larga vara hiriéndole de muerte.

Tenía ya tres piezas cazadas, él solo, sin más ayuda que su cabeza sus manos y sus piernas, no estaba nada mal como cacería, pero no quería ni podía dormirse en los laureles, no solamente tenía que demostrar que era un buen cazador, sino que tenía que ganar, que ser el mejor, en aquella carrera no había premio para los segundones, y el premio valía todos los esfuerzos. Bomar.

Recordar su semblante siempre alegre, sus pigmentados pezones, el movimiento de sus caderas, le dio nuevas energías, y centró de nuevo toda su atención en los asustados animales que se revolvían esperando su oportunidad para escapar.

Lentamente y con movimientos suaves intentó coger el primero de sus venablos que todavía atravesaba el cuerpo del gran macho, y cuando pudo alcanzarlo y se hizo con él un chorro de sangre salió por el agujero de la herida dispersando más todavía el olor a sangre y a muerte, poniendo más nerviosos a los animales que quedaban en la trampa.

Ahora ya no podía perder más tiempo.

Lanzó de nuevo al venablo eligiendo esta vez a una hembra joven que llevaba un cabritillo muy joven, esperaba matar a la madre y que el cabrito se quedara junto a ella, luego intentaría cogerlo vivo.

La cabra al sentirse herida empezó a dar balidos de terror y de muerte, terminando de enloquecer el resto de los animales que iniciaron una alocada dispersión, algunos incluso cayeron por el precipicio, de lo que tomó nota el joven, posteriormente iría a por ellos. Consiguió agarrar a otro cabritillo joven, atarle las piernas con una cuerda de pelo que llevaba sujeta a la cintura, también consiguió atar al otro huérfano, mientras el resto de animales se esfumaba entre las matas y las rocas, dando la cacería por terminada.

No había sido un día nada malo, había conseguido matar a tres adultos, cogido vivas a dos crías que tenía atadas, y con un poco de suerte todavía podía buscar a una o dos que se habían despeñado, si las encontraba redondearían la cacería.

Dudaba que Gomit pudiera mejorarle, y si era nombrado mejor cazador tendría el honor de fecundar a Bomar y posteriormente a casarse con ella.

Decidió que lo mejor era llevarse a los dos pequeños y a la hembra muerta, a los dos machos los subiría a un árbol para evitar a los carroñeros para volver más tarde y con ayuda, a por ellos, para finalizar dando una batida por los bajos del cortado y si encontraban algún animal más engrosaría su lista de capturas del día.

Llegó el primero al poblado. Cuando contó su cacería y fueron a recoger los dos grandes machos atados encima del árbol, todo el poblado celebró el resultado de su cacería, y cuando al fin encontraron dos animales más despeñados ya nadie dudaba que aquella temporada Djatrak sería nombrado vencedor, cuando sonó el cuerno que anunciaba la llegada de otro cazador, y Gomit hizo su entrada en escena, venía acompañado de tres de sus incondicionales, por cierto, nadie se había fijado en ello pero aquellos tres sujetos habían estado toda la mañana fuera del poblado, y Gomit llevaba casi el doble de capturas que Djatrak.

¡Imposible!, Gomit nunca habría podido cazar tantos animales solo, aquellos tres individuos le habían estado ayudando, aquello no había sido una cacería limpia.

Sin lugar a dudas Gomit había hecho trampas, la norma era que la cacería debía ser individual, en solitario, y ellos seguramente habían sido cuatro toda una partida, mientras que él había sido solo.

Djatrak estaba furioso, se dirigió a su cabaña para recoger sus armas, aquello había sido una mala jugada, y él por Bomar, estaba dispuesto a jugárselo todo. ¡Sí!, por ella lucharía, y mataría si hacía falta.

Los otros hombres de la tribu, y sobre todo los mayores se apercibieron de lo que se avecinaba y se interpusieron en su camino.

Ningún miembro del clan levantaría un arma contra otro de sus miembros. Esta era una situación que debería resolver el consejo de ancianos.

Poco a poco, Djatrak se fue calmando y aceptando que el consejo juzgase sobre aquel problema que se había planteado. En el fondo el joven cazador confiaba en la sabiduría y en el buen sentido del consejo, y fue a tumbarse bajo una encina a la espera del veredicto.

El padre de Bomar era el jefe del consejo de los ancianos del clan, y quería creer que sería justo y ecuánime en aquel asunto. Tenía que serlo.

El consejo estuvo reunido en la cabaña comunal toda la tarde, estuvieron hablando, discutiendo, comiendo y bebiendo, servidos por las mujeres más viejas del poblado, y se suponía que entorno a la acusación de que Gomit no había cazado solo, sino más bien ayudado por sus compinches de correrías, de ser así su cacería sería invalidada y Djatrak sería nombrado ganador y por lo tanto elegido para el rito de fecundación de aquella temporada, o sea para cubrir a Bomar.

Bomar su sueño… su amor…

Increíblemente, el consejo siguió deliberando toda la noche.

En un mundo actual, alguien con mala "baba" diría, que el consejo se había pasado toda la noche durmiendo la mona, que habían cogido bebiendo zumo de madroños fermentados y mezclados con leche de cabra.

Quizás tendrían razón.

Todo el poblado se reunió ante la casa comunal para escuchar el veredicto final del consejo de ancianos.

Con toda ceremonia el consejo fue saliendo de la casa, y formando un semicírculo alrededor de la piedra de los anuncios. El padre de Bomar salió el último y con parsimonia se dirigió torpemente hacia la piedra, consiguió subir a ella, pero con cierta ayuda. El fruto del madroño fermentado tenía unos fuertes efectos a largo plazo.

El hombre se aclaró la garganta, carraspeó, y empezó a hablar: "El asunto que hoy nos trae aquí, es un asunto muy importante porque de él dependerá el futuro y el progreso del clan, por ello el consejo de los ancianos ha pasado deliberando la noche entera. Bajo ningún concepto quisiéramos que creyeseis que nuestras decisiones han sido tomadas a la ligera. Por nuestra boca habla la experiencia y toda la sabiduría de nuestros antepasados, y de ello depende el futuro y el bienestar del clan. Por ello y después de reñidas deliberaciones debemos fallar y fallamos nombrando como mejor cazador de la temporada, y candidato elegido para el rito de fecundación de la cabra que tendrá lugar esta misma tarde en la cueva de la Vulva durante este solsticio al mejor de los guerreros, al gran cazador, y al vencedor de la cacería de esta temporada que no es otro que el gran…"

Hizo una pausa para aclararse la garganta, todo el poblado estaba en vilo, y podían oírse hasta el vuelo de las moscas, como si fueran aguiluchos.

Djatrak estaba con el corazón en un puño, había empezado a tener malos presentimientos, ¿Qué habrían deliberado aquel grupo de viejas comadrejas borrachas toda la noche? El tongo de su competidor Gomit era evidente, y para eso no hacía falta ni tanta sabiduría, ni tanta experiencia, pero decidió callar y esperar. Estaba obligado a acatar el veredicto del consejo.

Aquello era la ley. Su ley.

El padre de Bomar re inició el discurso, después de haber carraspeado nuevamente: "Como decía el ganador de esta temporada es nada menos que el gran cazador GOMIT. Hemos fallado…"

Toda la Gran Montaña del Puig Mayor se le cayó de golpe sobre la cabeza al pobre Djatrak. Con aquel nombre no solamente le acababan de robar el título de mejor cazador, sino que también la participación en el rito de fecundación, también la cópula de fecundación con su amada Bomar, su matrimonio y todo su futuro con ella. Y no solo eso, sino que además se la entregaban a su peor competidor, el tramposo Gomit.

Mientras, El tramposo Gomit y sus secuaces incondicionales y amigos celebraban tanto el éxito de la cacería como sí, su nombramiento al mejor cazador, y elegido para el rito de la fecundación.

La vida es como una balanza, cuando un platillo esta abajo, el otro invariablemente está arriba.

Mientras Gomit estaba exultante Djatrak estaba hundido.

El joven decidió que él no podía ni quería ver todo aquello. Así que dirigiéndose a su cabaña recogió sus pocas pertenencias en una bolsa de piel, algunos venablos hechos por él mismo, un pellejo de agua y se marchó. Nunca más regresaría a aquellas montañas malditas para él.

Por la tarde todo el pueblo se reunió alrededor de la entrada de la cueva de la Vulva, dejando un pequeño pasillo por donde llegarían primero los sacerdotes, luego los notables del consejo, y luego los actores. Primero Bomar, y después Gomit.

El resto de la aldea se acomodarían al final y si no podían acceder al reducido espacio de la cueva se quedarían junto a la entrada, y tratarían de ver lo que pudieran.

Cuando estuvieron casi todos instalados sonaron los címbalos, y los silbatos de hueso.

Bomar la hembra designada aquella temporada, llegó cubierta con una capa de plumas y pelo, situándose en el centro de la cueva, iluminada por el rayo de sol que entraba por el orificio del clítoris de la cueva.

A una palmada del sumo sacerdote la mujer inició un sinuoso baile en el que fue despojándose de la capa de plumas y resto de las pieles que llevaba sobre su cuerpo, y fue dando toda una vuelta ante el círculo de asistentes, enseñando su grupa al ritmo de los címbalos y abriéndose ostentosamente los labios de la vulva para que todos los presentes pudieran comprobar y ser testigos de su virginidad, y así dar fe de la eficacia del rito de la fecundación de la cabra. Para después situarse bajo el rayo de luz que solamente iluminaba el círculo central de la cueva.

Ante un nuevo redoble de címbalos y pitidos de los silbatos de hueso, entró el macho Gomit en escena. Llevaba únicamente una capa de piel de cabra y un tocado hecho con los cuernos de un gran macho cabrío. Su pene estaba erecto como si fuera de madera y eventualmente se notaba un ligero movimiento al compás con los latidos de su corazón. Se acercó al centro de la cueva, y dio dos vueltas a la mujer que poco a poco se iba inclinando exponiendo toda la grupa y ofreciéndosela al hombre de la capa que se paró primero ante ella friccionándole la cara con su erecto pene.

La hembra, porque otra cosa no era en aquellas condiciones, sacó su lengua y lamió el miembro como lo haría una cabra salvaje ante su macho cabrío.

El macho puso los ojos en blanco y su miembro viril creció aún un poco más si ello era posible, y levantando la cabeza y bramando y jadeando se despojó del tocado de cuernos y se fue acercando a la grupa de la hembra mientras el ruido de los címbalos y silbatos y las voces de ánimo de los asistentes iba en aumento. Al llegar a la parte posterior de la hembra se detuvo unos segundos colocando sus dedos, y luego enfiló aquel volcán ardiente y abierto de par en par y se zambulló directamente en él, o mejor insertó su miembro viril empujando con un golpe seco y perforando todo lo que encontró a su paso.

La mujer emitió un seco gemido, pero no se movió, a la vez que el hombre iniciaba unos movimientos de vaivén in crescendo hasta llegar a su clímax y llenando a la mujer con un líquido viscoso y de un fuerte olor dulzón, que luego iría resbalando junto con la sangre de la mujer hasta el piso de tierra de la cueva. Y era esta prueba, la fase más importante y necesaria para considerar al rito de la fecundación, como realizado correctamente, y que fuera así aceptado como bueno por los sacerdotes, consejo, notables y toda la tribu entera, y así considerada eficaz.

Cuánta más sangre y semen llegaba y mojaba el piso, mejor.

En este preciso momento Djatrak iba caminando ya por la base de las montañas en dirección al otro extremo de la isla, donde según había oído, existía una floreciente sociedad que quizás le aceptase, cuando notó un fuerte pinchazo en el pecho que lo detuvo.

Aquel dolor no había sido nada físico, no una rama, una piedra tampoco, y nada había de detectable a la palpación, sino la certeza de que el rito había tenido lugar, y ya nada era recuperable.

Todo estaba definitivamente perdido.

Siguió su camino más rápido si cabe. Pensaba, trataba de recordar que un viajero de paso por el poblado, había oído decir que de vez en cuando llegaban barcos de lugares lejanos y que enrolaban a expertos honderos para luchar en guerras que tenían lugar en aquellas tierras allende los mares, quizás aquella fuera una buena opción para alejarse de una manera definitiva, siguió caminando y poco a poco dejando la gran cordillera de montañas y todo su pasado a sus espaldas, siguió caminando sin volver la vista atrás.

* * *

Más abajo se encuentra el pantano de Cúber, y todavía descendiendo un poco más está el pantano del Gorg Blau, más pequeños antiguamente, recrecidos por sendos muros de hormigón para almacenar el máximo posible de agua que necesitan y demandan las sociedades modernas.

El resultado de estos recrecimientos ha supuesto un espejo de agua mucho mayor, que en mi opinión embellece más aún el contorno, y ha supuesto además más peces.

Muchos más peces.

Los franceses que viven con nosotros y muchos de los que van y vienen aprecian las carpas y saben guisarlas con cerveza y otros componentes, en Israel la cultivan como pez de acuicultura en embalses de agua depurada, y luego las venden en los mercados ¡Vivas!

Es curioso porque el mundo Kosher nada dice de los peces criados y crecidos en aguas depuradas, y que conste que acepto que los israelitas son los que más saben de aguas en todo el mundo, tanto su utilización, su depuración y su re – utilización posterior, pero lo que al occidental llama la atención es que no puedan comer unas estupendas gambas a la plancha o una langosta a la americana, y si unas carpas con agua depurada.

Decía antes que los franceses si las aprecian, pero después de un buen lavado y marinamiento en cerveza, supongo que para eliminar los gustos a limos que a veces se notan, o para darle sabores diferentes y más interesantes. En mi caso la carpa no me llama mucho la atención, y solamente en mis años más mozos y alocados se me ocurrió pescarlas con arco, supongo que por aquello del más difícil todavía.

La cultura de la carpa "koi", sobre todo en japón ya es harina de otro costal.

Sí me encanta pescar las truchas en los riachuelos que provienen de l,Ofre, incluso a mano, resulta muy divertido, me encanta la pesca de lucios con cucharilla. Las cucharillas son obras de arte, muy bonitas y llamativas, tienen un bello lance y a la recuperación nadan estupendamente, y si hay un lucio en las cercanías nunca pueden resistirse ante tan dinámico y colorido cebo.

El lucio es el tiburón de las aguas dulces, resulta un estupendo depredador, con un cuerpo hidrodinámico, colores preciosos y muy camuflab les, acecha a sus presas en aguas someras y superficiales y cuando ésta se despista, o pasa por sus cercanías, se dispara y se ha hace suya de un solo bocado, y se los ha visto atacar a ratas nadadoras incluso a pequeños patitos. Una vez enganchado en la línea resulta un animal bravío, muy peleón y resistente, y suele vender cara su vida, nunca sin antes una buena pelea, que en el fondo es lo que más buscamos los pescadores.

El Gorg Blau resulta ser en más inferior y alejado en el antiguo camino que va a pie hasta el Santuario de Lluch, pero al ser muy profundo quizás resulta el mejor, sus aguas son azules como indica su nombre, y al ser más hondo también son más frías, allí las truchas suelen ser mucho más grandes, pero también más esquivas, sabias, solía decir mi amigo Antonio cuando íbamos juntos.

Las carpas aquí son pocas y no crecen tanto como en Cúber, pero a cambio también se encuentran algunos barbos cosa que allí nunca he visto.

Al ir bajando de estas alturas el clima cambia un poco, y asimismo la orografía, las laderas de las montañas se llenan de bosques de encinas, algunas tan enormes y tupidas que debajo de ellas no entra nunca el sol, y muchas veces tampoco el agua, muchas de ellas presentan viejas heridas o están mutiladas, porque en inviernos muy fríos o con grandes nevadas el peso de ésta que llegan a acumular las va venciendo poco a poco, otras veces las desgaja arrancando de cuajo grandes ramas que en Mallorca llaman "simals", llegando incluso a partir algunos árboles por la mitad.

Antaño y a estas alturas en las zonas de roquedales aparecían también viejos tejos, pero fueron muy diezmados al ser su madera muy apreciada y buscada para construir duelas de arco, por ser muy elásticas y resistentes a su vez, y cuando la madera cambia su color se retrae de diferentes maneras, lo que la hace ideal para este tipo de artefactos, por ello muy buscada y comerciada con ella allá donde se encontrase.

Se dice también que el tejo es una planta muy venenosa, y muy usada por brujas y envenenadoras antiguas, pero yo he visto comer de ella a cabras y liebres sin consecuencias aparentes, sus bayas de un vivo color rojo son muy pequeñas y se dice que comestibles, pero no así su semilla que se encuentra en su interior y que al parecer era la parte usada para confeccionar venenos y emponzoñar las armas.

En las márgenes del pantano de Cúber según se desciende del Puig Mayor a la derecha y solamente cuando las aguas del pantano están muy menguadas después de largas sequías de verano aparecen los restos de una pared recta y muy ancha, se dice que son los restos de un asentamiento romano que en tiempos antiguos existió aquí y donde de cierto yo he encontrado con un detector de metales que me prestaron, unas monedas de plata y bronce correspondiente a esta cultura.

Y ahora que hablo de monedas, hace un tiempo, un grupo de amigos capitaneados por mi amigo Antonio y bajo la dirección de un arqueólogo también amigo iniciamos unas excavaciones en una zona especial cerca de la cueva de la Vulva donde pensábamos que pudieran existir algunos enterramientos antiguos.

Mientras un grupo iniciaba la excavación de una serie de "catas" exploratorias, otros se dedicaron a inspeccionar el terreno y a cartografiarlo, y otros preparaban la comida, porque nada abre más el apetito que el trabajo rudo del campo. Entre todo este barullo estaban los hijos del arqueólogo que se paseaban de uno a otro lado con una picoleta en las manos, se asemejaban a un grupo de abejas libando de flor en flor.

Estuvimos cavando y haciendo catas por turnos durante toda la mañana, ya con el sol muy alto y con mucho calor, decidimos extenuados posponer nuestro frustrante trabajo y detenernos para comer.

Aquel día habíamos trabajado toda la mañana sin encontrar absolutamente nada, pero lo que se dice ni rastro de nada, en una zona donde todos presumíamos que había de haber algún enterramiento.

Cuando empezamos a comer y discutíamos sobre nuestro profundo fracaso aparecieron los dos niños y su picoleta.

- Qué desastre, toda la mañana trabajando como locos, y no hemos encontrado ni siquiera indicios.
- Este lugar parecía muy prometedor, pero ya veis que no hay absolutamente nada.
- Papá, papá, esto que hemos encontrado nosotros ¿sirve para algo?

Los dos críos se acercaron llevando en las manos una moneda de plata, evidentemente antigua y que luego resultaría ser púnica. Sea los adultos haciendo el indio y picando como locos toda la mañana, mientras los niños jugando y encontrando las buenas piezas. La suerte del principiante.

Volviendo a lo nuestro, entre tanta encina a aquellas alturas, dos tipos de construcciones llaman la atención a los que por allí se aventuran, las casas de los "nevaters" y las casetas de los "carboners".

Las de los nevaters se encuentran en las zonas más altas, umbrías y frescas de la montaña y generalmente orientadas al norte, su misión servir de almacén de nieve cuando no había neveras. Cuando nevaba, ésta era recogida y almacenada en estas construcciones para que aguantara hasta el verano, y luego con grandes mermas, por supuesto, venderla a los señores ricos que pudieran pagarla. Un verdadero lujo.

Las segundas eran unas cabañas, viviendas improvisadas donde vivían a temporadas los hombres y mujeres que subían hasta estos bosques, mediante unos grandes montones de leña llamadas "sitjas" que luego cubrían con tierra lograban una combustión lenta de la madera para obtener el carbón que más tarde sería vendido como combustible en pueblos y ciudades para ganarse así su mísero sustento, en unas montañas duras, y en unas épocas más duras todavía.

Asimismo, estos hombres intentaban redondear sus pocos beneficios cultivando pequeñas zonas escogidas o "rotes" de tierra cedida por los grandes señores que lo poseían todo, y siempre a cambio de una parte, y como no cazando las famosas cabras salvajes, conejos, buscando setas, caracoles y por supuesto, pescando.

Antes de llegar al hermoso pueblo de Fornalutx bajando por el "barranc", dos son las fincas importantes que han significado un hito en la vida de este singular valle.

La primera de ellas "C,an Sillas" se llama, famosa porque en ella y durante una temporada se apareció el demonio. Famosa por ser estación importante de contrabando en las épocas que este era el trabajo y sustento de mucha gente del valle, y famosa en último lugar por ser la base de operaciones de los "bergants sollerics".

¿Eso qué significa?

C,an Sillas era una finca de montaña situada en lo más alto del "camí del barranc", se trata de una de las zonas más bonitas y bucólicas de todo el valle, y me atrevería a decir que uno de los rincones más bonitos de toda la isla. Forma un sub valle angosto atravesado por uno de los caminos más antiguos que se conocen y salía por su cara noreste constituyendo el camino a pie para ir a Lluch. Todo el camino es de subida con un desnivel de más de treinta y cinco por ciento, toda la cuesta está confeccionada por escalones de piedra, que, aunque los locales dicen que, del tiempo de los moros, la verdad es que es un poco posterior, y además se fue construyendo en diferentes épocas.

En su centro discurre un pequeño, hermoso y cantarino torrente llamado "Torrent d,es barranc" que le confiere una alegría y una rumorosidad aún mayor. De vez en cuando se pueden ver pequeños peces y alevines más valientes en estas aguas, y como si existiera una especie de norma no escrita entre los pescadores, nadie acude allí a pescar y se guarda como si de un santuario se tratara.

En tiempos pasados la finca perteneció a un obispo, y dicen las malas lenguas que se entraba en tierra peligrosa, aún sin saber explicar muy bien porqué. Después resultó vendida a un nuevo propietario que inició una serie de reformas, sobre todo en la zona de la almazara, durante su transcurso apareció una enorme piedra que se decidió eliminarla porque su presencia allí condicionaba todas las obras previstas. Pensado y manos a la obra, los albañiles atacaron a la piedra con todo lo que tenían a mano, picos, escoplos, martillos, bujardas, taconeras y demás, y sucedió que todo el trabajo que se hacía con ingentes sudores de día, desaparecía por la noche, y a la mañana siguiente la enorme piedra volvía a estar intacta.

De moverla ni hablar, aunque si lo intentaron con cadenas, palancas, gatos y todo tipo de empujes, todo ello con un resultado similar.

Después de algunas semanas de duro trabajo estaban como al principio, incluso según se mirara la piedra parecía haber crecido.

- Si no fuera decir una barbaridad, parece que la piedra crece cuanto más la tocamos.

Historias de todo tipo empezaron a recorrer las lenguas y los oídos de todos empezando por los albañiles y sus familias, y mientras la piedra seguía allí.

Al final el nuevo propietario, después de ver y valorar todos los esfuerzos que se habían hecho para remover la piedra, y su inutilidad, explotó

- Dejadla chicos, ya la quitará el mismo demonio que la puso cuando ya no la quiera más aquí.

Cuentan los que aquella noche se quedaron a dormir allí, incluso los vecinos y hasta los habitantes de la aldea de Biniaraitx en la base del valle, que toda aquella noche no pararon de oírse ruidos, bufidos, quejidos, y toda clase de trasiegos, junto con un sinfín de reniegos y juramentos. Lo cierto es que a nadie se le ocurrió la idea de acercarse para ver lo que podía estar pasando.

A la mañana siguiente, sin embargo, todo amaneció muy tranquilo, comparado lo que había pasado por la noche. El dueño y los albañiles se acercaron a la zona de obras con extremo cuidado y precaución, llevándose la gran sorpresa.

La piedra ya no estaba allí, sencillamente había desaparecido.

¿Y dónde estaba?

Nadie llegó a saberlo jamás. Se decía por los mentideros, que aquella noche cientos de demonios, habían hecho su aparición y trabajado toda la noche para quitar la gran roca de su lugar y hacerla desaparecer.

La verdad es que desde aquel día y en las mismas fechas señaladas, si alguien menciona al demonio en el lugar, luego toda la noche se oyen extraños ruidos y reniegos, las sillas y otros objetos cambian de sitio y posición, y hasta peor, según las palabras que se hayan proferido.

Todo el pueblo cree, sin duda, que el demonio y no otro es el responsable de tales desaguisados y por ello la finca de "c,an Silles" ha estado siempre en manos de friquis y pirados, o sea "brusquers" o los tíos más "bergants" de todo el valle.

Y por eso durante un tiempo yo subí también a hacer mis cuitas allí.

La segunda de estas fincas y un poco más debajo de la mencionada se trata del "palacio real de c,an Bielet Virgol.

Bielet siempre fue lo que en un pueblo pequeño, es lo que denomina un personaje necesario. Personaje porque en su caso solo había uno y con su forma de ser y su conducta, su vida, en definitiva, daban carácter, al carácter del pueblo. Y necesario porque de alguna manera aquellos hombres daban una personalidad especial y una impronta a todo el pueblo. A la vida de todo el pueblo.

Durante toda su vida ejerció de yesero, lo que le daba la posibilidad de entrar en muchas casas y hacerse con cosas, objetos antiguos que coleccionaba y hacían que su casa fuera como un museo, pero a lo bestia.

Pero esto era su trabajo "para comer" solía decir, este extraño vicio que a todos nos tiene cogidos por ciertas partes, sus otras actividades eran cocinero, cantador, recogedor y conservador de canciones antiguas, y compositor de canciones digamos "picantes" y en definitiva juerguista. Se autodenominaba rey de su casa, y el olivar o pequeña finca que tenía en "es Barranc" se llamaba "el Palacio Real", y claro d,en Bielet Virgol.

Ser invitado a "su palacio" sobre todo en fin de semana significaba adentrarse en otro mundo de buen comer, buen beber, buen fumar, y mucho tocar y mucho cantar. Eran buenas juergas, pero sobre todo juergas sanas, como las antiguas. No había drogas ni otras porquerías de las que se estilan en el mundo y entre la juventud moderna. No, allí se cocinaba buen cordero, se comían buenos butifarrones, se bebía buen vino, se fumaban buenos puros toscanos, y se cantaban canciones picantes o "desberatades".

Un ejemplo:

> Jo tenc una casa nova
>
> Tot semblant a una cova
>
> Té un portal an es carrer
>
> Baix de terra sa cambra alta
>
> I en es sótil un celler…

En el palacio d,en Bielet, no había criados o siervos, pero si buenos y fieles amigos.

Dicen que un día un demonio juerguista pretendió participar en una de sus afamadas fiestas, naturalmente Bielet incapaz de negarle la hospitalidad le invitó a comer y a beber, y bebió tanto que se emborrachó y quedó dormido. A la mañana siguiente al despertar se encontró atado con cadenas, metido dentro de un saco y rebozado de cruces, cristos, rosarios, escapularios, y medallas de todos los santos, Bielet lo cargó con mucho esfuerzo sobre su burro y se lo llevó montaña arriba, nadie sabe a ciencia cierta que hizo con el demonio, pero lo cierto es, que nunca más volvió a ser visto por aquellos lares.

Hasta que un buen día Bielet salió a cazar tordos a la finca de l,Ofre, al no volver a las casas salieron en su busca, encontrándolo sentado en su puesto de caza muerto, y dicen que con una sonrisa en los labios.

Sea cierto o no, Bielet fue un buen elemento, un señor.

4.-   Fornalutx y su torrente

El Puig Mayor es la montaña más alta de la Isla, y está entre las más altas de todo el país. Aún así desde los valles y tierras bajas, cuando uno mira hacia el norte, lo que puede verse es una imponente pared de piedra caliza en forma de nave con su proa al viento, pulida por millones de años de dar la cara frente a todo tipo de inclemencias del tiempo, y los embates de miles de galernas que enfurecidas, una y otra vez la han atacado, la llaman "la penya del migdía".

Lo que es el propio Puig mayor está justo detrás, y por tanto invisible desde los valles de Sóller, se trata del mástil más alto de la nave insular, allí donde se recogen las más altas pluviosidades, y las nieves que duran hasta la primavera y luego se convierten en el líquido elemento para iniciar un viaje hacia las tierras bajas formando primero pequeños riachuelos, y más tarde un torrente de aguas tan cristalinas que a veces se duda que el agua esté allí, desciende raudo y sonoro , formando pequeñas cascadas, saltos y pozas dominios del sapo ferreret endémico de estos lugares al que se pensó extinguido y ahora en cría especial para preservarlo para el futuro. Y luego desciende hasta el pueblo de Fornalutx que constituye desde siempre el asentamiento humano actual más alto de todo el valle.

Es en mi modesta y humilde opinión, donde se encuentran las mejores truchas de todo el valle, si yo fuera de Bilbao, que no lo soy, diría que las más grandes, bravas, y las que tienen los cuernos más grandes de todas.

Usando un símil taurino, diría que se tratan de los Miuras de las truchas.

"De Fornalutx el dimoni en fuig" supongo porque se trata de un pueblecito de postal, un encanto, un verdadero trocito del cielo, quizás el escalón previo, ¿o es que alguien pensaba que diría algo diferente?

De siempre ha sido rincón de escritores, y artistas, pintores, y poetas extranjeros, que buscan la paz y la inspiración en sus callejuelas, el tipismo de sus casas, las bucólicas vistas desde sus ventanas y terrazas, y como no… las truchas de sus ríos.

A lo largo de mi vida he llegado a conocer a alguno de estos personajes, como por ejemplo a Jean Pierre de la Freisserie, actual pintor y poeta francés, pero que antes fue soldado luchando en la guerra de Indochina donde conducía un sherman de treinta toneladas, me contó que incluso estuvo con su unidad de tanques destinado en el valle de Dien Bien Phu, de donde salió una semana antes de que los soldados norvietnamitas cercaran definitivamente al ejército francés allí destacado, hasta su derrota definitiva, o cuando su blindado saltó por los aires al pisar una mina terrestre enemiga, y el se salvó gracias a unas fuertes diarreas que lo habían obligado a bajarse del vehículo y alejarse detrás de un grupo de palmeras a un lado del camino para aliviarse, también me contó que fue hecho prisionero en una emboscada y condenado a ser fusilado por ser tripulación de blindados que los cong odiaban, y que de camino al pelotón de fusilamiento, consiguió huir porque en aquel momento sus compatriotas iniciaron un bombardeo artillero que llevó a sus guardias y al pelotón de fusilamiento a refugiarse en lo más profundo de una zanja, mientras él, o todo o nada, salía corriendo entre las explosiones y conseguía refugiarse en la selva cercana, zafándose luego de sus perseguidores que querían capturarle de nuevo, y vagaría más de una semana en la jungla, hasta que más tarde sería encontrado medio muerto de hambre y de picaduras de mosquitos, sus máximos enemigos diría él, por una patrulla de sus propios compañeros de armas.

Una vez finalizada la guerra pudo volver a su país y resultó durante unas vacaciones en Mallorca cuando se enamoró de nuestra tierra instalándose definitivamente en el pequeño y pintoresco pueblo de Fornalutx, y allí seguirá hasta que Dios le llame.

Otro extranjero que pude conocer se llamaba Jhon Morgan el americano que había comprado la almazara de Cán Xoroi. Había servido como marine en el ejército de su país, y posteriormente en sus servicios secretos. Estando en una misión especial entre Turquia y el Kurdistán resultó hecho prisionero por un grupo de rebeldes sin control, y allí tuvo que presenciar como mataban a sus compañeros, salvándose casi de milagro al creer los rebeldes que él también estaba muerto. Se retiró después en el pueblecito entre las altas montañas y entre los cuadros que pintaba y que no vendía a nadie, supongo que para escapar del horror de sus recuerdos.

También llegué a conocer a Paul Tocha, era un británico, pero nacido en la India, cosa de la que se vanagloriaba siempre que tenía ocasión, era un elemento curioso y pintoresco, se paseaba en bicicleta tanto en verano como en invierno. Solía vestir con pantalones muy cortos y se tocaba con un sombrero cordobés negro como ala de cuervo y con una cinta roja que lo distinguía y singularizaba en la distancia.

De él tengo una anécdota curiosa:

En cierta ocasión que estaba de visita en casa de un amigo suyo se apercibió que el hombre tenía un libro sobre la mesa. El amigo se trataba de un juez retirado y buen lector y muy celoso de sus libros, sobre todo aquel, por tratarse de un libro singular y una primera edición.

- Tienes que prestarme este libro, cuando haya terminado de leerlo te lo devolveré.

- Puedo prestarte el libro, pero se trata de una primera y única edición y no fácil de encontrar y no quiero perderlo así que te lo dejo un mes, y luego me lo devuelves ¿de acuerdo?

- Por supuesto lo oleo y te lo devuelvo enseguida, y no creo que precise tanto tiempo para ello. No te preocupes te lo devolveré intacto.

El libro en cuestión se titulaba "Jacks or better", y versaba entorno a las andanzas de otro escritor, Roberto Graves que vivía en el pueblecito de Deyá.

Pasaron más de dos meses y al no aparecer el libro el juez norteamericano decidió que lo mejor era ir a buscarlo, y así lo hizo.

- ¿El libro?, ¿qué libro?, yo no tengo ningún libro tuyo, pasa y revisa la librería, y si lo encuentras naturalmente puedes llevártelo.

- Por supuesto que lo haré. Voy a ello.

Y así lo hizo, revisó toda la librería de cabo a rabo e incluso alguna de las habitaciones, naturalmente sin encontrar el libro perdido.

Al final el desconsolado juez se marchó a su casa rezongando y jurando que no volvería a dejar un libro en lo que le quedara de vida.

Pero el hombre no quería perder el libro y llamó a un amigo suyo de los Estados Unidos para que le buscase un nuevo ejemplar y se lo mandase. El fiel amigo se puso manos a la obra, pero al cabo de unas semanas llamó a su amigo informándole con sentimiento que la edición era única, que estaba agotada, y que no había podido encontrar ningún ejemplar en todas las librerías y distribuidoras que conocía e incluso en todas las librerías "de viejo" que también había visitado.

Un desastre. El pobre juez estaba desconsolado, pero sobre todo cabreado consigo mismo porque aquella situación que, ya se la había imaginado.

Pasado un mes casi dos, volvió a llamar el amigo americano explicando que había localizado un ejemplar que se vendía por internet, pero que el libro se encontraba en Australia.

- Por favor ¡Cómpralo!, para ti desde Estados Unidos te resultará más fácil. Paga lo que sea, lo lees y mándamelo, por supuesto yo correré con todos los gastos.

El amigo, que debía ser un buen amigo, compró el libro y al cabo de unos meses nuestro buen juez recibió un paquete de los Estados Unidos, le mandaban el libro comprado al otro lado del mundo.

Y…¡Oh sorpresa! Se trataba de su propio libro perdido.

El hijo pródigo había vuelto a casa… pero después de dar toda la vuelta al mundo.

Esta historia tiene una segunda parte. A su vez el juez me pidió que le prestara uno de mis libros, se trataba del titulado Kashidah escrito con un seudónimo por Hadji Abdu que no era otro que Sir Richard Francis Burton, el gran explorador victoriano.

Le rogué que no lo perdiera y que me lo devolviera porque me gustaba releerlo de vez en cuando. Por supuesto me prometió que no me preocupase que así lo haría.

Nunca más he vuelto a ver este mi libro. El juez no cumplió.

También tengo el honor de conocer a Mr Jenkins, el más afamado pescador de mosca de todo el mundo, y por supuesto su doble interés por nuestro valle y por Fornalutx en particular. El primero turístico naturalmente, pero el segundo, como no podía ser de otra manera, por sus truchas, las formas de pescarlas, pero sobre todo a mosca.

Como todo pescador de esta especialidad que se precie, le gustaba de confeccionar sus propias moscas y cebos, aunque algunas veces compró algunos de los que yo fabricaba, y que a veces vendía en la feria del pueblo o en la tienda local de artículos de pesca, c,an Pilota la llamaban y allí yo trapicheaba con su dueña para vender o cambiar mis moscas por hilos y anzuelos que precisaba. Mis moscas ya eran apreciadas y buscadas por muchos tipos de pescadores más exigentes.

Hablar de moscas y de cebos, me recuerda que el torrente de Fornalutx resultó ser el primero que me presentó mi padre, quizás porque no era muy grande ni muy caudaloso. Lo recuerdo perfectamente porque en su momento aquello era lo que más deseaba en el mundo y por ello perfecto para iniciarme.

Pero mi padre insistía que para ir al río debía hacer todavía más practicas hasta conseguir colocar una mosca en un vaso a quince metros de distancia.

- Pero padre si eso ya lo consigo. Y no es dentro de un vaso donde se pescan las truchas, sino en el río.

Un buen día el hombre vino decidido a buscarme y me dijo:

- Vamos hijo hoy es el día.

Al principio llegué a pensar que me estaba gastando una broma, pero no, preparamos las cañas y en su pequeña moto subimos hacia el pueblo de Fornalutx. A medida que la pequeña moto nos iba acercando a nuestra meta mi corazón latía con más fuerza, y llego a latir tan fuerte que pensé que espantaría los peces. Mi padre aparcó su motorino en la parte más alta del pueblo junto a las últimas casas, cogimos cañas y bolsas y botas de goma y por un pequeño sendero que yo ya conocía porque para pasar por el torrente había unas grandes piedras llamadas "pasadoras" que me encantaba ir saltando por aquello del riesgo de mojarme los pies, bajamos hasta el torrente muy cerca de uno de los últimos saltos antes de entrar en el pueblo.

El lugar era sencillamente idílico y muy hermoso. La suave brisa apenas mecía las hojas de los olmos centenarios que sumían aquel lugar en una tenue penumbra muy deseada por los insectos y de rebote las truchas. El aire olía a campo y a humedad, este olor tan característico que hacen los riachuelos de montaña. El sonido era música para mis oídos, que me embelesaba y casi me olvidaba de caminar, y mi padre se veía en la necesidad de espabilarme a ratos.

Nunca había estado en aquel particular lugar, y lo sentía por habérmelo estado perdiendo. Desde entonces y siempre que vuelvo al pueblo con un poco de tiempo vuelvo al lugar, aún sin ir de pesca, y solamente por el placer de recordar a mi padre y para poder disfrutar de tan increíblemente y bucólica estampa. Y precisamente al mismo sitio he llevado a mi esposa y a mis hijos, y fue precisamente allí donde llevé a mi novia para pedirle que se casara conmigo, quise precisamente en este especial rincón y creo que ella lo ha agradecido siempre.

Ahora vamos a merendar allí de vez en cuando.

- Bien hijo, este es el lugar, te presento el rincón más bonito, y la zona de pesca de trucha más buena de todo el valle. Tú pescarás aquí y lanzarás hacia la poza que hay debajo del salto del agua, dejas resbalar la mosca unos cuantos metros y vuelves a empezar. Si te pican trata de conducir al pez hacia aquí con un movimiento semicircular, y sacas. Mientras yo estaré un poco más abajo, a ver lo que has aprendido.

Mi padre se dirigió río abajo, y se situó a unos doscientos metros de donde me había dejado a mí.

Enfrente solo estaba el mundo, el río, y yo.

No sentía miedo, sería tonto por mi parte, pero si una especie de respeto, principalmente ante una situación nada habitual, o mejor nueva para mí y quería hacerlo bien.

Preparé mi caña, comprobé el carrete y los hilos, revisé los nudos coloqué la mosca y me senté. Si, me senté en el suelo.

Mi padre parecía extrañado, me miró unas cuantas veces, pero no dijo nada y siguió a lo suyo, parecía respetar lo que estaba haciendo, fuera lo que fuese.

Yo por mi parte me dediqué a observar el agua, la tierra circundante, y todos los insectos que por allí volaban o se movían, pero sobre todo a los voladores.

Después de un buen rato de observación me centré en una especie de hormiga voladora gigante. Había muchas por allí y había observado que si algunas caían al agua pronto eran atacadas por los peces. Se dirían que parecían esperarlas. Así que elegí el cebo más parecido a ellas, lo cambié y lo situé en la línea, me coloqué en posición, pero antes de empezar cualquier movimiento de pesca ofrecí una oración a las ninfas del río, o a los duendes del bosque y a todo bicho que pudiera haber en la zona y que pudieran tener la más mínima influencia en los asuntos de la pesca. Cuando me pareció contar con todas las venias y parabienes mundiales, inicié la pesca.

Un vuelo.

Dos vuelos.

Toque.

Y lancé, La mosca quedó situada exactamente en el centro de la pequeña poza y a un palmo exacto del toque.

Mi mirada estaba fija en mi cebo que flotaba en la superficie, pero mi mente seguía extasiada por la magia de la zona. Aquel rincón al que me había llevado mi padre por primera vez, en mi bautismo de pesca era sencillamente mágico.

No existen otras palabras para describirlo, porque palabras como, belleza, o paz, o tranquilidad, o similares solo hacen referencias a cosas más o menos físicas, y la verdad en aquel momento mis sentimientos y emociones estaban a otro nivel. En el justo plano de lo mágico.

Las truchas, porque de ellas se trataba, debían estar esperándome ya que sin darme cuenta presentí, más que vi, una pegada, y noté como el hilo se tensaba de repente y violentamente, entonces levanté la caña y afiancé los pies.

- Papa, ya está.

- Puñetas hijo, qué rápido. Si apenas has mojado la mosca.

- El caso es que parece ser muy grande.

- Bueno, pues a ver como lo haces, se trata de tu presa.

Me acordé de los consejos de mi tío Sebastián el día que me regaló la caña de pescar:

- Esta es una buena caña, hijo, trátala bien y confía en ella, y no la menosprecies nunca. Si te pica un pez grande y fuerte, o muy peleón no tires de él o pretendas cogerlo enseguida, si haces esto lo más probable es que rompas algo y pierdas la pieza, tú solo tienes que levantar la caña y mantenerla alta, no te preocupes de nada más, mantén la caña alta, ella rendirá al pez y te lo traerá a tus pies. Confía en ella.

Y eso hice, levanté la caña y me apliqué en mantenerla alta, muy alta. Poco a poco el animal fue cediendo, cada vez se movía más lentamente y tiraba menos del sedal, la caña primero se torcía mucho, luego volvía a enderezarse y paulatinamente fue rindiendo al pez, tardamos un poco pero el animal fue acercándose hacia donde me encontraba, la caña me lo traía. Recordé otra vez a mi tío y sus consejos:

- Último consejo, no cojas a los peces con la mano, siempre pasan fracasos y se termina perdiendo el mejor, el que menos te esperas y deseas, o el que tú menos querrías perder. Usa siempre la sacadora.

Así lo hice, cuando ya tenía el animal rendido entre mis botas, lo recogí con la sacadora y me dirigí a la orilla sobre la arena y hierbas. Coloqué la caña en el suelo con cariño y respeto, y después procedí a sacar el pez con las dos manos de la sacadora y le retiré el anzuelo, luego me senté ante él para contemplarlo.

Mi primera captura, y era preciosa.

Llegó mi padre.

- ¿Qué has pescado hijo?

- Mira padre. Acabo de pescar este pez.

- Vaya se trata de una trucha. Quizás la trucha más grande que he visto en mi vida. ¿Cómo lo has conseguido?

- Bueno me he acordado de los consejos del tío Sebastián cuando me regaló la caña, me explicó que no había que tirar ni ser brusco, solamente que la mantuviera alta y permitiera que ella hiciera su trabajo, y así lo he hecho.

- Pues lo has hecho fantástico, se trata de una trucha de marca, se la llevaremos a tu madre, se llevará una grata sorpresa, pero… antes nos pasaremos por el bar Central a beber una naranjada y dar un poco de envidia a los pescadores que puedan verla.

Mi padre decidió pescar un rato más, pero yo agradecí mi captura a los dioses y ninfas del río, y decidí que ya me bastaba, habría tiempo.

Por cierto, existe una historia sobre ninfas de río que resulta muy curiosa. Veámosla:

En los años veinte muchos artistas estaban enganchados a una bebida muy curiosa originaria de la pequeña isla de Ibiza y que recibía el nombre de "absenta"

La absenta es muy parecida en cuanto elaboración y efectos al mescal mejicano. Los grandes bebedores de estos tipos de alcohol fácilmente se transportaban o sufrían alucinaciones y cosas similares. Como suele decirse ahora "flipaban de lo lindo". Puede incluso que la absenta sea la madre del arte abstracto. ¡Je!

Uno de estos artistas, ya famoso o quizás debería decir conocido, o consagrado, y un buen día aterrizó por Sóller, el hermoso pueblo central y mayor de nuestro valle.

Y como hombre de pro que se aprecia, fue a presentar sus respetos y a contar sus penas a la tertulia que se daba en la farmacia de la plaza mayor del pueblo. Tradicionalmente la tertulia de la farmacia era la tertulia más selecta de todo pueblo que se vanagloriase del culto al intelecto. En ella además del farmacéutico solían reunirse también el médico, el veterinario, el alcalde, unas veces el rector y otras el deán de la iglesia, y algún que otro líder político de estos que existen siempre en los pueblos y que presumen de izquierdistas y proletarios, pero que viven ellos sin dar palo al agua, y siempre se encuentran mezclados entre la flor y nata de la derecha del pueblo.

Después de explicar sus problemas y miserias pecuniarias, porque como era natural todo el capital se fundía en el pago de botellas del susodicho líquido, el hombre expuso que necesitaba alejarse del bullicio intelectual de la gran ciudad, y por supuesto de los centros de venta de absenta también.

Ante tantas y tan claras rezones y después de un democrático e intelectual debate, se propuso al perdido artista pintor que uno de los asistentes allí presente le prestaría una casita en los alrededores de Fornalutx, podría instalarse allí y vivir unos meses dedicado a reposar, y a pintar aquellos bellos parajes, lejos de las tentaciones de la ciudad, y por supuesto lejos de la absenta maldita, que por allí ni paraba ni se podía conseguir, ni por supuesto beber. Así una vez finalizado su retiro habría mejorado su estado, y tendría un puñado de cuadros que vender y mejorar su maltrecha economía, y así poder dar un paso más.

La idea fue aceptada por el pintor, y hacia Fornalutx se dirigieron una delegación tertuliana encabezada por el propietario de la casita a ocupar y el pintor.

El hombre se instaló y estaba plenamente ilusionado con su proyecto y por los paisajes de Fornalutx, y por la multitud de temas que vio como posibles temas y los muchos proyectos y que seguro le reportarían pingües beneficios.

En definitiva, el hombre se instaló con toda la ilusión del mundo, sin absenta y empezó a pintar de seguida. Los amigos decidieron dosificar sus visitas, solamente para ayudarle e interrumpir un mínimo ni su concentración, ni su trabajo.

El artista encontró en los alrededores del torrente los lugares más bellos e interesantes, y decidió que allí pintaría bastantes de sus cuadros.

Llevaba ya al menos tres de ellos pintados en aquellos increíbles parajes, cuando un día le sucedió algo muy anormal. Estaba en plena faena, caballete instalado al borde del agua, y frente a una pequeña cascada que sonaba con una música celestial, estaba mezclando colores y sonidos cuando de repente algo le llamó la atención.

-   Yujuuuuuu…

Levantó la cabeza y se quedó extasiado, pasmado, alucinado y con la boca abierta. Ante sus ojos, apenas a unos diez metros de donde él se hallaba, y al otro lado de la corriente de agua, se encontraba la criatura más bella que antes sus ojos hubieran contemplado jamás.

Se trataba por supuesto de una fémina, extremadamente morena, de ojos muy oscuros y mirada penetrante, piel bronceada, y que desde allí se apreciaba un suave olor canela, y con una suave expresión de pícara en la cara, labios carnosos y muy sugerentes, cuerpo fino con una cintura de avispa que en mallorquín llamamos "de gerricó", pero con unos pechos rotundos y pezones bien pigmentados con una canaleta perfecta, piernas largas y torneadas que partían de unas nalgas redondeadas y sobresalientes, en definitiva una figura femenina de diez. Y eso que él era un pintor y había visto muchas mujeres perfectas en su vida. Su cuerpo estaba envuelto en una tela de gasa blanca transparente que dejaba ver, y velaba a la vez, todos sus tesoros escondidos. Dejando ver y no ver lo que había debajo de ella, permitiendo y tapando a la vez, lo que disparaba la imaginación del afortunado mortal que pudiera contemplar tal espectáculo.

La verdad es que el artista se quedó anonadado por lo imprevisto, por la grandeza de la visión, y casi no reaccionó cuando la mujer después de hacerle cuatro carantoñas y cuatro posturas de lo más sensual y sugerentes jamás vistas, desaparecía entre los matorrales de la orilla.

- ¡Espere!, señora por favor ¡Espere! ¿Dígame al menos quién es usted? ¿Cómo se llama? ¿Cuándo volveré a verla? Por piedad respóndame.

- ¡Por favor! ¡Por favor!

La visión se esfumó dejando al pobre pintor desolado, insatisfecho, y sin ninguna respuesta. Vamos lo que se dice con la miel en los labios. Ya no pudo pintar más aquel día. Se quedó sentado sobre la hierba en las márgenes del torrente durante un tiempo que resultó ser muy largo, al final no le quedó más remedio que recoger sus bártulos y marcharse a su casa desolado.

Estuvo varios días sin salir del domicilio, casi sin levantarse de la cama, y por supuesto sin trabajar.

Al tercer día reaccionó un poco y decidió que lo mejor sería reanudar el trabajo, y estar preparado por si la mujer reaparecía de nuevo, si en realidad de una mujer se trataba. Y así lo hizo.

Después de desayunar en un bar de la plaza del pueblo, recogió todos sus bártulos de pintar, y regresó de nuevo al río, Se instaló en el mismo lugar que la última vez, no con miedo, pero si con curiosidad y respeto, y como no, con esperanza, casi más pendiente de lo que sucedía en su entorno que en su cuadro que estaba pintando, al final reanudó su trabajo.

Pasaron los minutos, también los cuartos de hora, y pasaron las medias horas, incluso las horas y allí no pasaba nada, con lo que pronto llegó a pensar que aquella visión pasada había sido una ilusión sin más, y que lo que le tocaba era seguir pintando y dejarse de cuentos.

¡Pero es que había sido tan real!

Cuando llevaba ya varias horas ensimismado en su trabajo y ya era cerca del mediodía o quizás pasado, de hecho, el hombre esperaba que el reloj de la iglesia repicara el ángelus de un momento a otro, lo oyó. De nuevo aquel extraño sonido.

¡Yujuuuu…!

Otra vez aquel sonido. El mismo sonido, levantó la vista casi con miedo, y entonces... allí estaba ella, tan hermosa como la recordaba, o quizás más aún. Indescriptiblemente hermosa, y esta vez con un movimiento casi imperceptible de su brazo, la mujer le estaba enseñando su pecho izquierdo. ¡Y qué pecho!, redondo, fuerte, duro, pensó en un balón de reglamento, coronado por un enorme pezón y rodeado por una areola fuertemente pigmentada, que enseguida atrapó sus ojos y no podía apartarlos de tal visión. Se quedó sin habla. Mudo.

Al final se repuso.

- Por favor, por favor señora, No desaparezca tan rápido, no huya de mí. Verá soy pintor como puede observar, y usted es la criatura más hermosa que nunca han tenido ocasión de contemplar ojos humanos. Y sí... Y si a usted le pareciese bien me gustaría pintarla, retratarla, inmortalizarla. Por favor...

Apenas el hombre había terminado con su parlamento, la visión de aquella estupenda mujer había desaparecido de nuevo, disolviéndose en el paisaje, como la vez anterior.

Volvió a quedarse anonadado, pero esta vez reaccionó mejor y decidió prepararse para la próxima cita. Si aquella aparición volvía, y sabía que volvería, esta vez estaría preparado.

Y por supuesto que volvió. Habían pasado unas semanas, ahora estaba pintando en una parte más alta del torrente, aquí las márgenes eran más estrechas y el torrente llevaba un poco menos de agua y más encauzada, aunque seguía pintando se mantenía ojo avizor a lo que pasaba a su alrededor, por si la aparición se presentaba de nuevo. Se inclinó para coger un poco de agua ras para limpiar los pinceles, y al levantarse, allí estaba, cimbreante como hacían los juncos mecidos por una suave brisa, y mientras con la mano derecha aguantaba la muselina, con la izquierda se iba levantando y dejando entrever de vez en cuando una poblada mata de pelo oscuro. Hermoso.

Aunque ya había visto a la mujer antes, y aunque tenía un plan trazado, se quedó extasiado en la contemplación de aquella criatura perfecta. Pero estaba preparado, y esta vez reaccionó, empezó a correr hacia ella, encararse y poder hablarle y con un poco de suerte tocarla. Más que nada para comprobar que se trataba de una criatura humana y no de una visión o de un producto de su mente, un producto de la absenta, o…de la falta de ella.

Se diría que ella esperaba este movimiento del artista, entonces reaccionó como un resorte y como si corriera, pero sin tocar los pies en el suelo se fue alejando cada vez más y más.

- La hubiera cogido - luego diría -, pero la raíz de un olmo se cruzaría en mi camino y me caí cuan largo era" La visión se detuvo para comprobar, quizás, si me había hecho daño, y cuando tuvo la certeza de que me encontraba bien, siguió su camino volviendo a desaparecer como siempre.

El artista quedó sentado en el suelo maldiciendo su mala suerte, y que aquella mujer/visión se hubiera escapado de nuevo. Qué desastre, tanta mala suerte era casi imposible de tenerla, y él la tenía.

Pensó que aquella no podía ser una misión real, y que debía tratarse de una aparición, quizás una ninfa del río, que acudiría a visitarle, quizás a comprobar su obra.

La verdad es que podría haber intentado ser un poco más amigable, pero así estaban las cosas. Por cierto, el artista no quería comentar aquella serie de apariciones con nadie, para que no le tildaran de loco y le cogieran ojeriza, que ya se sabe aquello de "pueblo pequeño…"

Decidió que lo mejor era aplicarse en su trabajo, olvidarse de todo aquello tan extraño, y olvidarse de ninfas y de querer pintar todo aquello que corre, seguro que le iría mejor y ganaría más dinero.

Pero a pesar de su firme decisión, al día siguiente la aparición volvía a estar allí, siempre a la misma distancia, siempre al otro lado del agua siempre semidesnuda, lo que le dejaba sin aliento.

Se hizo el loco, como si no la viera, como si no estuviera allí. Pero las mujeres, o… las ninfas, o lo que sea tienen armas muy poderosas, y cuando la aparición dejó caer las gasas que aguantaban sus manos, y se quedó tal como vino al mundo, con aquel cuerpo, aquellos pechos rotundos, que parecían la bola del mundo que el maestro Demeterio tenía sobre la mesa en la escuela, por aquello del tamaño claro, y aquellas matas de pelo negro, la de arriba y la de abajo. Entonces todos sus propósitos se hundieron en lo más profundo del olvido, como si nunca hubieran existido, no pudo más, volvió a caérsele el cielo sobre la cabeza, dejó resbalar los pinceles entre sus dedos y gritando como un poseso empezó a correr de nuevo.

Quizás ella no esperase aquella reacción tan rápida, o quizás estuviera algo distraída, el caso es que para que no pudiera atraparla, no se detuvo a recoger la muselina del suelo, la visión echó a correr, pero más rápido que en otras ocasiones, volando sobre la hierba y sobre la hojarasca de los olivos.

Tampoco esta vez pudo cogerla, ni siquiera acercarse a ella, pero su trofeo ahora fue recoger la gasa de muselina que cubría el cuerpo de aquella aparición, la miró, la olió, la abrazó, y la besó, y se la llevó a su casa para reverenciarla. Al menos ahora ya tenía una prueba palpable de que todo aquel calvario que estaba viviendo, o mejor deberíamos decir sufriendo.

Pero aún el suplicio se repetiría unas cuantas veces más. Al final cuando aquello ya no era ni soportable, el hombre recogió todos sus bártulos, y descendió hasta Sóller acudiendo directo, como no, a la tertulia farmacéutica.

Entró, y cuando pasó a la trastienda, allí estaban todos, o sea todas las fuerzas vivas e ilustradas del pueblo de Sóller.

- Lo siento, quizás he abandonado mi trabajo antes de lo previsto, o demasiado pronto, pero es que allí arriba me están sucediendo cosas. Cosas que un hombre difícilmente puede aguantar.

- ¿Y de qué tratan estas cosas que resultan tan malas, que un hombre no puede aguantar?

- Veréis, en Fornalutx existen rincones que inspiran a cualquier corazón sensible, a cualquier alma delicada como la mía, y la verdad es que comencé a pintar muy animado y a buen ritmo, inspirado, si hubiera seguido con la intensidad de los primeros días ya tendría material suficiente para una buena exposición, y de las grandes. Pero fue entonces cuando empezaron a suceder cosas extrañas. Las apariciones.

- ¿Apariciones? Preguntó uno de los asistentes.

- ¿Has visto a la Virgen María? preguntó una segunda voz.

Y así con este tipo de preguntas fueron expresando su extrañeza, uno tras otro, todos los asistentes.

- ¡No! Se trata de una aparición en forma de mujer, desnuda, solamente cubierta por una gasa de muselina transparente, que se me muestra un día si y otro también, nunca habla, a veces se destapa un pecho, otras veces se levanta la gasa enseñando su más íntimo secreto, la cueva, siempre a la misma distancia, siempre en la otra margen del torrente, yo intento correr, pero nunca consigo alcanzarla, y la última vez se me mostró desnuda de cuerpo entero al dejar caer la gasa al suelo. Y ¡fijaos!, - dijo sacando la gasa blanca -, yo la persigo, intento hablar con ella, otras veces he intentado cogerla, pero siempre desaparece. He llegado a la conclusión de que se trata de una ninfa del río, que vive en aquella zona donde yo acudo a pintar. Pero sea lo que sea se trata sin lugar a dudas de la mujer más perfecta y más hermosa que nunca hayan contemplado ojos humanos. A veces he pensado que esto son alucinaciones desencadenadas por la absenta, o la falta de ella, no sé. Ahora eso sí, se trata de alucinaciones muy reales, he aquí la prueba, y ahora ya no puedo más, estoy anonadado, desesperado, un poco acojonado también, la verdad es que ya no sé como estoy, pero no he podido aguantar más y aquí me tenéis. Vosotros los galenos que sabéis más de la mente del ser humano y sus miserias, decid. ¿Acaso me estoy volviendo loco?

- Qué loco ni qué otras puñetas – dijo uno de los galenos quitándose el puro que fumaba de la boca – no se trata de ninguna ninfa del río, ni de apariciones ni nada por el estilo, de lo que se trata es de "na Maria carabasseta", que cuando no tiene nada que hacer se dedica a molestar a turistas, a artistas, y otros incautos que se pasean por las afueras del pueblo o por las márgenes del río, con sus números circenses, y esta vez te ha tocado a ti. Así que nada debido a la absenta, o a la falta de ella, ni tampoco te estás volviendo loco.

El enigma estaba resuelto.

La verdad final, pero, es que tanto el pintor, como la exhibicionista, se perdieron las increíbles sensaciones de la pesca al vuelo en estos parajes idílicos. Pero qué le vamos a hacer, así a veces resultan ser las cosas.

Yo por mi parte volví de nuevo al rincón del torrente cerca de la pequeña cascada, pero esta vez iba solo, quería volver a experimentar todo aquel cúmulo de sensaciones en soledad, para que fueran solo mías. En la vida existen momentos que hay que compartir, y otros momentos que uno debe pasar sin compañía, consigo mismo, y yo quería saborear aquella nueva vez, de esta manera.

Preparé la caña y el resto de aparejos, escogí cuidadosamente la mosca, y el lugar, me situé e inicié los movimientos para el lance, y la vi. Allí estaba, pero no se mal piensen, no era la visión de ninguna ninfa desnuda, sino de una enorme trucha que ascendió del fondo de la poza para investigar quién era el intruso que pululaba por aquellos sus exclusivos dominios.

Me quedé extasiado observándola, aquella sola visión ya valía toda la excursión al torrente. Pero después de dar una vuelta desapareció de nuevo.

Decidí cambiar el cebo y la posición, quién fuera el pez, amo de aquella poza, no quería cansarlo repitiendo de nuevo cebo y situación, lo quería perfecto, la quería para mí.

Lancé, toqué, y al final deposité la nueva mosca como la anterior en el mismo centro de la poza, rápida la vigilante trucha no se hizo esperar, pero esta vez antes de que intentase atacar al cebo, se lo quité ante sus propios ojos. ¡Sí!, se lo quité, mi teoría era ponerla nerviosa como si de un insecto real se tratara. Y volví a lanzar, pero esta vez antes de que el cebo tocara la superficie del agua el inquieto pez ya había saltado y cogido la mosca, y estaba enganchada en mi caña.

¡Uauuuuu! Mi teoría había funcionado. Allí estaba yo de nuevo con una hermosa trucha colgando de mi caña. La dejé nadar y que peleara un buen rato, quería eternizar, quería disfrutar de aquel momento. Y duró un buen rato porque el hermoso animal peleó de lo lindo, tenía la fuerza de las mejores atletas de trucha.

Al final la acerqué a la orilla, la recogí con la sacadora, la admiré entre mis manos y… y dejé que se marchara después de retirarle delicadamente el anzuelo.

Me quedé un poco desconcertado conmigo mismo, había pescado un hermoso pez y al final de toda la pelea lo había soltado de nuevo. Seguramente, si le contaba eso a mi padre, lo más probable fuera que no me creyera, la verdad es que me daba igual, yo sabía lo que había pescado, sabía lo grande que era el animal, y sabía lo emocionante de la pelea que habíamos sostenido, solo yo sabía todas las sensaciones que había experimentado, incluida la de soltar aquel bravo animal vivo.

Todas las sensaciones eran mías, y solamente mías.

¿Puede haber algo mejor?

Esto amigos es la pesca al vuelo de la trucha en el torrente de Fornalutx.

<u>5</u> – El río de Sóller

El río de Sóller, "Torrent Major" lo llamamos los locales, resulta como dice su nombre, el más largo y caudaloso del valle. En realidad, se va formando con los caudales, que le aportan todas las demás fuentes y torrentes, y riachuelos que confluyen en él. Nace en las altas montañas del Teix cerca de las famosas casetas del rey Jaime I, rey que conquistó la isla de Mallorca de manos de los sarracenos allá por el año 1229, hasta 1232 que fueron dominados los restos de los aún resistentes, y que implicaba el fin de la presencia musulmana en la Isla.

En el teix el río recibe el caudal de su primera gran fuente del mismo nombre, y sigue descendiendo entre valles de piedra caliza y pinares para recibir el caudal de su segunda gran fuente llamada D,en Redó ya muy cerca de su primera cascada.

Desde allí seguirá bajando para recibir ahora el caudal de la fuente más importante de todas, Font de S,Olla cerca del casal de C,an Tomella donde funcionó una de las primeras aserrerías del valle movida por parte del caudal de esta fuente antes de desembocar en el río. Este caudal era usado primero para mover el susodicho ingenio y este mismo caudal como agua de regadío para parte del valle.

En este mismo caserío durante los años cuarenta tendría lugar uno de los hechos más luctuosos de todo el valle. Entonces los delitos no eran muy comunes, y la falta de buenos medios de comunicación aún daban la sensación de que menos ocurrían, por eso el asesinato del señor de C,an Tomella supondría un shock para todo el mundo.

Los propietarios de la finca habían tenido un hermoso hijo, lo que colmó de satisfacción y orgullo aquella casa. Pero a medida que el vástago fue creciendo y sus inclinaciones sexuales fueron emergiendo, entonces todo lo que había sido satisfacción antes se truncó en decepción después, mala vida, peleas muchas, y luego el odio. El hijo gay, como se llama ahora, se llamaba invertidos antes, y aquello era motivo de des honra y decepción, para sus progenitores y familiares más directos, y sobre todo dependiendo de la conducta más o menos pública del interfecto.

Por eso cuando el hijo de la casa se hizo con un amante, la bomba definitivamente estalló. La vida de la familia se convirtió en un infierno, hasta tal extremo que el hijo, el amante, y la madre, decidieron formar un frente común, contra el padre y marido, hasta llegar a la fatídica decisión de matarle. La versión popular de los hechos resulta siempre muy cruel y escatológica. Según esto el asunto terminó a cuchilladas y según se dice como a un animal, y mientras uno lo aguantaba, el otro lo degollaba, y el tercero de los elementos sostenía un recipiente para recoger la sangre.

Fuera como fuese, lo increíble de la historia resultaría que para deshacerse del cadáver sencillamente lo tirarían detrás de una pared. Naturalmente todos asistieron muy apenados a su funeral, vestidos de negro y con semblante compungido, y evidentemente a la salida les esperaba la Guardia Civil y fueron detenidos, después en el juicio condenados a cadena perpetua. Aunque con el tiempo se les conmutaría, por buena conducta y buen ejemplo en la cárcel.

Lo dicho una verdadera lástima.

A partir de aquí el río se muestra ya generoso, y el agua corre a una velocidad aceptable, es transparente como si de un espejo se tratara y los peces pueden verse nadando y son un regalo de los dioses para la vista un poco inquisitiva.

Son dos los tipos de truchas, la autóctona que solamente se encuentra en las partes altas de los torrentes donde ha sido relegada, es más pequeña y oscura, y siempre hay los agoreros que dicen que en vías de extinción. No sé si será así, pero la mayoría de pescadores las pescan y las sueltan de nuevo, supongo que por aquello del si acaso, es lo que se llama la pesca sin muerte, cada vez más extendida entre los buenos pescadores de río, y casi norma en el valle.

En la parte más baja del río la reina es la trucha arco iris, que apareció como de repente y se adueñó de casi toda la cuenca en los años sesenta, probablemente después de alguna repoblación equivocada o para atraer más turismo de pesca. Bueno la verdad es que ahora tenemos las dos, que parecen haberse repartido el espacio y coexistir en relativa paz cada una en su casa, y los pescadores estamos encantados.

Cada momento es diferente, cada pesca es diferente.

Luego está el rey. El salmón.

El salmón representa una historia de vida amor y muerte como la vida misma.

Se trata sin ninguna clase de dudas del trofeo más apreciado para un pescador de mosca, o para cualquier pescador de agua dulce, se trata de animales grandes, sobre todo los llamados de multi invierno o propiamente llamados salmones, en cambio los más jóvenes los llamados salmones añales, que en terminología inglesa se llaman "grilses", resultan bastante más pequeñitos, son bastante más pequeños, son bravos y resultan buenos luchadores en el agua, tienen una pegada excepcional y no se rinden fácilmente o sea el sueño de todo buen pescador que se precie. Estos animales suelen hacer su aparición en nuestros ríos a mediados del mes de marzo, la veda se abre a final de mes y la pesca es hasta el mes de julio.

En los últimos años y sobre todo aquellos que vienen del océano Atlántico, han ido menguando y hasta desapareciendo en todo el mundo, igualmente sucede aquí.

Todo empezó hace unos años con la disminución de las capturas y sobre todo con los salmones multi invierno, solamente los grilses atacaban los cebos, pero luego también ellos empezaron a escasear.

No hubo necesidad de regular nada, todos los pescadores locales sin excepción, empezaron primero con la modalidad de pesca sin muerte para este tipo de peces, todos eran devueltos al agua, más tarde dejaron sencillamente de pescarlos y si accidentalmente se cogía alguno volvían a soltarlo enseguida.

Actualmente ya no se pescan ni los salmones ni las truchas autóctonas y solamente si alguno de estos animales aparece accidentalmente enganchado es devuelto rápidamente al agua.

Al parecer cosas similares suceden en los ríos del norte del país, allí las polémicas resultan más enconadas, pero poco a poco tendrán que llegar a nuestras mismas conclusiones. Para muchos pescadores locales, ahora el placer consiste en poder verlos pasar, de vez en cuando. Solamente contemplarlos es ya de por si un triunfo. Y esperemos que por muchos años.

Pescas menores no resultan ni muy importantes ni muy interesantes, pero yo quiero relatar aquí la pesca de la anguila. Los pescadores locales no hacen ni caso a este humilde pero resistente animal, sin embargo, pescadores de Sa Pobla, al otro lado de la isla, siempre solían venir a principios de año a pescarlas y poder comérselas en un plato típico que ellos llaman "espinagada" y que consiste en una especie de empanada grande de anguila, pero muy picante que requiere de los buenos y abundantes vinos de Binissalem para regarlas.

Las formas de pesca siempre me han llamado mucho la atención, y curioso me acercaba para verlos actuar. Las herramientas eran simples, consistían en un palo de avellano, un hilo de cáñamo resistente y encerado, un manojo de gusanos de tierra, a veces de tripas de pollo o conejo en su extremo y un paraguas de estos grandes y antiguos. ¿Un paraguas?, respondían los curiosos. Sí, un paraguas, y la técnica resulta de lo más sencillo, el palo de avellano es la caña, el hilo de cáñamo es el sedal, al final del mismo se hace una pelota de hilo y de gusanos o tripas que constituye el cebo donde morderán las voraces anguilas, sin anzuelo, y cuando éstas están bien cogidas se tira de ellas y se recogen en el paraguas al revés a modo de sacadora, ya que al sacarlas primero se agarran más pero luego se sueltan del cebo y se recogen con el paraguas. Mientras el animal está en el agua no suelta el cebo, al sacarlas del agua si lo hacen y como son muy resbaladizas se usa el paraguas al revés para recogerlas a modo de sacadora gigante. ¿Sencillo no?, pues deberíais ver lo práctico y eficaz que resulta.

Rollos aparte, la gastronomía de la anguila y con ella se confeccionan platos muy sabrosos, además de la ya mencionada espinagada. También ahumada resulta un manjar.

Los gobios y otros pececitos pequeños, resultan la distracción de los niños y los primeros pasos de futuros grandes pescadores.

El río discurre limpio, fresco y saltarín hacia el mar, en su camino forma una fuerte curva con una enorme y profunda poza que localmente conocemos como "es gorg d,en bessó".

Existen varias leyendas para explicar el nombre de esta zona, la más aceptada es la que narra la historia de una joven que tenía dos hijos gemelos, sucedió durante los ataques de los piratas berberiscos comandados por el cruel Ochialí y Aranís en 1561 que formaban la liga de Alger, y que atacaron el pueblo con 1700 hombres a borde de 22 galeras y que resultaron gallardamente rechazados por los hombres del pueblo con la ayuda de gentes venidas de Buñola y Muro junto con todos los bandoleros y contrabandistas que por aquel entonces poblaban la serra de la Tramuntana, gentes que vivían al margen de la ley pero que ya estaban armados, valientes y que no temían a nada y que se constituyeron en una de las fuerzas decisivas a la hora de empujar a los piratas berberiscos hacia el mar.

La pobre mujer corría con sus dos hijos en brazos. Aunque había sido avisada de que los piratas estaban desembarcando en las costas de Sóller, y aunque su marido se había armado rápidamente y acudido a formar con los comités de autodefensa del valle, ella quizás se entretuvo erróneamente pensando que el enemigo todavía estaba lejos, y cuando quiso darse cuenta los piratas ya estaban a tiro de piedra de su casa.

Ella corría intentado huir con los dos niños en los brazos hacia la parte alta del pueblo donde le habían recomendado que se recogieran mujeres, niños, y no combatientes, pero correr con dos niños era una tarea ardua que la iban retrasando y para colmo de males ambos niños se pusieron a llorar y patalear al sentirse maltratados por la carrera, llamando con sus llantos la atención por donde pasaban.

La mujer corría paralela al torrente mayor, y aunque el ruido del agua amortiguaba el llanto de las criaturas, la madre no conseguía hacerlas callar definitivamente, y no podía pararse de correr, como tampoco cogerlas y acunarlas como debieran. La mujer oyó una especie de jerga extraña, se volvió apercibiéndose que unos cinco o seis piratas la estaban persiguiendo y la distancia se acortaba rápidamente. Intentó acelerar el paso, pero ambas criaturas seguían constituyendo un impedimento insalvable. Quizás sino hubieran llorado hubiera podido esconderse, o esconder una de ellas entre los arbustos y huir con la segunda de las criaturas, el único peligro podrían ser los animales, pero no había animales muy grandes y era una mejor opción que los piratas, pero llorando la encontrarían de seguida, la matarían, se lo comerían guisado, o lo que era peor se lo llevarían y lo convertirían en un eunuco o lo adiestrarían como jenízaro para luchar contra los cristianos de su propia raza, y esto era inconcebible por su madre. Su hijo convertido en el brazo armado de aquellos diablos sarracenos.

La madre volvió a mirar a sus perseguidores de nuevo, se estaban acercando, el peso de los dos bebés, seguían retrasándola. Estaba obligada a tomar una decisión.

Y qué decisión para una madre de tener que elegir una de sus dos hijos y rechazar al otro.

Pero si los piratas conseguían capturarla con sus hijos todo estaría perdido.

La mujer se detuvo brevemente, miró a sus perseguidores, luego miró al río, se encontraba a la altura de la curva cuando el río cambiaba de dirección, para ya dirigirse en línea recta hacia el mar.

La mujer cerró los ojos, dejo una de las criaturas en el suelo, luego con las dos manos y un fuerte impulso lanzó la otra criatura que tenía entre los brazos a las frías aguas del río, musitó una breve oración, y sin mirar recogió al otro de sus hijos y reanudó la carrera con más bríos para escapar de sus sanguinarios perseguidores.

Mientras la criatura lanzada al agua describió una curva en el aire y cuando cayó en el agua se hundió rápidamente. Quizás las ropas al mojarse, o sus continuos lloros facilitaron que los pulmones se llenaran de agua y su hundimiento, nunca volvió a ser visto.

Los perseguidores sarracenos apenas se detuvieron para comprobar lo que la mujer acababa de lanzar a la corriente, y enseguida reanudaron la persecución para comprobar que ahora su presa, ya más ligera, se les escapaba de las manos. La zona donde desapareció uno de los mellizos lanzado por la madre en aquellas angustiosas circunstancias, siempre sería reconocida como la poza del gemelo, "es gorg d,en bessó".

Ahora el río sigue su curso descendiente ya directo hacia el mar, y se encuentra con dos puentes, el primero metálico, moderno y sobre él discurren las vías de un pequeño tren que hace el trayecto entre la estación de llegada del ferrocarril que viene de Palma la capital de la isla, y el puerto de Sóller, se trata de un trayecto que dura apenas de media hora, pero resulta un paseo entrañable, transcurre entre los huertos bien cuidados de naranjos y limoneros, que en primavera desprenden una aroma embriagadora por doquier.

A principio de siglo estos frutos constituyeron la riqueza del valle, eran exportados en barcos de vela hasta el puerto de Séte en la vecina Francia y desde allí hacia el norte, Paris, Bruselas y demás. Hoy el puerto de Séte es apenas un pequeño puerto deportivo eclipsado por sus vecinos Toulon casi totalmente militar, y el de Marsella más comercial. Para los nostálgicos Séte es ahora un bello puertecito turístico con estupendos restaurantes donde se pueden comer todo tipo de pescado y de "fruits de mer", muy sabrosos y a precios muy asequibles. Vale la pena una buena visita.

El segundo de los puentes es el "Pont d,en Barona", sobre él tuvo lugar quizás el mayor enfrentamiento entre la milicia local dirigida por el valiente sargento Soler y los piratas berberiscos que pretendían llegar y saquear el pueblo de Sóller. El sargento Soler concibió la idea de detener con sus pocas preparadas milicias a los invasores sobre el puente si lo conseguían evitarían el saqueo e incendio del pueblo, pero fueron sobrepasados por fuerzas muy superiores, pero en su retirada fueron reuniendo más combatientes y con nuevos bríos aquellos hombres supieron combatir a la chusma berberisca en defensa de sus familias y sus bienes y empujarlos de nuevo hacia el mar de donde nunca debieran haber salido.

Desde ambos puentes se puede pescar estupendamente sobre todo cuando las aguas corren más altas vivas, pero sin turbulencias ni remolinos, las profundidades son muy regulares, las truchas, y esporádicamente mújoles y alguna lubina pican los cebos con fuerza y alegría.

Recuerdo un día que había conseguido un pececito de la casa Rapala que me había regalado un amigo turista y pescador. En los años cincuenta y sesenta conseguir este tipo de artilugios era una tarea muy difícil y muchas veces costosos. Estaba ansioso para probar mi nuevo rapala, y estuve un tiempo pensando y valorando cual sería el mejor lugar para dar unos primeros lances con él. Después de pensar mucho y repasar todo el curso de las aguas, valorar las corrientes, lugares y en fin todo, me decidí por probar junto al puente metálico del tranvía. Allí el agua discurría muy regular y con la alegría suficiente para que el pececito de madera nadara adecuadamente, como si fuera real, aguas limpias diversidad de presas lugar tranquilo y resguardado del viento, unos grandes plátanos que bordean el margen de las aguas y que me proporcionarían una buena sombra ya que el sol caía con justicia inquisitorial, en fin… Llegué temprano por la mañana no quería que otros pescadores me picaran el lugar, desplegué los aparejos até el cebo y probé las cualidades del agua y como nadaba el pececito.

¡Sorpresa!, el pececito de madera una vez en el agua parecía real y se movía de una manera muy convincente y tentadora. Estaba todavía haciendo algunas pruebas para ver y estudiar como nadaba ya que era la primera vez que tenía la suerte de poseer un cebo tan nombrado, lo lancé con fuerza procurando que los anzuelos triples no se enredaran con el sedal en su caída y accidentes parecidos. Apenas el pececito había recorrido unos palmos cuando pareció haber quedado detenido en medio de la corriente. Mi primer pensamiento fue que habría enganchado una rama o algo similar. Cuando el cebo y la causa de su frenada dieron un gran salto fuera del agua, y yo podía comprobar que había enganchado una presa, plateada, poderosa, saltarina, mi primera impresión es que había topado con un salmón.

A duras penas pude ir acercando mi captura a la orilla. Era un pez fuerte, valiente, tiraba del sedal como si en ello le fuera la vida, ¿o acaso no era así?, cuando al final el pez estuvo a mi alcance y conseguí meterlo en la sacadora me di cuenta que había pescado una estupenda lubina de cuatro kilos de peso, ¡Qué gozada!

La lubina es un estupendo pez, gastronómicamente uno de los mejores si no el mejor, en las islas las preparamos de muchas maneras, mi preferida es a la mallorquina o sea al horno y con verduras creo que hay pocas maneras mejores de comer un buen pescado, y sobre todo de una buena lubina de cuatro kilos.

Lubina al horno a la mallorquina

En una fuente suficientemente grande para contener el pescado y las verduras juntas, colocar una capa muy fina de cebolla en el fondo y sobre ella una capa de rodajas de patatas cortadas a medio centímetro de grosor, encima se coloca el pescado bien limpio se practican unos cortes mas o menos marcando las raciones y se coloca en ellos una rodaja fina de limón. Taparlo todo con verduras cortaditas finas a base de cebollas tiernas acelgas en su mayoría, o si se prefiere espinacas, y también coliflor cortadita fina. Añadir unas pasas, ajo cortadito muy fino, y un poco de perejil. Rociarlo todo con un buen aceite de oliva, un poco de vino y si hace falta un poco de agua.

Hornear todo el conjunto a 180 grados unos treinta minutos según el tamaño del pez. Una vez cocido sacar y servir todo ello acompañado de un vino Son Blanc añada de 1960 de Algaida bien frío, o un Cornet de Bañalbufar también muy frío.

No conozco a nadie todavía que no le haya gustado este plato.

Apunté enseguida en mi libro de capturas el lugar la hora y el día y tipo de climatología y agua del río y el cebo, desde este sería un buen lugar para volver en más de una ocasión.

Después del puente d,en Barona viene otro tramo de río con unas características similares solo que ni tan protegido, ni tan sombreado por los altos árboles y en verano resulta un tostadero de cabezas y espaldas, por ello mucho menos frecuentado, hogar de cañas y de ratas de agua. Yo tengo otro lugar mágico, y ya que estamos de confidencias diré que está a la altura de la Roca Roja junto a un pequeñito puente peatonal por el que solamente puede pasar una persona. En esta zona se dice que en el cuaternario existía una especie de barrera que retendría las aguas convirtiendo el bajo valle en un lago. Ahora el río corre libre hasta llegar al mar y el lago es una estupenda zona de aluvión donde crecen unas estupendas verduras.

Es allí donde cogí mi último salmón multi invierno de mi vida y que probablemente pesaba más de cinco o seis kilos, digo probablemente porque lo solté de inmediato procurando molestarle lo justo, y agradeciéndole el lance que me había brindado.

La cosa resultó de la siguiente manera, debido a la merma de peces, muchos pescadores, yo entre ellos, dejamos paulatinamente de ir a pescar, preferíamos ver nadar los peces en el agua debajo de los puentes que pescar un poco más y acabar sin siquiera ver nada.

Decidí que dejaría de pescar definitivamente, pero me permitiría una última vez.

En realidad, elegí el lugar por la facilidad en llegar, la carretera no estaba lejos, y también por la facilidad en aparcar el coche. Me estaba volviendo viejo y vago.

Además, tranquilamente el lugar tenía unas zonas sombreadas por altos chopos y hacia allí me dirigí, crucé el angosto puentecito, la verdad es que me detuve un buen rato sobre el para ver si apreciaba la existencia de buenos peces. Pasé a la otra margen busqué una zona sombreada y preparé mis aparejos, decidí usar por última vez el pequeño rapala que aún conservaba y que tantas satisfacciones me había dado en el pasado, así que lo anudé a la base de mi línea, lo besé y me preparé para lanzarlo. Me detuve unos segundos para estudiar la corriente, su profundidad y su velocidad, al final lancé, pescar con rapala era relativamente sencillo, no hacía falta hacer ni vuelos, ni toques, ni lances precisos, solamente lanzar decidido procurando no enganchar el bajo de línea con los múltiples anzuelos del rapala y luego recuperar seguido y dando ligeros saltitos con la caña, la suerte haría el resto.

Ni me dieron los buenos días.

Volví a mi vieja caña de mosca de bambú asiático y después de montarla le até una libélula roja al bajo como cebo, al comprobar que por allí volaban varios de estos insectos. La libélula la había fabricado hacia poco pero ya con métodos y materiales modernos y me había quedado de fábula, creo que, si llego a ser un salmón o una trucha me la como yo mismo, tanto era su realismo.

El vuelo resultó impecable, dos toques y lance el señuelo se depositó sobre el agua, el salmón que debía estar escondido o entre unas piedras del fondo o en las márgenes escarpadas entre las cañas no pudo resistir la tentación y se lanzó raudo como un torpedo a por la roja libélula.

Había picado.

Siguiendo siempre los consejos de mi tío Sebastián levanté la caña y dejé que ésta cumpliera con su cometido, el pez que en un principio luchaba y se debatía e incluso saltó varias veces del agua, poco a poco dejó de hacerlo y la caña me lo trajo. Cuando pude ver de cerca al animal, y comprobar que se trataba de un salmón multi invierno precioso, de un suave color plateado, y que me miraba casi con furia diría yo, le saqué rápidamente el anzuelo y lo deposité con respeto de nuevo en el agua agradeciéndole el momento y el lance que me había brindado. Era mi última pieza.

Adiós.

A partir de este punto el río se convierte en un manso curso de agua que solamente nos enseña su genio en períodos de grandes lluvias o nevadas. En dos ocasiones a lo largo de mi vida lo he visto desbordarse y curiosamente siempre ha sido en este punto, la primera de las ocasiones, tendría yo unos seis años, inundó todo el bajo de la playa o "camp de sa mar" y las barcas circulaban entre los naranjos llevando y trayendo a las gentes por este medio. Recuerdo perfectamente que desde el pueblo se organizaban excursiones para ir a contemplar tan inusual fenómeno. Yo fui dos veces acompañado de mis padres, y con una excursión del colegio.

Y ahora llegamos a la desembocadura del río y por supuesto al mar.

A la llegada a la desembocadura los mújoles sin lugar a dudas son los reyes de las aguas salobres, hay muchos y los hay de todas las medidas, la costumbre de muchos turistas de darles el pan que les sobra de sus picnics ha permitido que prosperaran y que crecieran mucho. No obstante, no son un manjar muy apreciado en esta zona, aunque yo puedo asegurar que cocinados como se debe son muy buenos. Ya sea en escabeche, directamente sin limpiar sobre las brasas, y si son grandes al horno a la mallorquina los hace insuperables.

En los años de la post guerra, si mi padre cogía alguno siempre solíamos comerlo de esta manera, pero iba a ser nada menos que en Egipto donde me daría cuenta de su importancia y de lo buenos que eran estos pescados, y nada menos, que en pleno desierto.

Durante un viaje allí, tuvimos la ocasión de visitar el desierto y hasta el oasis de Dakhla, se trata de un oasis grande, poblado y en su centro se encuentra un gran lago y curiosamente salado. Acampamos en sus márgenes donde teníamos previsto comer, cuando llegamos los lugareños con unas ruinosas barcas de fondo plano empezaron a sacar unas rudimentarias nasas de cañas que tenían tendidas desde el día anterior, y que estaban llenas de grandes mújoles, ¡mújoles en pleno desierto! me sorprendí un poco, pero supuse que en algún momento del pasado el Nilo había estado allí y este era el resultado final. Mientras otros lugareños hacían unos fuegos de cañas y hojas de palmera sobre la misma arena en el borde mismo del agua.

Cuando los pescadores llegaron a la playa, fueron echando los mújoles todavía vivos, directamente a las brasas sin limpiar ni nada y los asaron. Cuando los sacaban de las brasas los peces estaban totalmente negros, parecían quemados finalizada la operación los colocaron en los platos y aparte nos sirvieron unas buenas ensaladas, ¡Uff, menos mal!, luego nos enseñaron como se comían el pescado allí. Con las manos retiraban la parte de las escamas y la piel ennegrecida casi quemada de los peces quedando debajo una carne blanquísima y muy tierna, luego se añadían unas gotas de aceite de oliva y de limón al gusto, y la verdad es que debo reconocer que resultaron unos pescados exquisitos quizás de los mejores que he comido en mi vida. Fijándome en los demás turistas del grupo, todos disfrutaron con aquella comida.

Después las veces que he tenido la oportunidad de contar con pescado recién cogido y he podido por el tiempo y el lugar he intentado el mismo sistema de cocinar el pescado sin limpiar y directo a la brasa, y la verdad es que el resultado ha sido fantástico asombrando siempre a mis amigos que nunca antes habían tenido la ocasión de comer pescado cocido de esta original y sencilla manera.

La verdad es que con el pescado solamente hay dos leyes básicas para que el resultado sea sabroso, el primero es que los peces sean lo más recién pescados posibles, y la segunda es la sencillez de su preparación. Las cosas, y los pescados más, cuanto más sencillos más sabrosos y genuinos.

¿Por qué? Si no, las mejores ostras resultan ser las más frescas, vivas, y con solamente una gota de limón, un poco de pimienta recién molida y al saco.

Por lo que a mi respecta lo que me encanta es su sabor a mar.

Una vez llegado al mar se forma una especie de puerto semi circular muy bonito e interesante y tres son los tipos de peces reina que se cogen allí o mejor debería decir se pescan desde el litoral, a saber: La lubina, el sardo, y el espetón o barracuda mediterránea.

Otros peces como el pargo, el dentón, la dorada, y el calamar que no es pez, se pescan desde barcas y ya fuera del puerto, en pleno mar.

La lubina es por supuesto el animal más apreciado, pero se trata de un animal astuto y con mucha experiencia de pesca, es muy peleón y resultón a la caña, pero huele los engaños y no siempre es fácil de pescar.

Yo que siempre he buscado las cosas más raras y difíciles lo pescaba durante las crecidas, después de días de lluvia cuando el agua baja un poco teñida y usando a veces una pequeña anguila o una rana viva como cebo. Y ¿Por qué?, pues muy sencillo, durante las crecidas las lubinas, y las lubinas grandes de hasta seis u ocho kilos de peso se sitúan ante la desembocadura del agua a la espera de animalillos de todo tipo que las aguas crecidas y revueltas traen hasta el mar, resulta como si les pusieran la mesa ante las narices y ellas solamente tuvieran que sentarse a comer, también si el agua está muy sucia de tierra pueden atacar a los cebos artificiales como rapalas o peces de silicona. Conozco a un amigo que encontró el día y el momento perfectos y con un mismo rapala pescó treinta y una lubinas de unos cinco o seis kilos todas.

Y qué mejor que darles algo de comer, y qué mejor si es lo que ellas esperan, y ellas esperan algún pececillo, alguna anguila, una rana, y este tipo de cosas, supongo que no descartan otros pequeños animalillos, incluso a veces he pensado en probar con un pequeño ratón, pero lo he descartado porque si llevo la captura a casa y mi esposa se entera del tipo de cebo usado, seguro que me tira el pez a la cabeza. Así que contención con la imaginación y me quedo con las ranitas que son más fáciles de conseguir y guardar y dan muy buen juego. También he usado una rana de silicona atando un gusanito en las patas por si acaso, y luego una bombilla como flotador cuando ésta llega a la zona de olas hace un movimiento de vaivén y la rana parece viva. Siempre que he usado este tipo de cebos de esta manera, en mi casa hemos comido lubina al horno.

Conozco a otros pescadores que por comodidad solamente usan rapalas, y otros cebos similares, pero si las aguas están claras no se pesca mucho, pero si el río baja muchas algas o hierbas los tridentes del rapala enseguida cogen mucha suciedad y no funcionan y hay que limpiarlos constantemente. Pero es muy fácil y sencillo y no hay que preparar nada, pescar y listos.

Durante una temporada que trabajaba mucho y acumulaba mucho estrés, decidí comprarme una barquita pequeña con un motor sea-gull de cinco caballos fuera borda, finalizada mi jornada por la noche, me ayudaba a aislarme del mundo. Dentro de la barquita al anochecer y en medio de la pequeña bahía o puerto tenía la impresión de que los problemas no podían alcanzarme, lo que era rigurosamente cierto, que al desembarcar los encontraba de nuevo sobre el muelle, pero en la barquita no podían tocarme…

Durante un pequeño tiempo muy corto me había desprendido de ellos, pero ahora ya las baterías estaban recargadas de nuevo. Recuerdo que una noche una fuerte luz me iluminó de repente, La Guardia Civil de la mar, la verdad es que no la había oído llegar, yo que siempre vigilaba mucho, supongo que ver un fulano solo en una barquichuela a las tantas de la noche les llamó la atención.

- Atención, acérquese. ¿Qué hace usted?

- Estoy de sesión con mi siquiatra.

Respondí bien convencido de lo que les estaba diciendo.

- ¡No!, pero usted está pescando.

Les enseñé el hilo que llevaba en la mano.

- Forma parte de la terapia. Pero como no he pescado nada no hay cuerpo del delito y no pueden detenerme.

Se pusieron a reír todos y me dejaron marchar. Probablemente aquello del siquiatra lo entendieron perfectamente.

Por aquel entonces yo trabajaba más de catorce o quince horas diarias, y luego dicen que los españoles trabajamos poco, y solamente podía pescar un rato al anochecer así que no me quedó otro remedio que especializarme en la pesca de espetones al curricán, y qué remedio y resultó que en el puerto por la noche entraban, muchos y muy grandes.

Todo ello resultó como culpa de mi amigo pescador "Toni Litó", el hombre,

Había sido un poco de todo en la vida, marinero, pescador, contrabandista, redero y ahora de nuevo pescador, acababa de retirarse, pero el mar era su vida, "si me sangran algún día solamente les saldrá agua de mar" solía decir, nunca pudo vivir lejos del mar ni de las cosas del mar. Nos hicimos amigos, pescamos juntos, me enseñó. Un día me dijo:

- Si te compras una barquita, basta pequeña, yo me cuidaré de ella y la usaré de día, y tú podrás usarla por la noche. Por cierto, se de una y no nos resultaría muy cara.

La compré y la reparé, luego compré el motor fuera borda, y empezamos a pescar, a veces juntos, el hombre siempre parco en palabras me inició en las cosas del mar como se inicia a un hombre joven en el amor a una mujer, y ya nunca más podrá volver a dejarlo, o a olvidarse.

Durante las innumerables horas que pasamos rodeados de agua y mecidos por el oleaje, me contó mil historias, que yo valoraba tanto o más que el pescar, porque mi colega además de pescador era una biblioteca ambulante, era un sabio del mar, del puerto, de sus gentes, lo sabía todo.

Me dijo:

- Si solamente puedes pescar un rato por la noche con esta barquita lo que tienes que hacer es especializarte en la pesca de espetones. Hay muchos por la noche, son voraces, y son muy grandes, no deberás buscarlos demasiado, ellos vendrán a ti, y solo precisas de un hilo y un anzuelo y en todo caso si quieres puedes usar un rapala, cuando buscan pelea son tan bestias que atacan a todo lo que se mueve, y te divertirás mucho con su pesca.

Y así fue. Poco a poco aprendí, fui depurando mis técnicas, los materiales, los mejores lugares, los días, las horas, incluso las velocidades de la barca, todo. Llegué a coger muchos de estos hermosos y bravos animales, y muy grandes, los mayores llegaron a pesar diez y hasta doce kilos, incluso una noche enganché uno tan grande que al estar solo no pude subirlo a bordo. Por entonces pescaba con hilos y nudos muy especiales, incluso con bajos de hilo de acero para que no pudieran romperme con sus agudos dientes, así que el pez no pudo romper el sedal, al no poderlo subir opté por atar el hilo a la barca y dejar que el animal me arrastrara y fuera cansándose, como había leído en un libro titulado "el viejo y el mar", pura poesía. Cuando mi captura estuvo tan cansada, que ya casi podía moverse, decidí que quizás podría llevarlo hacia la playa y sobre la arena tendríamos un mano a mano juntos. Pensaba sentarme sobre su lomo y por las agallas sacarlo arrastrando del agua, al final conseguí llegar a la playa a menos de medio metro de agua, pero cuando el animal pudo golpear con su cola el fondo de arena se desenganchó y pudo escaparse, lo dejé, había sido una estupenda pelea, en el fondo de mi corazón sabía que se había ganado la libertad a pulso, y disfruté de verlo marcharse.

Por entonces mi esposa estaba ya tan harta de este tipo de pescado que me había prohibido que le trajera más a casa, luego o tenía que soltarlos o me veía obligado a regalarlo a mis amigos. Una noche estaba circulando cerca de la base naval y vi unos pescadores que habían venido de Palma y acababan de sacar una hermosa lubina, sin dudarlo me acerqué a ellos.

- Habéis pescado una lubina.

- Si. Debe pesar cerca del kilo.

- Os la cambio.

- Que nos la cambias y por qué otra cosa.

- Espetones. Dos de unos cinco kilos cada uno.

- ¿Espetones?, no, no gracias.

- Cuatro iguales,

- No

- Seis, y todos de más de cinco kilos.

Me di cuenta que los ojos del hombre empezaban a chispear de codicia.

- Vale seis.

- Bueno ahora le dejo cinco, voy por el sexto.

Dije al tiempo que empezaba a lanzarle peces encima del muelle. Y me marché a por el sexto, había encontrado el cardumen y sabía donde estaban y que sería fácil, efectivamente cogí el sexto y el séptimo y volví al muelle.

- Bueno aquí tiene el sexto, y un séptimo de regalo.

El hombre casi no podía creérselo.

- Bueno lo prometido es deuda esta es la lubina.

Dijo al tiempo que me la lanzaba dentro de la barca, esta vez mi esposa no desdeñaría mi pesca. El otro pescador dijo:

- Ahora tendré que dejar de pescar y marcharme a casa no podré con tanto pescado. Le diré a mi esposa que todo lo he cogido yo. No se lo creerá. Pero a estas horas las lonjas y pescaderías están cerradas. ¡Je!.

Un día estaba en casa leyendo cuando llegó mi amigo el pescador llamándome a voces.

- Tienes que venir enseguida a ver el espectáculo. Me dijo.

Dejé lo que estaba haciendo y ambos nos encaminamos hasta la punta del muelle casi a la carrera.

- Contempla, y asómbrate.

Me volvió a decir. Efectivamente, aunque era de noche en la punta del muelle había una potente farola para los barcos, a su luz se podía ver todo un río de espetones que venían nadando lentamente hacia la luz de la farola y luego daban la vuelta hacia el interior del puerto, Había miles, todos iguales y de unos seis a ocho kilos, nadaban muy lentamente casi sin moverse, unos juntos a otros a diferentes profundidades, parecían torpedos plateados que habían sido lanzados contra el muelle, pero al llegar a él, con un casi imperceptible movimiento se curvaban un poco y giraban hacia la oscuridad del interior del puerto, una visión increíble. Posteriormente con los años he vuelto a ver este fenómeno en otra ocasión, esta vez estábamos en la barca, dejamos los aparejos y nos tumbamos para ver el espectáculo que duró varias horas, parecía unas de estas imágenes que solamente pueden contemplarse en los documentales de Cousteau y que nunca parecen reales, casi imposible que pueda haber tantos peces juntos y tan grandes, pero así era.

La voz se fue corriendo y pronto muchos pescadores profesionales se fueron reuniendo sobre el muelle para contemplar aquel inusual fenómeno. Estaban alucinados y poco a poco el clima entre ellos se fue calentando.

- Y si echamos una red. Propuso uno de ellos.

- Pero precisamos de permiso para hacerlo dentro del puerto y la Estación Naval. Alegó otro de ellos.

- Yo iré a por los permisos vosotros a por la red. Dijo otro.

- Vamos chicos, hoy nos ganamos el jornal sin salir del puerto.

Efectivamente, la cosa empezó a moverse, y cuando llegó el permiso aprobado todos se pusieron manos a la obra y empezaron a tender la red para cerrar el puerto. La verdad es que no me gustaba mucho lo que estaban haciendo, pero me contagié de la "fiebre de la pesca" y me metí con ellos en una de las barcas. Casi antes de haber terminado de tender la red y sin haber hecho nada más, ésta ya se hundía por el peso de la cantidad de peces enganchados, la sacamos a duras penas y nos pasamos el resto de la noche des enredando peces. Nadie de allí recordaba una pesca tan fácil, tan increíble, tan abundante, tan rápida, incluso mi amigo el pescador no recordaba nada semejante ni tanto pescado junto.

Yo intento explicar estas cosas poniendo negro sobre blanco, pero, ¿cómo se puede explicar una cosa así?, tanto pescado, tantas sensaciones, tantas emociones, tanto de todo, y tan pocas palabras.

Resulta casi lo mismo que intentar explicar con unas pocas palabras, una pelea que sostuve con uno de ellos, de entrada, porque la pelea duró casi tres meses. Veamos:

Discurría el mes de octubre, el clima había refrescado bastante después de un tórrido y largo verano, yo en aquella época trabajaba mucho y hacía muchas guardias también, y era propietario de una pequeña barquita de tres metros y medio con un pequeño motor sea-gull de cinco caballos, y me encantaba pescar. Un día o dos a la semana principalmente los viernes y sábados, si no tenía guardia, principalmente entre las ocho y las doce de la noche, hacía un alto entre todos mis problemas mundanos, y me escapaba con mi barquita, por supuesto con el visto bueno de mi señora, faltaría más. Daba unas vueltas por la pequeña bahía y que a pesar de tener un fuera borda las más de las veces iba a remo, hacía ejercicio, era más silencioso, y me permitía un más alto grado de intimidad con mi entorno, el mar.

Mi amigo el pescador, que algunas veces me acompañaba, me había enseñado a pescar los espetones con sardina. Ello tenía un secreto especial. Se usaba un anzuelo tridente grande, y se le colocaba un hilo de hierro de unos ocho centímetros, mi amigo el pescador lo llamaba "un tirant". El secreto era colocar las sardinas con sal un día antes, lo que las deshidrataba un poco y las ponía un poco más duras, el alambre se clavaba cerca de la cola, se hacía resbalar sobre la espina del pez y se sacaba por la boca y se cosía porque si no la sardina abre la boca, además de romperse no nada correctamente, aunque a remo como solía hacer yo, siempre dura más, usaba dos palmos de cable de acero luego un trozo de cinco metros de hilo de sesenta hasta un tornillo de los fuertes, y luego cuarenta metros de madre con hilo de setenta o de cien a veces. Soltaba la sardina en el agua con cuidado y luego iba soltando el hilo paulatinamente y al final lo ataba a una boya por si acaso tenía que soltar el hilo en caso de cualquier eventualidad y poder recuperarlo luego, mientras pescaba llevaba el hilo entre los dientes y bogaba con ambas manos y cada cinco o seis metros daba un tirón fuerte y seco, entonces la sardina se levantaba como hacen los peces enfermos y ello estimulaba a que otro pez le atacara.

La pegada en caso se pescar con sardina suele ser mucho más suave que con el rapala, en este caso hay que soltar unos metros de hilo para que el pez pueda comer y luego tensar suavemente y cuando uno se da cuenta que el animal está enganchado se da un buen tirón para clavarlo del todo luego se empieza a recuperar el hilo de una manera seguida para no permitir que el animal inicie movimientos extraños o pueda saltar del agua, muchas veces si lo hacen se sueltan.

Navegaba con suavidad, el mar estaba en calma, un suave olor a sal invadía el ambiente y la luna en el firmamento brillaba con intensidad, dando a entender que en unos pocos días más llegaría a su cenit.

Mi imaginación volaba y mis brazos bogaban rítmicamente pero lentamente para no imprimir demasiada velocidad a la barca. Era luna llena, el astro brillaba iluminando toda la bahía y yo me sentía como el rey del mundo, supongo que los marineros y navegantes entenderán el placer de estar en barca de noche y en un día tranquilo con la luna brillando con todo su esplendor en medio del mar. Quién no lo ha experimentado debería hacerlo al menos una vez en su vida, supongo que, si además de eso añadimos una copa de buen cava, una agradable compañía, quizás sea la mejor descripción de lo que puede parecer el cielo.

Como siempre llevaba mi hilo de pescar en la boca y a su otro extremo una de las sardinas más gordas que había encontrado en el mercado, mi teoría era que los peces grandes atacaban a las carnadas grandes, y estaba interesado en los más grandes que pudieran jugar en el patio aquella noche. El tiempo transcurría suavemente, lentamente y mi mente vagaba por el caribe soñando con la pesca de uno de los animales más bonitos del mundo, a saber, el merlín, o pez vela.

De repente el hilo empezó a moverse suavemente, detuve la boga y cogí el hilo entre los dedos, pero permitiendo todo el movimiento sin ninguna resistencia. Me levanté y dejé sentir a través del hilo lo que estaba pasando bajo las aguas, el hilo se deslizó primero muy suavemente entre mis dedos, tres o cuatro metros para luego detenerse, pensé que el animal había probado la carnada y estaba ponderando si valía la pena o lo dejaba, ¿y si solamente se trataba de un pez pequeñito?, pero no los peces pequeñitos se esconden por la noche, o ¿una sepia? Raramente, pero alguna vez había cogido una sepia pescando de esta manera. Recuerdo que la primera vez que cogí una de ellas, se me escapó por el susto que me dio al ir a cogerla y no saber a que me estaba enfrentando, en principio pensaba en una bolsa de plástico, pero cuando echó un chorro de agua la solté de seguida. El sedal seguía sin moverse, así que opté por dar un tironcito obligando a la sardina a moverse y a simular un pez herido para estimular al depredador a un nuevo ataque, y así resultó, el sedal volvió a deslizarse sin mucha furia entre mis dedos, pero aún varios metros. El material es poco, pero la relación muy directa entre el pez y el hombre y las sensaciones que ello comporta son profundas, intensas. Imaginaba al animal dando vueltas al cebo, quizás intuyendo el peligro, incluso sosteniendo una lucha consigo mismo entre las fuerzas de la prudencia y las de su orgullo y poderío como máximo depredador en la zona, y puede que un poco de hambre también, puede incluso el prurito de ser observado por alguno de sus congéneres menores esperando su oportunidad.

Decidí dar otro suave toque para ver de una puñetera vez si se decidía la cosa. Y picó.

Un fuerte tirón, ya sin ninguna clase de dudas, ni descanso, me indicaba que el animal estaba definitivamente enganchado, procedí a dar un fuerte tirón seco para clavar al animal definitivamente y de paso detener su huida luego comencé a recoger el sedal de una manera seguida, o al menos eso fue lo que intenté, el sedal estaba todo lo tirante que podía , y aún que pescaba en grueso, sentí temor de romper y perder la pieza, menos mal que había puesto dedaleras para que la tensión o el deslizar de los sedales no me cortara la carne de los dedos, cosa que sucede muy a menudo cuando se pesca a mano, y se enganchan grandes presas.

El animal no cedía ni un centímetro de su espacio y pensé que esta vez había cogido al rey de los espetones. Existe un punto en la pelea cuando uno debe plantearse si seguir hasta conseguir hacerse con la presa, o a veces, si al día siguiente uno debe trabajar. Que es sin duda otra de las cosas a tener en cuenta. El sedal seguía a máxima tensión y "mi enemigo" seguía sin ceder un ápice de su terreno. No podía estar así toda la noche, así que decidí que era llegado el momento de resolver aquella extraña situación. Apliqué más fuerza a la tracción y el animal pareció empezar a ceder en la pelea, primero un palmo, dos, luego un metro, dos y de repente el soberbio animal salió del agua dando un gran salto de tres o cuatro metros fuera del líquido elemento y al tiempo que daba vueltas sobre si mismo. Pude verle a la perfección. Su figura plateada, su forma larga y estilizada como un torpedo a la luz de la luna llena, ¡qué fantástico animal!, y cuando estuvo en lo más alto de su salto, entonces dio un giro en el aire y… cortó el hilo cayendo, ya libre de nuevo, al agua y por supuesto escapando y dejándome con un palmo de narices.

¡Maldición!, el pez más grande jamás enganchado en la bahía de Sóller y acababa de escaparse.

Me quedé sentado un buen rato en la barca pensando e intentando digerir todas las experiencias y emociones vividas en aquel corto espacio de tiempo. Perdóneme el lector la expresión, pero es ¿Qué aquello había sido la pera!, ¡Uff…! ¿Y cómo se cuenta una cosa así? y si se cuenta, ¿Cómo se puede entender una cosa así? Recogí el sedal que me quedaba, en casa y con buena luz lo revisaría, luego recogiendo los remos me dirigí a puerto, aquella noche la pesca se había acabado, de ninguna manera quería entremezclar aquella experiencia con otras que pudieran disfrazarla o restarle un ápice de intensidad. La quería para mi entera.

Y a medida que me dirigía en busca de mi amarre ya pensaba en la revancha, ¿qué debería hacer para que la próxima vez que enganchara aquel soberbio animal no pudiera escaparse con tanta facilidad?

Y hubo otras peleas como aquella, concretamente tres, y con el mismo animal.

¿Y quién resultó ganador? ¡Ah!, esta es otra historia…

7 . – Piratas

Mallorca es la mayor de las islas Baleares, por tanto, Mallorca es una isla, y ello le confiere el status de frontera. Y las fronteras en general siempre han sido tierra de piratas primero, y de contrabandistas después. De siempre los pueblos de la costa y especialmente en las islas del Mare Nostrum han sido la primera línea, y siguen siéndolo, contra los recién llegados provenientes del mar, y si pesáramos estos hechos en una balanza de buenos y malos, posiblemente nos asombraríamos al comprobar que estos últimos ganan la partida, durante los siglos XVI y XVII los piratas berberiscos asolaron las costas del mediterráneo, de las islas principalmente y Sóller nuestro pueblo no fue una excepción.

Ojeando la historia de Sóller de D. Joaquín María Bover "caballero de la Insigne Orden de Constantiniana de la Espuela de Oro, etc. etc." (sic) publicada en 1856, ya menciona las hordas de piratas que ya en el año 67 antes de Jesucristo asolaban nuestras costas, por aquello de fastidiar al prójimo, que tanto Quinto Cecilio Metelo como después el gran Pompeyo tuvieron que dedicar ingentes esfuerzos a tratar de solucionar este problema. Menciona Jover a los cartagineses Himilcon y Hamnon en el año 452, a Pirro rey de Epiro en el 276, a Amilcar Barca en el 248, a Hércules Alceo en el 210. O ya en nuestra época a Mohamed I hijo de Abb-er-Rahman II en el 852, a Sigurd I nieto de Olof de Noruega en 1108, y antes de ellos a los vándalos Gunderico en 421, o Gilimer en 534, y muchos más, que nos llenarían muchas páginas que ahora deseamos para otras cosas.

Que se sepa, y siguiendo a los cronistas de la historia, pocos de ellos vinieron para pescar en nuestras dulces y transparentes aguas, ni se deleitaron con la rumorosa música de nuestros torrentes.

Pero ya casi nadie se acuerda o siquiera conoce estos luctuosos sucesos, en nuestro pueblo excepto uno de ellos, que se mantiene todavía vivo entre los habitantes del valle, y no sabemos hasta cuando será así, porque en los tiempos modernos la progresía ignorante y globalista ya ha empezado a alzar la voz en contra, y que supuso una gran convulsión para todos sus habitantes de entonces, tan grande que hasta nuestros días se recuerdan y celebran aquellos extraordinarios sucesos.

Me refiero claro está, a la "Historia de la Espugnación de Sóller por el ejército de Occhialí, capitán Pacha de Túnez, y victoria ganada por los vecinos de aquella Villa en el 11 de mayo de 1561".

Occhialí era el nombre vulgar con el que se conocía a un famoso, por su crueldad, renegado calabrés que se inició como pirata a las órdenes de Dragut, que ya había asolado la ciudad de Pollensa en 1550. Ascendió y se hizo famoso en la marina otomana por participar en la batalla de Lepanto contra los cristianos. Al parecer murieron durante el sitio de Malta en 1565.

En el año de 2004 mi esposa y yo visitamos la isla de Malta, en uno de los paseos por la zona de murallas encontramos a otra pareja de mallorquines, de Pollensa para ser más exactos. Me preguntó:

- También lo estáis buscando.

- A quién. Nosotros no buscamos solamente paseamos.

- El lugar donde los piratas Dragut y Occhialí murieron. Tiene que estar por esta zona, nos han dicho que hay una placa que lo indica.

- Ya que estábamos allí nos unimos a la búsqueda y efectivamente la encontramos.

Había una placa de bronce que indicaba el lugar donde habían sido muertos a cañonazos, los famosos piratas durante su asedio de la ciudad de Malta. Ya no saquearían más pueblos costeros, ya no matarían a más cristianos.

1561 .-

Don Guillermo de Rocafull, Capitán General de Mallorca, estaba sentado en su despacho hojeando unos documentos que tenía sobre la mesa, cuando entró su ayudante de campo, traía un pliego llamado ABC porque tenía varios destinatarios y cada uno retiraba su parte para demostrar que había sido recibido, o sea a modo de acuse de recibo.

- ¿Qué es eso?

- Se trata de un documento que ha llegado con la máxima urgencia para vos. Creo que confirma las últimas noticias que han estado llegando de Berbería.

En efecto, los esclavos cristianos de Berbería habían hecho llegar a través de diferentes conductos, pero principalmente comerciantes, y frailes que se dedicaban a liberar esclavos previo pago de sus rescates, entorno a los preparativos que estaba haciendo los piratas Dragut y Occhialí y su flota con la intención al parecer de atacar de nuevo las costas de las Baleares, y principalmente Mallorca, y entre ellos el nombre de Sóller era uno de los que más se nombraba.

- ¡Bien!, haz que el documento siga su curso, dispón aviso a los pueblos de Sóller, Buñola, Santa María, y Alaró de lo que sucede, y también manda aviso a todos los municipios costeros para que aumenten sus vigilancias, y que empiecen con los preparativos de defensa.

- Si señor, sin tardanza.

A kilómetros de distancia Joan llegó tarde a casa, vivía con su madre viuda, en una casita cerca del llogaret de Biniaraitx.

- Joan hoy si que te has retrasado mucho.

- Si madre, últimamente vienen llegando noticias preocupantes, y hoy se han confirmado. Parece que los piratas de Berbería han puesto sus ojos sobre nosotros. Hay que prepararse para un inminente ataque corsario, así que madre tienes que recoger todo lo que tenga un poco de valor y debes marcharte a Santa María. El resto lo repartiré por el huerto y lo taparé con ramas para que no llame la atención, con un poco de suerte no perderemos mucho.

- Hijo yo no puedo irme, tú me necesitas.

- Madre todos los hombres útiles debemos reunirnos en el "camp de s,oca", a las órdenes del capitán Angelats y del sargento Soler. Poco puedes ayudarme allí.

Además, si en realidad los sarracenos llegan aquí, siempre lucharé mejor y mucho más tranquilo sabiéndote lejos y a salvo, y fuera del alcance de estos bárbaros.

- Pero hijo, yo cuidaré de ti…

- ¿Cómo lo harás madre?, ¿colocándote ante las espadas de los enemigos?, ¿deteniendo las flechas?, madre no puedes entender que estaré más tranquilo sabiéndote a salvo, y solamente tendré que preocuparme de mi mismo. En cambio, si te quedas aquí, yo estaré todo el tiempo con el corazón en un puño, y esto me restará eficacia y atención a todo lo que haga y hasta puede que por culpa de ello pierda la vida. Venga madre déjate de tanto parloteo tonto y prepara las cosas, de madrugada parte un grupo y podrás viajar con ellos, mi amigo Bartolomé de la "baronía" me ha dicho que tiene una plaza para ti en su carro. Mejor imposible, allí os espera el párroco y él se encargará de alojaros, cuando todo este embrollo termine ya volveremos a reunirnos.

- Pero hijo, ¿y si te pasase algo?

- Madre, si ese algo es que me maten, habrá sido la voluntad de Dios, y eso tú no puedes remediarlo, y al menos tú estarás bien y podrás rezar por mi alma, y yo desde el cielo todavía me sentiré más tranquilo.

- Bueno si insistes tanto… pero que conste que no me gusta nada dejar mi casa y dejarte solo aquí con esos bárbaros merodeando.

- Madre, todo lo que quieras, pero prepárate para irte a Santa Maria el grupo sale de madrugada, yo mientras debo preparar mi trabuco, la pólvora, el plomo y resto de mis armas.

Juan había ideado un sistema para ser más rápido en el disparo en caso necesario, además de llevar el cuerno de pólvora colgado al cuello, llevaría las cargas de postas individualizadas dentro de trozos de caña sellados con cera en uno de sus lados y un tapón de corcho por el otro, así se conseguiría una uniformidad en el disparo, y mayor rapidez en la recarga, y eso en el combate sería básico y vital.

Procedió a limpiar y aceitar su trabuco de bronce, también su daga y una hachuela que siempre llevaba que además de la prolongación de su brazo él sabía lanzar con fuerza y precisión, y por si estaba todo perdido cogió y aceitó y afiló el cuchillo más grande de la cocina y se lo ató en la pierna derecha, en caso de extrema necesidad allí estaría.

Mientras su madre había empacado lo poco de valor que tenían en la casa y las ropas necesarias, y cuando estuvieron los dos preparados decidieron invertir los últimos momentos rezando juntos el Santo Rosario, si alguno o los dos habían necesitado ayuda de Dios, de la Virgen y de todos los santos había llegado la ocasión, y era éste de poner las cosas en claro. Apenas se hizo un poco de luz en el horizonte madre e hijo se dirigieron a la plaza mayor donde se separarían con rumbos opuestos.

Apenas entraban por la calle de la Luna oyeron un trueno lejano muy sospechoso, y casi de inmediato todas las campanas de las iglesias empezaron a tocar arrebato.

- Madre date prisa, esa era la señal de alarma lo que significa que los piratas han sido avistados, y el grupo de la plaza se irá enseguida.

Efectivamente los carros ya estaban dispuestos y los habían llenado de gente principalmente mujeres niños y viejos, y los que ya estaban completos habían empezado su andadura hacia las estribaciones del Coll de Sóller y hacia Santa María.

- Madre aquel es tu carro. Corre.

Juan localizó el carro y ayudó a acomodar a su madre todo lo que pudo, se dirigirían hacia las estribaciones de la montaña hasta donde pudieran los carros, luego seguirían el viejo camino a pie o a lomos de los animales los mayores o los niños, hacia Buñola y Santa María. Joan se dirigió a su amigo.

- Por favor vigila a mi madre, no se le ocurra la idea de volver atrás. Hazme este favor.

- Lo haré Joan, ahora encomiéndate al Santo Cristo y pela unos cuantos en mi nombre.

- De acuerdo así lo haré. Marchaos.

Joan dio el último adiós a su madre, y ya más aliviado al sentirse libre de la responsabilidad, ahora más ligero se dirigió presto hacia el Camp de S,oca que era el punto de reunión acordado de soldados, somatenes, milicias y todo hombre apto para luchar.

El capitán Angelats y el sargento Soler ya estaban allí, armados hasta los dientes, organizando y confortando a los hombres, también estaban los curas de la Iglesia y los de San Felipe Neri confesando y dando bendiciones a todos aquellos que lo solicitaban. Si uno debía morir siempre mejor con el alma presta, y los pecados perdonados. Y pecados todos tenemos los nuestros.

Antonio Soler era uno de los que tenía más talento militar, había sido soldado en los ejércitos de Carlos V y había servido más de quince o veinte años en las guerras de Alemania, era el encargado de organizar la disposición de los combatientes, y formar las líneas de disparo. A sus órdenes los hombres se dispusieron en tres cuerpos de ejército diferentes según su tipo de armamento, en el centro y frente Soler colocó a los hombres con largas picas, y justo de tras de ellos a la poca caballería de que disponía, a la derecha los hombres armados con trabucos y alguna escopeta y otras armas de fuego, en el ala izquierda colocaría a todos los arqueros y ballesteros y al resto de combatientes rezagados.

Iba dando órdenes en voz alta, de vez en cuando se detenía para recibir noticias de emisarios y corredores que pudieran mantenerle al tanto de la situación y de como y cuantos eran los enemigos, luego volvía a dar órdenes cada vez con la voz más alta. Sabía que disponía de un cuerpo de hombres valientes y voluntariosos dispuestos a defender sus casas y sus familias, pero también sabía que en un combate esto no basta, y que muchos de aquellos hombres no eran soldados y de que nunca antes habían matado a alguien, que le costaba que obedecieran, pero sobre todo que lo hicieran rápido sin detenerse a pensar o preguntarse las razones de las órdenes recibidas, y todo ello en el transcurso de una batalla era de crucial importancia.

Mientras los piratas berberiscos hombres más avezados a la pelea y a matar, a las órdenes de su cruel jefe Occhialí habían intentado desembarcar en el puerto, pero ante los cañonazos de los defensores, decidieron asesorados por un renegado que llevaban a bordo, de nombre Valls intentar el desembarco unas leguas más al norte en una zona llamada "ses puntes" por existir tres salientes rocosos que en forma de dientes de tenedor se adentran en el mar conformando una zona de fácil desembarco y lejos del alcance de los cañones cristianos. Se trataba de una tropa de unos Mil setecientos piratas llegados a bordo de galeras y leños. Unos mil cuatrocientos a las órdenes de Isuff Arraez pirata de gran nombradía, por su arrojo en el saqueo, y también por el hijo del propio Almirante Occhialí. Por indicación del pirata renegado pronto se formaron dos grupos, unos avanzarían y atacarían por el sur y la calle Nueva, mientras el otro grupo se dirigiría hacia el norte dando un pequeño rodeo, entrarían por la calle de la Luna y arrasarían todo lo que encontraran a su paso.

Los defensores estaban formados en "es Camp de s,Oca" cuando llegaban el primer grupo de piratas, dispuestos a la destrucción y al saqueo, quizás incluso con la creencia de encontrar a sus habitantes todavía en sus camas, y así sorprendidos poder matar y saquear más fácilmente. Al encontrarse con un fuerte grupo de defensores y en formación de combate frente a ellos se quedaron un poco parados dudando que iniciativa tomar.

Angelats y Soler ya empezaban a avanzar para iniciar el ataque cuando en este preciso momento llegó un emisario, Antonio Busquets de Fornalutx con las malas noticias de que los corsarios entraban en el pueblo por su lado norte quemando y saqueando todo lo que encontraban a su paso.

Esta noticia hizo flaquear a los defensores que a punto estuvieron de deshacer la formación para ir a socorrer a sus familiares y vecinos.

Fue la determinación de Soler que lo evitó.

- Divide y vencerás. Ahora los tenemos divididos, es el momento de derrotar a estos mal nacidos y cuanto antes terminemos con ellos aquí y ahora, antes podremos enfrentarnos con los demás. Si deshacemos la formación nos veremos entre dos fuegos y ellos ganarán la batalla, y el desastre.

Sus palabras sonaron más que razonables y nadie entre los defensores dio un paso atrás en su lugar de combate, y al grito de Cristo y Sóller los habitantes del valle avanzaron contra los piratas berberiscos.

Por su parte Isuff Arraez que no tenía nada de cobarde también dio la orden de atacar.

La mejor formación de combate de los defensores a las órdenes de Angelats y Soler, y su buena respuesta a las órdenes permitió que arcabuceros, arqueros y ballesteros, hicieran dos disparos antes de llegar al cuerpo a cuerpo, lo que deshizo y desorganizó las filas de los atacantes. Las postas de los trabucos disparadas a la distancia oportuna a las órdenes de fuego de Soler, y los dardos de las ballestas frenaron en seco la embestida de los piratas, las picas al frente y la poca caballería que embistió al enemigo bastó para desbaratar todo su ataque.

Joan luchaba desde el ala derecha de la formación cristiana, y procuraba cargar y disparar y volver a cargar, pero lo hacía con gestos ensayados y sin apresurarse, sabía que, con su trabuco a punto, ningún enemigo se le podría acercar a menos de veinte pasos, y mientras él seguiría causando bajas a los atacantes, si no permitía que nadie se acercara a distancia de su alfanje no tendría problemas. La disposición de las cargas de pólvora y postas individualizadas en los canutos de caña, le daban más rapidez, y además así podía cargar sin dejar de mirar al enemigo, y mantener controlado todo lo que pasaba a su alrededor.

Un pirata turco grande y enorme con un alfanje de punta gruesa y curvada hacia arriba, sin guarda de mano y lleno de sangre quizás por alguna desgraciada víctima anterior se dirigió hacia él corriendo, pero pareció que elegía a su compañero más próximo como primera víctima, ambos tenían las armas descargadas y veían como se les acercaba aquella mole gritando y blandiendo su arma quizás con toda la rabia de haber sido recibidos con pólvora y plomo. Joan vio como su compañero quedaba como paralizado de terror pasando el trabuco a su mano izquierda con la derecha se hizo con el hacha que llevaba en su cadera, parecía un arma de risa frente al largo alfanje que blandía el grueso pirata de largo mostacho, probablemente un jenízaro turco, pero el joven no tenía ninguna intención de medirse tan desigualmente con el bandido, sencillamente le lanzó el hacha con un brusco movimiento de muñeca, el arma salió, dio dos vueltas en el aire y se clavó con fuerza en plena frente del jenízaro que entre la velocidad del hombre y la del hacha hizo que sonara un tremendo golpe de huesos rotos y hendidos.

El pirata se detuvo en seco, con una mueca de incredulidad en la cara, quizás no podía entender como aquel mocoso con una hachuela que apenas hacían sombra en el suelo lo había podido detener de aquella manera. Joan dio un fuerte codazo a su compañero para sacarlo de su inmovilidad.

- Por Cristo. Sigue cargando.

Dijo Joan con un grito, al tiempo que él hacía lo mismo. Después recuperó la hachuela que tan buen servicio acababa de rendirle y siguieron avanzando y empujando a los piratas hacia el puente donde apenas podían maniobrar, y hacia el mar de donde provenían, y sin deshacer la formación de combate.

- Colócate dos pasos detrás de mí. Dispararemos alternativamente entendido.

- De acuerdo. Mejor.

Muchos de aquellos bandidos tiñeron con su sangre las aguas del Torrente Major o espantaron con sus cuerpos al caer a las aguas aquellos bellos salmones que subían contra las aguas para el desove, y aquellos muertos ya nunca podrían saborear del enorme placer de la pesca con mosca en aquellas limpias y claras aguas.

Su afán por matar y destruir no les dejaba. Lástima.

Los pretiles del puente D,en Barona no eran suficientes para aguantar tal número de turcos en su huida, algunos de ellos abandonaban sus armas para poder correr mejor, y los gritos de su caudillo Isuff para poner orden entre aquella desbandada eran en vano.

Unos corrieron directamente hacia la costa y a los barcos, pero Isuff que era un poco obeso y no podía correr resolvió que su única salida era la de defenderse y vender cara su vida, consiguió reorganizar un grupo de piratas en el llamado Puig d,en Muntaner, pero los cristianos bien formados y dirigidos con mano férrea por Soler no se detienen y los arrollan. Uno de los defensores Pedro Bisbal conocido como "garrova" divisa al jefe de los corsarios dando órdenes a diestro y siniestro para organizar la defensa, y lanza hacia él su azagaya atravesándolo de parte a parte Isuff Arraez el pirata berberisco terror de las costas del Mediterráneo, ya no arrebatará más vidas cristianas, ni violará más jovencitas esclavas, ni molestará a nadie con sus desmanes y berridos.   Dos de sus lugartenientes que corren hacia él para socorrerle son identificados por Joan que acaba de cargar su trabuco que ha tenido que coger con un pañuelo porque su cañón arde y le quema las manos, dispara sus postas en esta dirección y mata a ambos de un solo disparo, junto a su amigo Lorenzo Castañer ambos siguen avanzando y disparando alternativamente. Sin detenerse. Ambos de una forma casi instintiva han descubierto las ventajas de luchar juntos y en tándem, mientras el uno carga, el otro dispara y viceversa, alternándose van tejiendo una pared de plomo ante ellos que no permite que ningún otro pirata se les acerque con malas intenciones. Lorenzo Castañer descubre al baxí o lugarteniente enemigo y que no es otro que el hijo del Almirante berberisco y ahora sin dudarlo le encañona con su trabuco y le descerraja un trabucazo en la cabeza terminando así con toda la resistencia enemiga que a partir de este momento ya no es una batalla sino la caza del hombre o mejor del pirata.

Pero Angelats y Soler saben que aquello no es todo y tratan de recoger y ordenar a sus soldados que, enfebrecidos por su victoria y la sangre de los enemigos, casi han olvidado al otro grupo de piratas que han entrado por el norte y que ya están saqueando e incendiando el pueblo a placer.

Joan oye las llamadas del sargento Soler y se detiene para recoger a su compañero Llorenç que está recogiendo la oriflama turca como trofeo y que conservarán incluso sus descendientes como prueba de tan excelente hazaña. Luego ambos se reúnen con otros milicianos a las órdenes de Soler quien les ordena limpiar los trabucos y hacerse con la pólvora y las municiones de los caídos, reformar las líneas de combate y prepararse para enfrentarse con el segundo grupo de atacantes. Soler, hombre ducho en muchas batallas sabe que ahora será más fácil porque el enemigo estará desorganizado, y muchos atenderán más al botín que pretenderán recoger y salvar, que hacer frente a los cristianos que se les puedan echar encima.

Ahora Soler decide formar dos grupos, uno en formación de combate que barrerá todo el pueblo de sur a norte, limpiando todo cuanto enemigo puedan encontrarse. Y otro grupo más pequeño, pero bien armado que se emboscará en el camino de regreso, para eliminar a todos los piratas que puedan, pero sobre todo para liberar a todos los cautivos y sobre todo cautivas que los turcos intenten llevarse como esclavos.

- Mientras nosotros barremos todo el pueblo, vosotros los más jóvenes y ligeros tenéis una misión más importante y delicada, además de eliminar a todo pirata que se ponga a vuestro alcance, debéis recuperar lo robado, pero lo más importante, lo más sagrado para nosotros, será liberar a todos los prisioneros que estos mal nacidos puedan haber apresado, principalmente mujeres y niños. No podemos permitir que se los lleven porque para ellos la vida será desde ahora un infierno, y esto es lo que tenéis que evitar a toda costa, id y apostaos en los caminos de son Llempaies y sa Figuera hasta el camino de las puntas y liberad y esconded a todo prisionero que podáis. Id hijos de Cristo, y la Virgen estará con vosotros.

Joan y Llorenç han luchado juntos hasta ahora y han podido darse cuenta de la ventaja de luchar de esta manera, incluso frente a los jenízaros turcos más bestias y más avezados a matar seres humanos, y deciden de mutuo acuerdo seguir haciéndolo asé en tándem. Recogen toda la pólvora y balas que pueden de los caídos de uno y otro bando, Joan recoloca su hachuela que tan buen resultado le ha dado, pero decide recoger también un yatagán turco, una especie de espada corta profusamente labrada con pasajes del libro sagrado de los musulmanes, y aunque no está muy ducho en su manejo, la llevará por si acaso, su compañero además recoge una lanza que llevará en la otra mano y ambos juntos echan a correr con el grupo de jóvenes que van a emboscarse en el camino de regreso de los piratas a sus naves resueltos a hacérselo pagar caro y a darles un buen susto.

Mientras estas cosas suceden en un lugar del valle, en otros se dan otro tipo de sucesos.

Las hermanas casanovas que vivían en el caserío de c,an Tamany en las afueras del pueblo oyen la llegada de dos piratas dispuestos a saquear su casa, las dos hermanas deciden defenderse y atrancan las puertas, los piratas berberiscos descubren que allí hay alguien y deciden, ante el incentivo que sean mujeres, escalar la pared y entrar por una ventana que al parecer sigue abierta, las mujeres se dan cuenta de las intenciones de los corsarios se emboscan en el piso de arriba, cuando el pirata introduce la cabeza por la apertura de la ventana, un fuerte golpe con una de las trancas, que aún hoy en día se conserva, le abre la cabeza, el infeliz cae con la cabeza abierta y muriéndose con tanta puntería que derriba a su compañero dejándolo momentáneamente sin sentido. Al apercibirse las dos hermanas, salen corriendo de la casa y terminan el trabajo, ninguno de los piratas volverá a saquear nunca más ninguna casa cristiana, ambos enemigos están muertos.

Tal gesta pasará a los anales de la historia, pero las dos mujeres no pueden celebrarlo, porque su hermano Juan que vivía con ellas halla una honrosa muerte luchando contra los jenízaros turcos en la calle de la Luna.

Los mosenes Gaspar Miró y Guillermo Rotger, ambos ya ancianos han decidido permanecer en la iglesia para custodiarla y defenderla en caso necesario, mueren luchando contra una partida de corsarios que han logrado forzar las puertas y pretenden el saqueo de la casa de Dios. Una vez sin resistencia los bárbaros se llevan cálices, relicarios, cruces, bordones y otros utensilios de culto de oro y plata existentes en la Casa Santa. Sin embargo mientras los bandidos están entretenidos en pleno saqueo otro mossén, Pedro Bernat consigue sacar las Sagradas Formas y acompañado por los jurados Pons y Deyá las pone a salvo evitando su profanación, escondiéndolas en una cueva en lo alto d,es Puig d,en Barera, y que en el futuro se reconoce como de Ses Tres Creus por el monumento conmemorativo de este hecho, que después se erigirá allí.

El caso de Fra Guillermo Baró que al conocer la noticia de que los piratas han saqueado la casa de Dios coge su alabarda y se dirige al centro del pueblo para luchar contra los piratas y obligarlos a soltar su presa. Ante tanto pirata que encuentra se refugia en la casa de sus padres, consigue atrancar la puerta y con una ballesta que hay en la casa y por una ventana va sembrando la calle de cadáveres sarracenos, cinco son los enemigos que consigue eliminar, y al no poder proseguir con la escabechina ya que la ballesta se le ha roto la nuez, recoge la alabarda y sigue defendiendo la casa y su vida, hasta que los turcos ante tan brava defensa deciden renunciar a seguir atacándola. Después creyendo el sacerdote que no puede ejercer su ministerio por haber matado a tanto pirata, se abstiene de ello hasta obtener una dispensa directa del Sumo Pontífice. Se conserva aún el nombre del valiente Fra, en la misma calle donde se defendería tan bravamente.

Ahora Joan y sus compañeros se han emboscado en el camino de retorno de los turcos cuando éstos intenten retirarse con todo lo robado, y con los prisioneros que han hecho para esclavizarlos, para vender, o exigir rescate, entonces ellos salen de su escondite eliminándolos. Su trabajo resulta más sencillo ahora, los piratas se retiran de manera desordenada, en pequeños grupos, y con las manos ocupadas con el producto de sus robos y saqueos en las casas y las iglesias que han desvalijado totalmente.

Primero sale Joan y dispara su trabuco, cuando se detiene para cargar, entonces sale Llorenç y dispara a su vez, otros compañeros que se les han unido hacen lo mismo. Luchando de esta manera resultan muy eficaces, se cubren mutuamente, vigilan, disparan, cargan y así sucesivamente, pero cada vez son más los enemigos que se retiran por aquel camino, y cuando parece que van a ser desbordados por tanto enemigo berberisco, unos hombres armados hasta los dientes y acompañados de perros de presa hacen su aparición en escena y acuden en su ayuda. Son los bandoleros que vivían escondidos entre los montes, hombres fuera de la ley que viven en cuevas y rincones de la montaña, hombres acostumbrados a la peles y que cuando se han dado cuenta de la gravedad de lo que sucede en el valle, entonces han decidido bajar y unirse a la lucha contra los piratas sarracenos y que para no cruzarse con las milicias organizadas han elegido aquel lugar para esperar al enemigo y matarlos.

Aquellos nombres tienen una peculiar forma de lucha, los perros entrenados exprofeso para ello detienen al enemigo mordiéndoles las piernas y brazos, cuando el pirata se detiene e intenta deshacerse de los animales que le acosan, llegan ellos detrás y los acuchillan o lancean repetidamente hasta matarlos, son muy eficaces, hombres avezados a todo, también duchos en las faenas del matar y sin miedo a nada.

A Joan y sus compañeros les van como anillo al dedo, porque así pueden mantener la posición que ahora está muy concurrida, matan a muchos de los piratas sarracenos, recogen mucho del material robado y también liberan algunas mujeres y niños. Por allí no pasa nadie.

Cuando tienen un momento los amigos Joan y Llorenç retiran algunos de los cadáveres para que los sarracenos no sospechen tanto, y seguir manteniendo la trampa que hasta el momento tan productiva les está resultando. Los bandoleros siguen vigilando, y a diferencia de lo que los milicianos y los dos amigos han podido pensar en un principio, ellos siguen allí, no tocan nada de lo recuperado tampoco las monedas de oro o algunos cálices que han conseguido recoger y amontonar tras una pared de piedra. Siguen allí y luchan codo a codo con ellos.

Oyen ruidos gritos y lamentos que se van acercando, rápidamente vuelven a emboscarse y preparan sus trabucos, y Joan tiene ahora una buena pistola que ha conseguido de uno de los piratas. Ven una hilera de prisioneros que se acerca por el camino, casi todo son mujeres y niños, delante abren el camino dos turcos jenízaros, estos son los peores uno de ellos sostiene la cuerda y lleva un enorme alfanje con la otra mano el otro va cuatro pasos adelantado y lleva una espingarda en las manos lista para abrir fuego, les siguen una hilera de mujeres y niños llorando, las dos primeras llevan sendos niños llorando en brazos, al final del grupo siguen dos turcos más uno de ellos lleva una lanza, y el otro lleva una especie de saco confeccionado con una funda de almohada llena del producto de su rapiñas a la espalda, y unos pasos más lejos vienen más piratas tres con muebles ropa y otros enseres en los brazos. Van cantando y sonriendo al parecer contentos por lo productivo que les ha resultado el día para ellos, al contrario que sus prisioneras que no paran de gemir.

Aquella es una situación un tanto comprometida, pero no pueden pasar una cuerda de cautivas como aquella.

- Tú y estos encargaos de los dos de delante, y mucho cuidado con las prisioneras, yo atacaré con los bandoleros a los de detrás y que Dios me ayude.

- Pero los de detrás son más, esto es muy peligroso.

- Es cierto, pero llevan las manos ocupadas y no nos esperan, además no podemos dejar pasar a tantos prisioneros, por la Santa Madre de Dios, espero que los bandoleros me ayuden eficazmente.

Los bandoleros apostados al otro lado del camino esperan y observan mientras retienen a sus perros, saben que los muchachos no dejaran pasar al grupo y esperan su oportunidad para atacar.

Los piratas berberiscos vienen confiados, hasta el momento solamente han visto algún habitante del pueblo despistados y que no han constituido ningún peligro para ellos, tampoco una fuerza para hacerles frente, esta es la mejor baza de los jóvenes. Todavía no se han apercibido ni de los muchachos ni de los bandoleros que están todos escondidos reteniendo a sus perros y a la espera del momento oportuno.

Joan deja pasar la cabeza del grupo y da la señal a su amigo salen de detrás de sus escondites trabuco en mano, pistola al cinto y una lanza en la otra, no deja pasar la oportunidad y dispara derribando el primero de sus enemigos con un trabucazo en la cabeza, después deja caer el trabuco en el suelo y con la misma mano saca la pistola y la encara sin soltar la lanza.

Joan hace lo mismo y ataca al grupo de detrás su primer trabucazo termina con el primero de los sarracenos, también saca la pistola y la hachuela con la otra mano. El pirata que ha visto al joven da un grito de aviso apagado por el ruido del disparo de Llorenç, el joven apunta con cuidado, sin prisas conoce la capacidad destructiva de su arma que dispara y también lo deja caer al suelo haciéndose con la pistola que apunta a su segundo enemigo que apenas ha dejado caer los trastos que llevaba al suelo, y recibiendo el plomo en pleno pecho. Los bandoleros que han entendido el juego de los jóvenes sueltan a sus perros hacia el resto de los piratas a la vez que salen corriendo de sus escondites hacia ellos con sus bastones puntiagudos en una mano, y largas dagas en la otra y también alguna hacha de reserva. Los turcos que de entrada habían pensado que se trataba de bisoños jovencitos y que en algún momento pensaron poder añadir a su cordada de esclavos, se dan entonces cuenta que han caído en una trampa en toda regla intentan soltar el producto de sus rapiñas para defenderse, pero algunos ya tienen los perros encima mordiéndoles las piernas, y los bastones de los bandoleros que antes servían para delinquir ahora sirven para clavarse en sus carnes o molerlos a palos a aquella turba de desalmados que ha osado entrometerse en sus territorios. Joan ha conseguido recargar su pistola y dispara a otro de los piratas, pero con las prisas solamente consigue darle en una pierna, pero sirve para detenerlo el tiempo suficiente para pasarse la hachuela de mano y la lanza en plena cara contra el hombre que casi muere sin saber que está pasando, mientras el joven desenvaina el yatagán que ha recogido y aunque se trata de una arma enemiga servirá para defenderse, y aún con la otra mano saca una de sus dagas. Pero los perros son el arma definitiva porque los sarracenos no lo esperan, porque son rápidos y valientes, y porque los bandoleros los usan con eficacia y arrojo.

Llorenç ha conseguido eliminar a su primer turco, pero solo ha herido al segundo de ellos que lleva una espingarda y parece saber usarla, está a su merced, pero cuando parece que va a disparar uno de los perros le muerde violentamente el gemelo de las piernas derribando por los suelos al bandido mientras el disparo sale alto, y viendo a su enemigo en el suelo y desarmado, el joven aprovecha para partirle el negro corazón con su lanza y luego recarga la pistola rápidamente por si acaso. Llegan más turcos a la refriega, pero ya los muchachos han recargado sus pistolas y detienen al primero de los piratas que ha dejado el producto de sus robos en el suelo y preparaba su alfanje cuando la bala le atraviesa la cabeza. El segundo de los turcos cree que el muchacho ha quedado sin balas y embiste de seguida, pero el hombre no ha visto que el joven ha recuperado su hachuela que se convierte en un arma temible en sus manos, así que de repente nota un golpe en su pecho y ve un mango de madera que le sobresale entre los pliegues de la camisa que se tiñe de rojo a su alrededor, mientras Llorenç que tampoco espera le ensarta con la lanza en la barriga. Los perros y los bandoleros acaban con el resto de la resistencia.

Joan aconseja primero recoger todas las armas y cargarlas, incluso la espingarda del primer sarraceno y la deja en manos de uno de los bandoleros, luego ya retirarán todo lo que puedan. El joven se siente mucho más seguro detrás de la boca de su trabuco, y el resto de sus armas al cinto incluida su temible hachuela, los bandoleros sonríen entienden que así es la cosa para aquellos muchachos que ya empiezan a respetar por su valentía y porque se han visto obligados a matar a los primeros seres humanos de su vida, lo han hecho bien y al parecer aún no han acabado.

- ¡Joan!, Joanet fill meu.

Joan reconoce aquella voz, es la de su madre, rápidamente acude a la cuerda de cautivos que ya los bandoleros y sus compañeros están desatando y reconoce a aquella mujer cautiva como su madre.

- ¡Madre!, ¡Por el amor de dios todopoderoso!, ¿Qué haces aquí?, ¿Cómo has llegado?

- Hijo mío no podía dejarte solo, podías necesitarme.

- Madre y ¿Cómo ibas a ayudarme estando prisionera de estos piratas? ¿es así como entiendes la ayuda?

El joven está muy enfadado, precisamente aquella era la situación que no quería encontrarse.

- Verás hijo, es que con eso no había contado.

- Pero madre qué piensas que es esto que está pasando, ¿serás ahora capaz de entender lo que te digo?. Ahora con todas las demás dirigíos a lo alto de aquellos olivares escondeos entre las matas y no os mováis hasta que yo venga a buscaros. Y por Dios y la Virgen María no salgas, no os mováis hasta que vengamos a buscaros. ¿Lo has entendido madre?, ¿lo has entendido de una puñetera vez?

- Hijo, ¿y tú has matado a estos hombres?

- ¡Madre!, quieres marcharte de una vez y esconderte. Al final me van a matar y será por tu culpa.

- Ya nos vamos. Ya nos vamos.

Las mujeres y los niños se dirigieron a su escondite señalado en lo alto del olivar, para no ser vistas ni oídas si algún niño lloraba. Mientras los chicos y los bandoleros se preparaban para nuevos encuentros cargando y preparando sus armas, y recogiendo y escondiendo el botín detrás de una pared y escondiendo asimismo los cadáveres de los piratas sarracenos.

Escenas similares se iban produciendo en otros puntos de los posibles caminos de retirada de los piratas hacia sus barcos en la zona de ses Puntes. Otros grupos de emboscados trataban de cortar el paso y matar si era posible a los piratas en su repliegue.

Mientras en el pueblo Angelats y Soler con el grueso del ejército terminaban de limpiar todo el pueblo de todo conato de resistencia o de enemigos rezagados, y a la vez recuperar los botines y prisioneros y lo llevaban todo a la Plaza Mayor ante la iglesia para custodiarlo todo y proceder más adelante a su restitución a sus legítimos dueños. También a lo largo de la mañana grupos de hombres procedentes de Buñola se habían juntado con los hombres de Sóller para combatir codo a codo con ellos ganar la batalla y proceder a la limpieza definitiva de los piratas.

Joan Llorenç y algunos más junto con sus nuevos compañeros los bandoleros de la montaña han conseguido derribar a tres jenízaros más que se retiraban hacia sus naves cargados de botín y cuando después de un buen rato de inactividad deciden caminar hacia las Puntas con toda precaución y enfrentarse con todo enemigo que encuentren. Los bandoleros proponen marchar delante con sus perros, éstos les avisarán en caso de que hubiere enemigos cerca, y de paso no resultar ellos mismos los emboscados. Bajando hacia la Figuera divisan y con cuidado dan alcance a un grupo de unos cinco hombres cargados con bultos y que no esperaban para nada ser seguidos, tan rápido los alcanzan los perros les derriban y así resulta más fácil acabar con ellos.

Joan nunca antes había matado a nadie, ni siquiera había pensado en esa posibilidad, pero ahora enfrentados a aquel desastre no le ha quedado más remedio, mira a aquellos hombres, con vestiduras raras, grandes alfanjes algunos forjados en Leeds que los ingleses, siempre enemigos de los españoles les han proporcionado para que luchen contra nosotros, él no los ve como a seres humanos, como a animales peligrosos con los que es imposible razonar y que para que no hagan más daño a nadie hay que eliminar, piensa en su obstinada madre y sin dar más vueltas al tema los mata, con el arcabuz hasta resulta fácil, se trata de un arma poderosa, y nadie a menos de veinte metros puede sobrevivir a su disparo, por eso tanto él como su amigo Llorenç procuran mantenerlo siempre limpio y bien cargado. Deciden seguir con la misma estrategia, esconden los cadáveres y el material recogen todas las armas que puedan necesitar y con precaución y precedidos por los perros deciden seguir hacia adelante, puede que hasta sus barcos.

Por el camino encuentran otro grupo de habitantes del valle que sedientos de sangre y llenos de rabia y de sed de venganza también persiguen a los enemigos que se retiran cargados de botín o con prisioneros. La unión hace la fuerza y deciden unirse y luchar juntos.

Durante la ascensión al coll de ses Puntes oyen gemidos de mujer, enseguida sabe que se tratan de cautivos, no puede tratarse de otra cosa. Así que al unísono aprietan el paso y se abren un poco en abanico al tiempo que preparan sus armas para un nuevo enfrentamiento, de nuevo los perros son decisivos, los piratas no esperan un enemigo como este, corren más y son más ágiles que ellos, los piratas se detienen, pierden tiempo y son alcanzados por sus perseguidores que llenos de rabia y furor al ver a sus mujeres atadas a una cuerda y maltratadas, no tienen piedad de ellos. Uno de los jenízaros al ver que va a ser arrollado por los cristianos apuñala a las dos mujeres que llevaba atadas a una cuerda. Joan se da cuenta de lo que está pasando y corre hacia el pirata que ahora sonríe quizás pensando que aquel jovencito es poco enemigo para su alfanje deja las mujeres heridas y se prepara contra su enemigo, pero ha cometido un error olvidarse del trabuco que el joven lleva en las manos. Joan no le apunta a la cabeza sino que apunta a la entrepierna y dispara, no quiere que el enemigo muera demasiado rápido, cuando el jenízaro cae de rodillas con sus manos intentando recoger los restos de sus genitales que lleva colgando o esparcidos por los suelos, entonces uno de los perros se lanza hacia el sarraceno y lo ataca a mordiscos, el joven los deja se merece esta muerte por lo que ha intentado hacer con las pobres mujeres. Se detiene ligeramente y al ver que las mujeres están heridas, pero no de gravedad deja que entre ellas se ayuden les corta las ataduras y con el trabuco en una mano y la pistola en la otra sigue con la persecución, ninguno debe escaparse, y mata a otro pirata que ha dejado su botín en el suelo e intenta escapar a la carrera.

Pronto llegan a la vista de las naves enemigas que esperan el retorno de los saqueadores y su botín. Los piratas se dan cuenta de que los llegados son cristianos, que les lanzan piedras con hondas, flechas y dardos con ballestas y plomo con sus trabucos y espingardas requisadas.

Los galeotes atados a su remo gritan, lloran y protestan, ellos son cristianos, esclavos a bogar en las galeras piratas y los reciben con metralla desde la orilla que también los alcanza y los mata a ellos. Los perseguidores ciudadanos bandoleros y somatenes de detienen, y vuelven toda su atención a los posibles rezagados, todavía algunos son cazados antes de llegar a sus naves y poder escapar. Mientras los piratas berberiscos deciden levantar anclas y volver a sus puertos con la rabia y la frustración en sus rostros, apenas cautivos apenas botín y han perdido más de la mitad de sus hombres incluido al mismísimo hijo de Ochialí.

En el futuro van a pensárselo dos veces antes de volver a atacar estas costas.

Cuando los bajeles piratas ya se han desvanecido en el horizonte, los ciudadanos de Sóller, los jóvenes de refuerzo provenientes de Alaró, Buñola y Santa Maria, así como los bandoleros bajados de las montañas ayudan a recoger a los prisioneros, curar a los heridos, recoger todo el material robado y esparcido por el camino, y a recoger los muertos propios con un carro y cargados con respeto, del hombre que a muerto bravamente en defensa de sus seres queridos y sus bienes, mientras que los piratas son atados por los pies y arrastrados y lanzados al agujero de un "avenc" para que se pudran en el olvido.

Joan recoge a su madre junto a las otras mujeres y después de llevarla a su casa regresa para ayudar a lo que pueda al resto de ciudadanos y la reconstrucción de los destrozos hechos por los piratas berberiscos. También procede a explicar a las autoridades de la extraordinaria y valiente ayuda prestada por los bandoleros de la montaña. Ellos y sus perros han sido decisivos en la lucha en todas las ocasiones que han presenciado y luchado juntos.

Todo lo rescatado tanto material dinero y bienes es devuelto a sus legítimos propietarios en una recogida más que ejemplar.

El pueblo poco a poco vuelve a su cotidiana rutina.

En el futuro todavía habrá unos amagos más de invasión, pero nada formal y nada semejante a lo ocurrido durante el mes de mayo de 1561.

En el año del señor de 2019 todavía se celebra el "Firó" que revive todos estos eventos. Aunque ya algunas voces "progres" abogan por su desaparición.

Visca el "Firó".

8 .- Contrabandistas

Así como el agua más tarde o más temprano produce musgo, las fronteras más temprano que tarde producen contrabandistas.

Una isla no tiene fronteras propiamente dichas, pero ¿no son acaso las diferencias entre el mar y la tierra la más normal y antigua de las fronteras? Y por extensión las costas terreno de contrabandistas siempre. Cuando existe algo que es codiciado y no existe en cantidades suficientes, pero se desea o hay que pagar un impuesto por ello, habrá alguien dispuesto a contrabandear con esa cosa.

Desde que tengo uso de razón y hasta donde alcanzan mis recuerdos se ha contrabandeado a mi alrededor, entonces diría que he vivido en tierra de contrabandistas.

En los tiempos modernos se contrabandea con armas y drogas básicamente, pero en tiempos pasados, en mis tiempos los contrabandistas eran gente más noble, se contrabandeaba con azúcar, aceite, tabaco, café, antibióticos, sobre todo la penicilina, incluso en una ocasión pude presenciar la descarga de unas motos, incluso recuerdo la marca que era Iso.

Y si había contrabandistas había, por supuesto, los carabineros que los perseguían, y incluso a veces les ayudaban, porque si unos existían era porque existían los otros.

Cuando ha habido tanto contrabando y contrabandistas o tantos carabineros, entonces ha habido todo tipo de personas, como en cualquier otro colectivo humano. Y por supuesto múltiples historias que contar.

Yo ahora quisiera contar básicamente dos.

La primera de ellas es local, sucedió en estas tierras y tuve la ocasión de conocer alguno de sus protagonistas. La segunda sucedió durante la segunda guerra mundial en el Pirineo Vasco-Navarro, es una historia muy curiosa, y también tuve la oportunidad de conocer alguno de sus autores, estas son las razones por las que me gustaría relatarlas aquí.

Vayamos a por la primera.

Se llamaba Salvador Buquet y era conocido en el mundo de los contrabandistas como en "Rodaroca", su madre mujer muy santa y cristiana decidió que aquel hijo sería la salvación de la familia, y por ello su nombre no podía ser otro que Salvador, el apodo le venía ya desde muy joven y se debía que en la montaña no tenía rival, pronto empezó a salir a la caza de cabras a lazo con su padre, afición dura como las haya y a veces peligrosa por la costumbre que tienen estos animales de subirse y enrocarse entre peñas acantilados y precipicios, que solamente con pensar en ellos a uno se le quita el hipo. Salvador corría y era más arriesgado que los propios perros que las perseguían, siempre él llegaba primero, subía más alto sin tener ni vértigo ni tampoco miedo a nada. Una vez de mayor se decía de él que tenia una "cama de foc" o sea que caminando por el monte no tenía rival. Todas estas cualidades en los tiempos de penuria y de contrabando resultaban el mejor aval para que un momento u otro se iniciara en estas materias.

Sus primeros trabajos fueron contratarle como "hombre liebre", y ¿qué cosa es eso?, pues muy sencillo, Su cometido era el de llevar un fardo a la espalda pero vacío, caminar siempre unos cientos de metros delante de los demás, y si los carabineros les salían al encuentro o les daban el alto, entonces él debía empezar a correr, haciendo ruido y atraer la atención de los carabineros hacia su persona, mientras el resto del grupo detrás se escabullía por otro lado consiguiendo poner el cargamento real a salvo. En definitiva, era la liebre que atrae la atención de los perros siendo perseguida por éstos, y atraerlos mientras los demás podían pasar o marcharse libremente con el material.

Como se trataba de un joven tan arriesgado y buen corredor, así como conocedor de la montaña, raramente los carabineros ni siquiera llegaban a acercarse a él, y nunca llegaron a cogerle, y eso que en más de una ocasión le dispararon para tratar de detenerlo, incluso una vez el cabo de los carabineros que estaba muy enfadado con sus carreras intentó tumbarlo con su carabina, pero precisamente el sonido de los proyectiles cerca de su cabeza todavía le estimuló más, imprimiendo fuerza a sus piernas que parecían máquinas de tanto que corría.

Un hombre así pronto sería muy cotizado en el mundo del contrabando y llegó a hacerse imprescindible en toda operación de importancia, estaba bien pagado y poco a poco empezó a escalar puestos en el ranking de los contrabandistas del valle.

¿Cómo podía pensarse en organizar un buen desembarco sin contar con la sabiduría, la experiencia, y las piernas de Salvador Rodaroca?, pronto todo desembarco que se preciara en toda la costa norte de la isla era dirigido por el hombre, y por supuesto no siempre corriendo, si no que también con la ayuda e inestimable complicidad de los propios carabineros, que él mismo se encargaba de contratar.

Tanto llegó a organizarse en esta zona, y tanto material de todo tipo llegó a descargarse en estas costas que los jefes de la capital, alarmados decidieron mandar un nuevo sargento, desconocido, y por lo tanto "virgen", con la orden expresa de desorganizar la red de contrabando que operaba en aquella zona de la costa norte.

Por entonces la organización de Salvador había llegado a la osadía de entrar con sus barcas por el río de Sóller cuando los caudales así lo permitían hasta el mismo "gorg d,en bessó" y descargar allí los fardos en los carros que les esperaban apostados en el" Camp de s,Oca" .

Cuando la noticia de que desde la capital mandaban un nuevo sargento, llegó al valle, con las órdenes de desbaratar todas las operaciones, Salvador decidió dormir la actividad una temporada y organizar un nuevo sistema de descarga a base de "secretos", escondites, y nuevas rutas.

Un secreto consistía en un lugar muy bien oculto, cueva, quebradas, agujero etc. conocido solamente por un pequeño y escogido grupo de gente, donde se escondían los alijos de contrabando, y en momentos menos peligrosos o más convenientes, para poder retirarlo y ponerlo a buen recaudo.

Todos estos movimientos despistaron una larga temporada a los carabineros, y sobre todo al nuevo sargento recién llegado, y hambriento de conseguir resultados que mantuvieran su fama de eficaz o implacable, ante sus jefes inmediatos, ya acostumbrados que en aquella zona de la costa siempre existiera el máximo de actividad.

Pero ya sea por dinero, por miedo, por odios, venganzas, y sobre todas las cosas por una de las máximas debilidades del ser humano, la envidia, entonces aparecen los soplones, los chivatos, y los traidores, y esta zona y esta actividad en particular, no iba a librarse de ellos.

Los carabineros empezaron a recibir nueva y más actualizada información, y a las órdenes de su nuevo sargento actuaron en consecuencia.

- Si nos cogen o encuentran nuestros secretos es porque tienen algún informador cercano a nosotros. Y porqué no decirlo un traidor. Debemos extremar las precauciones y cambiar de sistema de trabajo. O mejor no tener sistema, que ellos puedan intervenir o conocer.

A partir de este momento y bajo el control directo de Salvador, el desembarco de contrabando cambiaba de mecánica cada vez. Un día se descargaba a la manera clásica con reatas de porteadores y mulas cargadas a través de las montañas y usando pasos solamente conocidos por ellos, otras veces se usaban secretos unos nuevos, otros que todavía no habían sido hallados y se diferían los traslados de las mercancías a otros momentos más convenientes, incluso alguna vez se hizo correr la voz del desembarco de un gran alijo y cuando los carabineros vigilaban toda la costa los contrabandistas se atrevieron de nuevo a remontar el río para descargar en el "gorg d,en bessó" como en los viejos tiempos, y otras veces se corría la voz de un nuevo desembarco y no se desembarcaba nada. Incluso en alguna ocasión se reunieron todos los contrabandistas hombres y mulas, incluso hombres liebre y al final, y por sorpresa todo terminaba con una buena lechona asada acompañada de buen vino en algún u otro olivar, con los carabineros vigilando de cerca el evento, y sin llegar a entender lo que estaba pasando.

Todos estos cambios mantenían despistados a los carabineros que no terminaban de poder planificarse, y cabreaban a su jefe por no poder justificar sus acciones ante sus jefes de la capital.

El nuevo sargento de los carabineros se mudó al pueblo de Fornalutx con la intención de estar lo más cerca posible del teatro de operaciones y trajo consigo a su esposa. Se trataba de una mujer sevillana, morena, de cuerpo esbelto y cimbreante, ojos almendrados y pechos rotundos que ella lucía con orgullo, a sabiendas de que se trataba de sus mejores armas de mujer, una cabellera de pelo negro azabache se deslizaba por sus espaldas hasta su cintura, unos labios carnosos que sugerían los placeres descritos en las mil y una noche, para quien supiera observarlos, y … enfadada. Muy enfadada por haber tenido que dejar la vida más interesante de la capital, y cambiarla por la vida en un pueblucho de mala muerte, según ella, lleno de complejos y prejuicios, donde lo más interesante que pasaba eran los chismes de las viejas a la salida de la única misa del día, a las doce.

Pocos fueron los hombres del pueblo y de los alrededores que no se fijaran en la presencia y los movimientos de aquella soberbia mujer, el contrabandista entre ellos. Pero Salvador el que más.

No solamente sus ojos la seguían cuando se cruzaban por las angostas callejuelas del pequeño pueblo, no podía evitar el volver la cabeza para mirar el movimiento de aquellas estupendas nalgas que hacían que su corazón se acelerase, y que su mirada se encendiera con un brillo muy especial, animal, primitivo dirían algunos.

Lógicamente ella habría que darse cuenta enseguida, porque las mujeres son únicas para reconocer estas cosas, y por supuesto tarde o temprano se daría y se dio cuenta su vigilante marido.

-   Se trata del contrabandista más grande de todo el valle, y le gustas, no te has dado cuenta como le chispean los ojos cuando pasas por su lado, ¡al mal nacido!

Y así era, y también los amigos de Salvador se habían dado cuenta de como su amigo y jefe de cuitas perdía los vientos por aquella bravía mujer.

No la mires de esta manera, o mejor no la mires más, Salvador, este tipo de mujeres no traen más que complicaciones, y por si fuera poco es la mujer del sargento de carabineros de Fornalutx, o sea nuestra enemiga declarada, y si te acercas mucho a ella te quemarás, y de paso nos quemarás a nosotros, y lo que es peor también a nuestras familias.

Pero este es un veneno que además de inflamar el deseo, nubla la mente y vuelve sordos y estúpidos al que lo ingiere. Deja de pensar con tino, deja de razonar, deja de escuchar, y solamente vive, y solo vive, solo existe con un único propósito.

- Esa mujer tiene que ser mía.

- Joder jefe, eso suena casi a una sentencia de muerte.

El sargento de los carabineros, siempre vigilante, observó como el contrabandista empezaba a acercarse a su mujer, o al menos lo intentaba, y decidió que aquello podía ser bueno.

- Deja que se acerque, que se acerque mucho, y cuando sea el momento le echaremos el guante, eso podría ser un billete para un ascenso, mejor paga, y poder salir de este agujero, Qué es lo que tú más deseas, ¿no?

Este tipo de argumentos eran más que convincentes para aquella exuberante mujer que envidiaba como ninguna la vida en la ciudad, ropa, bullicio ciudadano, fiestas, y que la tranquila vida en un pueblecito de la sierra mallorquina era para ella un auténtico destierro.

Mientras las operaciones de contrabando seguían desarrollándose en un calculado desorden que impedía las acciones de los carabineros y anulaba toda su posible efectividad.

Entre estas operaciones de descarga y traslado de fardos de tabaco y otros productos, jugaba un especial papel el "secreto" personal de Salvador "rodaroca", que era tan secreto que no conocían ni sus más allegados, los carabineros sospechaban de su existencia, pero que nunca habían conseguido descubrir aún a pesar de haberlo buscado con verdadero ahínco. Diría yo. Y entorno al que empezaron a circular toda clase de cuentos e historias, respecto al "secreto" de "rodaroca".

Una de estas historias que corría de boca en boca, por toda la sierra de Mallorca se decía que era una cueva natural y que estaba tapada su entrada por una enorme roca, que ningún ser humano podía moverla, y que solamente un conjuro pactado con el diablo y pronunciado frente a ella, la abría.

Igualito que la cueva de Alí Baba.

Todos los cuentos que circulaban, pero, hablaban de demonios, según ellos "rodaroca" habría vendido su alma al diablo, a cambio de ayuda para poder burlar a los carabineros, y junto con ellos a la ley.

Ahora en las noches más cerradas, eran los demonios de los infiernos quienes le ayudaban a descargar, y acarrear, así como a esconder, los fardos de tabaco, de azúcar, o el café, que aquellos contrabandistas solían acarrear.

Todas estas historias, contadas en un tiempo, donde no existía la televisión y la radio apenas estaba en sus comienzos, y las historias de café eran biblia, tenían que llegar a los oídos de las autoridades de la capital, que a su vez azuzaban cada vez más al sargento del puesto de Fornalutx para que pusiera fin a todo aquel circo.

Mientras todo esto sucedía y entre saca y saca, el contrabandista seguía echando los tejos a la hermosa mujer del sargento de carabineros que decidió, empujado por todo aquel cúmulo de circunstancias que había llegado la hora de terminar con todo aquello.

- Ha llegado la hora, es el momento para que cites a este bastardo el próximo lunes bajo la encina de los siete brazos, y si acude allí le estaremos esperando.

Así lo hizo la mujer, y en uno de aquellos paseos que el contrabandista se hizo el encontradizo con ella y empezó a decirle lo que le gustaba, las cosas que podrían hacer juntos incluso, que podía cubrirla de oro. Entonces ella aprovechó para citarlo como había dicho su marido.

- Ya está, el cebo está en el agua. Espero que el pájaro pique y que esto sirva para que me saques de este agujero, que ya no aguanto más.

Los amigos más cercanos seguían avisándole de los peligros que aquella mujer suponía. Totalmente en vano.

- Salvador no te acerques a esta mujer, es como una serpiente, si te acercas demasiado te morderá, y cuando tengas el veneno dentro serás hombre muerto. Y nosotros también.

- El veneno ya lo llevo dentro. No puedo dejar de pensar en el movimiento de sus caderas, en el ondular de su pelo, en el olor de su piel.

El veneno del amor no correspondido, o inalcanzable es fuerte, muy fuerte, enloquece a las personas que en este estado hacen cosas que en otras condiciones jamás se les ocurriría hacer o pensar, se vuelven osados, inconscientes tal vez, y fácilmente llegan a poner en riesgo y hasta a perder sus vidas, por intentar solamente satisfacerlo.

Tal era el estado de "rodaroca" cuando veía, y la veía porque a todas horas la buscaba, y si no, porque quería ver a aquella increíble mujer.

Y ella lo sabía y a falta de mejores cosas que hacer en aquel pequeño y aislado pueblecito, se dedicaba más a atizar, aquella ya enorme hoguera.

- Ha llegado el momento tienes que citarlo.

Y ella así lo hizo.

A pesar de todas las advertencias de sus amigos y compañeros de cuitas, que le advertían continuamente de que todo aquello le llevaba a una maldita trampa, el contrabandista decidió que acudiría a la cita. Y así lo hizo.

Empezaba a oscurecer y aunque se acercaba a la particular encina con todo sigilo, solamente la visión de aquella larga cabellera negra apoyada en el tronco de la singular encina le hacía perder los papeles y la precaución más elemental. Por fin se citaba con aquella mujer y pensar que podía hacerla suya le enloquecía.

Nunca llegó a tener la más mínima oportunidad para comprender que este tipo de mujeres no pertenecen a nadie. Absolutamente a nadie más que a sí mismas.

La burda figura de la encina no era más que un hombre disfrazado, y con una terrible peluca negra, que más parecía que le había caído de un quinto piso, que otra cosa. Pero funcionó, y antes que se diera cuenta "rodaroca" estaba tumbado al suelo y esposado con diez rodillas sobre su cuerpo, casi antes de que se diera cuenta de su enorme error al acudir a aquella cita envenenada. Tal como le habían advertido amigos y compañeros mil veces.

Maniatado y con un saco pasado por la cabeza y subido a lomos de una mula y llevado hasta la casa de c,an Ganxo en la misma playa de Cala Tuent donde tantas y tantas veces había desembarcado sus alijos de contrabando, ayudado en más de una ocasión por los propios carabineros.

Pero ahora aquel tiempo había pasado a mejor gloria.

No querían matarle enseguida, incluso llegó a pensar que no le matarían y que solamente querían conocer la ubicación de su "secreto".

¡Qué iluso!

Después de revelarles la ubicación de su cueva que estaba bajo la misma montaña "des morro de sa vaca", pero que tenía la particularidad de que solamente se podía entrar por el mar, y además había que dar un pequeño salto ayudado por una cuerda que tenía escondida ex profeso, a pesar de saberlo todo siguieron torturándole. Lo azotaron con cañas rotas, le arrancaron las uñas una a una con unas tenazas, y hasta le quemaron los ojos.

-   Para que no vuelvas a mirar más a mi mujer, ni en la tierra ni en el infierno.

Al final cuando todos los más bajos instintos que inundaban aquella cuadrilla de hombres de ley estuvieron saciados, y solo entonces, le pegaron un tiro.

Aquí, o mejor en este punto de la historia, es donde las muy variopintas lenguas no se ponen de acuerdo, y existen tres versiones.

La más difundida es que el cadáver de contrabandista fue enterrado en la misma cocina de c,an Ganxo, que era de piso de tierra batida y luego la volvieron a apisonar.

Una segunda versión que es la que parece contar con más crédito dice que fue enterrado en la misma playa frente a los porches de pescadores que todavía existen allí.

Más tarde tuve la suerte de conocer a un viejo habitante de la zona y buen conocedor de todas estas historias, que me confesó que después de los grandes temporales de "mestral" siempre acudía a la playa para comprobar si las olas habían revelado la posible tumba oculta. Nunca la vio.

La tercera versión dice que, ante su mismo secreto, y cuando se hubo comprobado su autenticidad, le pegaron el tiro de gracia y allí mismo lo metieron en un saco con piedras y lo tiraron al mar donde se hundió hasta el fondo.

Por eso los viejos de la zona suelen decir que "el secreto de "rodaroca" esta guardado en el mar". Y quien quiera que lo busque.

La verdad es que cuando derribaron c,an Ganxo la casa de la playa, yo acudí a ver si por casualidad encontraban algo. No se encontró nada en absoluto.

Esta es una segunda historia que quizás no guste a algunas personas, principalmente a aquellos que se sienten muy especialmente diferentes, o muy listos por no decir otra cosa, pero no por ello es menos cierta, ya que tuve "la ocasión" de conocer y poder hablar con algunas de sus personajes reales.

Y ¿por qué pueden enfadarse estas gentes? debería uno preguntarse, pues porque hay gente capar de tergiversar los hechos, incluso la historia según les convenga, o de recurrir a hechos que hace quinientos años que tuvieron lugar, para interpretarlos a su manera para justificar sus rollos y sus paridas actuales.

Al menos en el valle de Sóller casi toda la gente que va de estos palos, resultan ser inmigrantes de segunda o tercera generación que sienten la necesidad de demostrar que son más pro… que los demás.

Pero vayamos a la historia que nos interesa.

Durante la segunda Guerra Mundial, los norteamericanos tenían la imperiosa necesidad de espiar a Franco. Porque el Generalísimo podría cambiar de opinión en cualquier momento, dejando pasar a las fuerzas alemanas que así podrían atacar por tierra al peñón de Gibraltar, cosa que los ingleses se merecían, y ahora con el tiempo se merecen más, y así los alemanes cerrarían el estrecho de Gibraltar, así dejarían al quinto cuerpo de ejército americano sin suministros, entonces ello posibilitaría que el África Corps de Rommel retomara la iniciativa en la guerra del norte de África y los echara al mar. Por ejemplo.

Además, las exportaciones de Wolframio que España mantenía con los alemanes, tan necesarias para el blindaje de los nuevos carros de combate alemanes, y cuyo control permitía conocer el número de tanques que construían y de los que disponían los alemanes, y también la rapidez con que lo hacían, Así en definitiva espiar a Franco era espiar directamente al enemigo alemán, y por supuesto esta es una de las reglas básicas de la guerra. Saber lo que hace el otro.

Pero los norteamericanos tenían un problema a saber, no se fiaban de los comunistas españoles, y los socialistas estaban desaparecidos, o sea de los mal llamados republicanos, por su pasado reciente de servidumbre ante los rusos de Stalin.

Estando en ese dilema, se les ofreció un individuo que dijo llamarse Aguirre y ser el presidente de la gran nación vasca en el exilio. Efectivamente Aguirre había sido nombrado lendakari de los vascos durante la república y la guerra civil, y habiendo jugado un papel más bien lamentable, ahora estaba en el exilio.

A mencionar que unos meses antes había estado esperando en Berlín para entrevistarse con el mismísimo Hitler y en realidad hacerle la misma oferta, pero al ser éste "amigo" del general español, no le había hecho ni caso.

Quiero recordar aquí también que los nacionalistas irlandeses mantuvieron contactos con los nazis, intrigando contra los británicos en plena segunda guerra mundial, con argumentos y objetivos similares a los de los nacionalistas vascos.

Fuera como fuese, tal era la necesidad de los norteamericanos que agarrándose a un clavo ardiente aceptaron el ofrecimiento de Aguirre, para que espiara para ellos.

En sus primeras reuniones preparatorias el lehendakari convenció a los despistados americanos de que pertenecía al pueblo más antiguo del mundo, descendientes directos de Túbal, un hijo de Noé, casi esclavizados por los españoles, y que ellos hablaban casi todos, la lengua vascuence, también el idioma vivo más antiguo de la humanidad. Tal sería su vehemencia, quizás al sentirse escuchado por primera vez, que los norteamericanos pensaron que las cosas eran tal como aquel apasionado señor se las explicaba, y una vez de retorno a sus despachos, se dedicaron a buscar a la persona más idónea para entenderse con aquellos tipos tan "antiguos" y si era posible en su propio idioma.

Sucedió entonces que los americanos descubrieron que disponían de un hombre, hijo de un gran terrateniente y ovejero de Oklahoma, que a principios del siglo habían "importado" emigrantes vascos, principalmente del país vasco francés, para cuidar a sus rebaños. Aquellos montañeses de allende los mares conocían el oficio, eran hombres duros, nunca estaban enfermos o protestaban, cobraban poco, eran perfectos. El hijo del terrateniente en contacto con aquellas gentes rudas gentes venidas de los altos pirineos aprendió el vascuence etxera, por lo que hablaba inglés y vascuence, pero no castellano. El joven estadounidense fue comisionado para que se trasladara al norte de España con una cobertura de empresario extranjero, para montar y coordinar los servicios de espionaje al general Franco y sus relaciones y actividades con los alemanes de Hitler.

A los dos meses el servicio de espionaje norteamericano recibió el primer informe de su agente "euskera" que decía sencillamente: "Imposible montar un servicio de espionaje, no puedo entenderme con la gente de aquí. Sencillamente nadie habla euskera".

Efectivamente, el hombre de Washington solamente sabía hablar inglés y euskera, y allí prácticamente todo el mundo hablaba castellano.

Al cabo de varios años de vivir en las vascongadas, lo único que el norteamericano había podido montar era un servicio de "pase" de pilotos aliados por las montañas de los Pirineos de Francia hacia España, luego a Gibraltar, y desde allí serían enviados a Gran Bretaña para de nuevo volar contra la Alemania nazi.

Claro este servicio montado por montañeses principalmente del país Vasco Francés, si que hablaban el euskera el mismo que el joven norteamericano había aprendido en su juventud.

El señor Nivet había volado en bombarderos de la RAF pero como piloto de la Francia Libre, en múltiples incursiones contra los alemanes sobre Francia y Alemania. Durante estas incursiones o mejor debería decir durante estos vuelos resultó derribado en tres diferentes ocasiones, francés como era no tuvo problemas en contactar con la resistencia, que le ayudaban a llegar hasta la frontera, pasar a España, y luego ayudado por grupos catalanes llegar a Gibraltar y desde allí de nuevo a Inglaterra para empezar a volar de nuevo.

Dos de las veces cruzó la frontera por los pirineos catalanes, en la segunda de ellas resultó apresado por la Guardia Civil e internado en la prisión de Figueras. Pudo escapar de la cárcel sobornando al cura y a uno de los guardias con algunas monedas de oro que los pilotos solían llevar escondidas en su cinturón y que no habían encontrado sus captores, por no darse cuenta claro. Luego unos ciudadanos "butifarras" de Barcelona que jugaban a los dos bandos, como siempre han hecho muchos de los burgueses catalanes, por otra parte, le ayudaron a llegar al peñón.

La tercera vez no podía cruzar por la zona de los pirineos catalanes y se decidió con la colaboración de la resistencia que lo haría esta vez por la zona vasco navarra con la finalidad de evitar riesgos innecesarios.

Para ello, según me contaba el mismo señor Nivet:

- Me pusieron en contacto con un norteamericano que hablaba euskera y que no hablaba castellano.

Naturalmente, no se trataba de otra cosa que del servicio montado por el norteamericano de Oklahoma que había aprendido el euskera con los pastores de ovejas de su padre.

El Sr Nivet sobrevivió a la guerra y muchos años después, por varias circunstancias tuve el honor de conocerle y de disfrutar con sus historias, frutos de una larga vida aventurera.

9 .- El Monstruo

Aquella estaba resultando una hermosa primavera. Después de un invierno frío y lluvioso todos los cauces del valle bajaban alegres, cantarines, y con una agua fría y transparente que solamente con verla daba gozo y era un placer para los sentidos.

Siempre me he sentido fascinado por el agua, ya sea en una corriente, ya sea en el mar, hasta la piscina de mi casa me gusta. Me gusta sentarme al atardecer después de un día de intenso trabajo y contemplar el agua, y si esta tiene movimiento, está viva, entonces el placer ya resulta algo indescriptible.

Aquel año el río de Sóller bajaba esplendoroso y solamente sentarse en sus márgenes, ya sobre la hierba o sobre una piedra y contemplar, era todo un espectáculo. Pero además había otro espectáculo, aquella primavera, se trataba de la explosión de la vida por doquier. La hierba era verde y alta, los naranjos y limoneros habían reverdecido y florecido antes, con lo que el olor a azahar inundaba todos los rincones del valle, y por supuesto detrás de las flores venían los insectos, los pájaros y suma y sigue.

Había mosquitos, moscas, cachipollas, hormigas voladoras, abejas y abejorros, avispas, libélulas de todos los colores, y como no mariposas grandes y pequeñas, de delicado y sinuoso vuelo. También había animales terrestres, grillos, cien pies, lagartijas, ranas, ratones, erizos, martas y demás. En fin después de un invierno duro, la vida reivindicaba su lugar y explotaba en todas direcciones y con todas las formas y colores imaginables.

Y allí estaba yo observando y tomando muestras para confeccionar mis cebos que cuanto más reales mejor, pero sobre todo ajustados al marco donde luego los usaría.

Cerca de la pequeña cascada, que más que cascada se trataba de un descenso escalonado del agua que bajaba unos tres metros de desnivel, estaba contemplando los remolinos y dibujos que hacían las aguas y su espuma al precipitarse, cuando de repente mis ojos inquisitivos siempre, se apercibieron de unas sombras más o menos estáticas, y que a veces se desplazaban un poco para luego volver a recolocarse en el mismo lugar. Eran truchas. Unas hermosas y fascinantes truchas.

Al intentar acercarme para enfocar mejor a aquellos espléndidos animales, dos pequeñas ranitas que no había visto antes saltaron a la corriente, y antes de que llegaran al fondo para agazaparse entre el musgo, fueron arrastradas por la fuerte corriente, solo unos palmos, pero los suficientes para ser engullidas por la vorágine de la cascada. Resultó como un destello, un momento estaban allí luchando contra la corriente de la caída de agua, y en el otro ya no estaban, las dos truchas más cercanas, con un fugaz movimiento de cola y un abrir y cerrar de boca se las habían tragado.

Me quedé extasiado con mi descubrimiento.

Cuando hube reaccionado, me volví lentamente sobre mis pasos, y debajo de unas piedras recogí unos grillos negros como el azabache, y acercándome de nuevo a la cascada los arrojé al agua.

Como la vez anterior, los peces con un movimiento rápido y elegante dieron rápidamente buena cuenta de ellos, y volviendo enseguida a su lugar de espera.

Uauuuuuu, aquello habría que probarlo. Enseguida tomé nota en mi pequeño cuaderno de pesca y seguí con mi paseo y con mi observación de todos los bichitos y los sucesos que pudiera haber en las márgenes del agua.

Por la noche y ya en mi casa frente a mi pequeño torno confeccioné dos grillos negros con unos hijos de vieja lana de un jersey usado de mi abuela que había pasado a mejor vida, y también traté de confeccionar unas ranas de cera, con más pena que gloria, pero confiando que con el revuelo de la cascada pudieran funcionar. Años más tarde aparecerían los cebos de vinilo remedando todo tipo de animalillos y ranas también, casi perfectas, incluso con el movimiento, pero para entonces la pesca, al menos en el valle, ya no eran lo mismo. La pesca había pasado de un arte de la observación, confección de los cebos, y su ejecución, hasta una especie de entretenimiento de tres a cuatro solo para señoritas que tuvieran este tiempo libre, y dinero suficiente para pagar licencias, guardas, y todo el rollo que los políticos quieran inventarse.

Dos días después allí estaba yo con mi caña y mis aparejos, dispuesto a comprobar mis teorías, mis cebos, mis descubrimientos. Al mirar el agua, los peces no estaban, ¿los habrían pescado ya? Alguien más listo que yo se habría apercibido de lo mismo y sido más rápido. Decidí sentarme un rato y esperar disfrutando del vuelo de unos pajaritos que volaban a ras de la corriente del agua disputando los mosquitos al vuelo, a los peces que nadaban debajo de la superficie cristalina.

Pasado un rato me di cuenta de que los peces volvían a estar allí.

Los fui contemplando mientras preparaba la caña y mis nuevos cebos, no terminaba de decidirme, en mi interior crecía un sentimiento de culpabilidad – demasiado fácil – me repetía una voz interior que iba creciendo. Pero yo quería probar mi teoría, así que até una de mis ranitas de cera a la línea, y aspirando profundamente la lancé al agua en la parte superior de la cascada.

Hechizado por el movimiento de las aguas, seguí las evoluciones de la ranita de cera entre las turbulencias del agua y de la espuma hasta llegar al bajo de la cascada de agua, allí el pez más cercano hizo como siempre un suave y rápido movimiento y la ranita desapareció en su boca. Más instintivamente que de otra manera, levanté mi caña y di un tirón seco al hilo que se tensó de seguida, mientras en el agua el pez daba un brinco e iniciaba un rápido movimiento de escape. Inútil porque estaba clavado en mi anzuelo.

Decididamente demasiado fácil. Ni siquiera había tenido que voltear la caña.

El animal era grande, fuerte, bien cebado y peleón, menos mal, así que al menos tuve que mantener la caña en alto un buen rato. Aún así aquella captura me sabía a robo, así que tuve el pez en mis manos, después de quitarle el anzuelo con sumo cuidado, decidí que no me lo había ganado, y lo solté. El animal se deslizó suavemente entre mis dedos con una sensación de tacto viscoso y le perdí de vista entre los remolinos de agua y espuma al pie de la cascada.

Estaba contento y enfadado a la vez, contento porque mi ranita de cera había funcionado a la perfección, apenas unos segundos en el agua y ya tenía una soberbia trucha enganchada a mi caña, pero no estaba satisfecho, aquello me resultaba demasiado fácil. Así que empecé a recoger los aparejos, no quería seguir pescando en aquellas condiciones, o de aquella manera, o en aquel lugar, como se prefiera, y decidí que lo reservaría solo para casos extremos o de compromiso.

Así hice la anotación en mi diario de pesca.

Mientras estaba escribiendo mis anotaciones, me pareció ver de reojo una especie de movimiento ondulante en el agua, cuando levanté la vista del papel solamente quedaba una leve sombra, un movimiento imperceptible en el agua, cuyas ondas se confundían con los remolinos de la cascada, y la trucha que yo había soltado y que se alejaba lentamente había desaparecido de mi vista. Pensé que la trucha se había escapado con un coletazo al sentirse libre y recuperada de la pelea y no le di más importancia. Olvidé el incidente, terminé con mis anotaciones en el diario de pesca, recogí mis aparejos que no eran muchos, nunca me ha gustado acarrear muchos trastos, y me marché a casa.

Estuve unos días de mucho trabajo sin pensar de nuevo en la pesca, tampoco me acerqué por los cafés que frecuentábamos los pescadores, y durante este tiempo una extraña leyenda había empezado a tomar forma, y a crecer entre el colectivo de pescadores en el valle, y también entre las madres que ahora prohibían a sus retoños que se acercaran a los cursos de agua del valle. A lo más bonito del valle.

- Y me estás diciendo que hay un monstruo que vive o que aparece en el río. ¿Y después de tantos años de pescar en estos lugares te lo crees?

- Bueno la verdad es que yo nunca he visto nada, pero hay gente que habla insistentemente de este fenómeno, y ya sabes: Si el río suena agua lleva. Y desde luego en Mallorca decimos que: "millor creure que anar,ho a cercar". Y tú sabes que soy un tío práctico que no quiere para nada los sustos.

- Pero esto es una chorrada, y tú lo sabes.

En este preciso momento me vino a la memoria la sombra que había intuido en la cascada del río el día de la rana y la trucha, ¿podría aquello tener relación con lo que se murmuraba? Pero pronto deseché aquellas ideas, un monstruo en los ríos del valle era imposible.

Y aún así como medida de precaución, que nunca está de más, destiné unos días a pasear por mis zonas habituales de pesca, con los cinco sentidos al tanto, y armado con un fuerte palo a modo de bastón por si tenía alguna aparición sospechosa, pero mis pesquisas resultaron baldías. Ninguna cosa sospechosa en el horizonte, el río más bonito que nunca, y eso sí como ahora nadie pescaba ni se molestaba a las criaturas, había por todos lados un bullicio y movimiento de peces como nunca.

Nada pude apercibir a pesar de mis paseos que eran más bien una búsqueda, o si vi algo, descubrí una pequeña libélula azul que no había descubierto antes. Muchas veces los árboles impiden ver el bosque. La libélula azul era más pequeña que las habituales, parecía más nerviosa y en sus vuelos se colocaba de una manera estática sobre el agua a pocos milímetros de la superficie que tocaba de vez en cuando con el final de su abdomen.

Parecía suspendida, parada sobre las aguas lo que la hacía presa frecuente de los peces que bajo ella nadaban y vigilaban, algo que no parecía preocupar al insecto que una y otra vez repetía sus movimientos, y una y otra vez los peces trataban de cogerla, lo que conseguían en algunas ocasiones, pero siempre parecía haber una de repuesto, porque cuando una era engullida por los predadores que las perseguían, otra tomaba su lugar y recomenzaba el juego.

Decidí tomar nota de aquella intrépida libélula, y por la noche en casa intentaría confeccionar una para mi arsenal de cebos artificiales.

En el café, algunos pescadores relataban como habían enganchado una captura y al intentar sacarla del agua, de repente habían notado un fuerte tirón, la caña se había doblado como si tiraran de ella dos yuntas de bueyes juntas, y al final la línea se había roto, en su unión con el bajo quedándose sin captura, y apenas vislumbrado qué o quién era el causante de este fenómeno.

Yo conocía aquella sensación porque pescando barracudas en la bahía desde mi pequeña barca, frecuentemente cuando una de ellas quedaba enganchada en los anzuelos y al empezar a retorcerse, otra mayor y cercana solía atacarla, combando la caña y a veces rompiendo el bajo de línea. En algunas ocasiones había conseguido llevarlas hasta la borda de la barca, y visto como un primer pez estaba enganchado con los anzuelos y un segundo pez mayor se lo estaba ya comiendo mientras yo recogía la línea, luego al estar junto a la borda una soltaba a la otra y desaparecía enseguida entre las oscuras aguas, otras veces no llegaba a ver nada, tiraba y tiraba, y cuando de repente se soltaba y conseguía recuperar el sedal solamente conseguía sacar del agua a medio pez, el otro medio se lo habían merendado por el camino otros congéneres de su propia especie, solo que más grandes. Como venganza, pensaba yo, por haberse atrevido a robarles el cebo.

La verdad de todo es que la historia del monstruo como ya se llamaba, crecía y no se aclaraba. Aquello se estaba convirtiendo en un quebradero de cabeza, y yo cada vez tenía más interés y curiosidad en saber lo que estaba pasando con "mi" río.

Así que decidí pasar a la acción, el próximo fin de semana compré unos kilos de sardinas de deshecho de la pescadería y me dediqué a trocearlas muy pequeñas para que me duraran más, y aún para darles más cuerpo las mezclé con leche y harina confeccionando un potaje que daba casi náuseas con solo verlo, y eso si muy oloroso. El domingo muy de mañana me senté junto al curso del agua cerca de la cascada en un punto un poco alto y dominando un buen tramo del curso de las aguas, me apliqué en el rito de ir cebando el agua a intervalos regulares y un tanto distantes para que el potaje de cebo me durara mucho tiempo. No tenía muchas expectativas de encontrar gran cosa.

Después de un largo rato estaba absorto en mis pensamientos, en la regularidad de mis movimientos de cebo, en los reflejos del agua y éstas me transportaban lejos, muy lejos. El movimiento de las aguas, siempre ha resultado muy hechizante para mí, y así como los derviches giróvagos del país de Rum, en la actual Turquía consiguen elevarse con sus movimientos circulares y elípticos a la vez, imitando los movimientos planetarios alrededor de su maestro, el sol, yo conseguía transportarme con el solo movimiento del agua.

Estaba sentado en medio de una gran extensión de agua y estaba pescando, era como si estuviera sentado sobre una roca al borde del mar, pero era en el mismísimo centro de un lago, y no había ninguna roca. Sabía que era un lago, sabía que el agua era dulce, y sabía además que aquello era África, aunque no había referencias de ninguna clase. Sencillamente lo sabía.

Pescaba, pero sin ningún movimiento y sin siquiera haber visto el cebo – y yo soy tan cuidadoso con los cebos, que se convierten en casi una obsesión para mí – Bueno la verdad, más que pescar diría que estaba esperando, ¿y qué esperaba? estaba esperando que picara un pez, pero no uno cualquiera, si no uno especial, era como si supiera que pez iba a morder el anzuelo, el pez más grande de todos y también el más viejo del lago. El abuelo de todos los peces de aquel lago sin nombre, de un país sin nombre, de África.

¡Jolin!, menudo sueño, la verdad es que siempre me toca soñar unos sueños muy raros, y más malos de entender que un texto legal, de estos que no entienden ni siquiera los que lo han escrito, y así está la justicia que siempre hay que interpretarla, y al final resultan interpretaciones para todos los gustos. Yo que llevo toda mi vida esperando tener un solo sueño, solamente uno, simple sencillo, elemental, placentero, y que desde luego no llega nunca.

Llevaba ya un tiempo que se me antojaba casi infinito esperando, pero sabiendo que si había pez este picaría, y ni sabía que cebo estaba utilizando. Después de lo que parecía una eternidad, sin principio y sin fin, el sedal empezó a dar señales de vida. Había algo al final de la línea y picaba. Seguí inmóvil esperando que el pez se tragara todo el cabo y el anzuelo hasta las mismísimas entrañas, no quería que una vez enganchado se pudiera escapar por una u otra nimiedad. El pez que había mordido mi anzuelo, al parecer era enorme, el sedal estaba totalmente tenso y la caña muy doblada, pero no se rompía, y al parecer yo la aguantaba, pero sin esfuerzo aparente, y siempre sentado sobre el agua o mejor como si estuviera sentado sobre una ventana y el lago estaba debajo, el carrete, sin accionar, iba lentamente recogiendo el sedal, pero continuadamente, ¡Qué bien! Era como un carrete automático e inteligente sin serlo. Poco a poco en las profundidades del lago empezó primero a aparecer una sombra, y luego una forma con aspecto de pez, por cierto, enorme. Soñando, no me daba mucha cuenta, pero ahora me maravillo como con una caña de aspecto tan endeble, podía estar pescando un animal tan grande y además irlo izando progresivamente hacia la superficie y sin esfuerzo aparente.

Aquello era la maravilla de la pesca.

Cuando el animal estaba a unos cinco o seis metros de la superficie, de repente, apareció otra sombra más grande y atacó al pez que se debatía enganchado en el sedal y sin poder escaparse. La forma imprecisa al principio, poco a poco se fue definiendo, llegando a aparecer como una especie de quimera, mitad cocodrilo, mitad serpiente. El pez se debatía ahora entre dos enemigos, la línea que lo tenía sujeto y de la que no podía zafarse, y aquella especie de monstruo que le atacaba. Se trataba de un pez increíble, enorme y hermoso, plateado, era como una mezcla de salmón y mero de un color muy vivo y grandes escamas que cubrían todo su cuerpo, ahora sé que muy parecido a un arapaima o a un tarpón. El animal luchaba con la rabia y con la fuerza de quien sabe que se está jugando la vida, a la vez ni la caña, ni yo que la sostenía me daba cuenta, ni tampoco el agua debajo que no se agitaba en absoluto. Una cosa rara como suelen ser los sueños, para que después venga alguien y me diga cómo se interpreta tanto desbarajuste.

Un determinado momento se me ocurrió elucubrar sobre lo que estaría pensando el pez, cuanta mala suerte de verse atacado por los dos lados, por si no fuera suficiente su lucha por deshacerse del sedal ahora aquel extraño bicho infernal que también pretendía quitarle la vida… y eso. ¡Pero si los peces no piensan tío!

La especie de quimera seguía con su intento de engullirse el pez. Mi pez. De repente me sentí muy cabreado porque aquel era mi pez, y aquel bicho mal nacido que no se sabía que cosa era, pretendía fastidiarme el lance. Cogí un arpón que estaba a mi lado y con el que no había reparado antes, pero allí estaba al alcance de mi mano, y levantándolo muy alto se lo lancé al bicho raro, en el mismo momento que… que me despertaba. Así que siento no poder contar si maté o no al bicho, porque yo mismo me quedé sin el final de aquella historia. ¡Malditos sueños!

Y volví a la vigilancia de "mi" río en el preciso momento que mis ojos percibían de nuevo una sombra que se movía lenta y suavemente por el fondo del cauce al pie de la cascada, pero muy difuminada por las burbujas y por los remolinos que allí hacía el agua.

Sin lugar a dudas allí estaba algo anormal en la estructura "lógica" y normal de "mi" río, por tanto, allí estaba aquel bicho raro o el monstruo, como se quiera llamarlo. Entonces me di cuenta que aquella aparición era exactamente como en mi sueño.

Ahora que ha pasado tanto tiempo a veces se me ocurre pensar que veía y soñaba al mismo tiempo, y que las imágenes se mezclaban sin orden, pero siendo algunas de ellas soñadas, mientras otras eran reales.

¡Bueno!, fuera lo que fuese, allí estaba el monstruo dichoso, que ya empezaba a ser famoso e importante. Primero porque era cierto, había algo, y segundo porque con un poco de suerte vería de que bicho se trataba y podría diseñar una estrategia para "cogerlo" o al menos poder explicarlo, o en último caso eliminarlo. Porque como en el sueño con el arpón aquel era "mi" río, y ningún bicho por raro que resultase me lo birlaría, se trataba de "mi" territorio, y lucharía por él.

La sombra siguió acercándose, reptando por el fondo, en aquellos momentos podía ser una serpiente o un cocodrilo, no pensaba en otras posibilidades extrañas, porque una cosa son los sueños, y otras la vida real.

Estaba hechizado por aquella aparición que empezaba a explicar todas las cosas raras que se estaban diciendo y contando de mi río. Aún así no dejé de tirar carnada al agua para que el animal no se espantase o se marchase sin poder verificar de qué animal se trataba.

Por el movimiento, más me parecía un cocodrilo o un caimán que una serpiente. Recordé una especie de película/documental titulado "Mundo cane" que años antes había visto en el cine de mi barrio y que mostraba la caza de un gran cocodrilo que vivía en las alcantarillas de Nueva York, algún turista había traído el animal como una mascota exótica probablemente de contrabando. En una sociedad que se está volviendo cada día más loca como la nuestra, este tipo de cosas suceden muy a menudo, y al ver que el simpático animalillo crece cada día más, o sencillamente al cansarse de tenerlo lo habían tirado por el váter. Pero el animalillo, listo él, no tan solo no se había muerto, sino que había conseguido vivir, adaptarse, y vivir en las cloacas de la gran ciudad como en su casa, hasta que alguien los había localizado, y ahora querían cazarlo vivo para llevar hasta un zoológico. En la película el problema era que el animal había crecido sin ver la luz del sol, y había que sacarlo con precaución protegerlo y readaptarlo en su nuevo lugar de residencia.

Seguía observando la sombra acercarse, y definirse, y efectivamente se trataba de algún tipo de saurio, ya fuese cocodrilo o caimán o lo que fuera, pero ya podía, distinguirse que venía caminando por el fondo del agua, se podían apreciar las extremidades y la larga cola. No sabría decir cuánto mediría el animal porque el agua lo deformaba, y aumentaba, tampoco yo era experto en este tipo de animales que solamente había visto en la televisión y en mis sueños, pero debía medir más de un metro y medio. Buen chico.

Se acercaba, y lo hacía lentamente y cuando parecía que ya iba a poder distinguirlo bien y poder reconocerlo definitivamente…

- ¿Qué haces aquí cebando el río? Nunca antes había visto pescar de esta manera y menos aquí, pero ¿Dónde tienes las cañas?

El tipo, un pescador conocido se había acercado sin ningún respeto ni miramiento por lo que estaba haciendo. Levanté la cabeza para ver de quién se trataba, y cuando el joven la volvió a bajar para ver al bicho, este ya se había marchado

- ¿Lo has visto?

- ¿El qué, no he visto nada?

- Entonces mejor no te lo cuento, ya lo leerás en el periódico local.

- Hombre no fastidies, dime que estabas experimentando.

- Y tú acercándote de la manera en que lo has hecho, me has fastidiado el experimento, de hacerlo con más precaución lo habrías visto también. Ahora te toca fastidiarte un poco como tú me has fastidiado a mí.

Me levanté y lo dejé con la boca abierta hasta los dos palmos. El hombre era pescador y debería saber, que uno no se puede acercar de esta manera como elefante en una cacharrería, si uno está en plena faena, porque el resultado es siempre que se espanta la presa y se acabó la jornada.

Me encaminé directo al cuartel de la Guardia Civil para explicar lo que había hecho, porqué, y lo que había visto, y todo ello con cierto temor a que no me tomaran por un loco más.

Cuando se corrió la voz, porque se corrió y no sé cómo, se organizó un buen guirigay. Todo el mundo quería ver al monstruo, ahora ya no tan monstruoso, y todo el mundo quería cazarlo, otros matarlo, y por ello se paseaban con escopetas por las márgenes del río disparando a todo lo que se movía y todo tipo de barbaridades similares. Al final tuvo que hacerse un bando de "cierre" de toda actividad en el río y pasear por la zona salvo sobre los puentes, de llevar escopetas arpones y todo tipo de esta clase de artilugios susceptibles de hacerse daño o hacérselo a terceros, por la zona.

Menos mal. Medio pueblo había enloquecido con la historia del monstruo.

Al final vino la Guardia Civil a mi casa acompañados de unos empleados de Marineland de la capital, para preguntarme qué, cómo, y donde había visto y como lo había hecho, y si tenía alguna sugerencia.

Volví a explicar todas mis cuitas con pelos y señales, les mostré el lugar donde había visto por dos veces una peor, y otra mejor, al bicho. Les expliqué que había un cierto testigo pero que solamente había servido para estropearme el experimento, les relaté lo de la película italiana, y mi convicción de que si volvían a cebar aquella zona del río y que si no había gente ni barullo el animal reaparecería y que si antes dejaban una red puesta en el fondo quizás pudieran cogerlo vivo.

Lo pensarían y me mantendrían informado. Al final mi plan se aprobó, se me consultaba como si yo fuera un experto en saurios, animales que no había visto nunca antes. Se colocó una red, se fijó en el fondo con cantos rodados y se procedió al cebado regular. Se mantenía una discreta vigilancia desde lejos con prismáticos y también se mantenía alejados a los curiosos.

Al tercer día el animal reapareció y se metió tranquilamente en la trampa, cuando el animal intentaba comerse los trozos de carne atados a la red, tiraron de las cuerdas y cerraron la trampa, y cogieron al animal, que resultó ser un caimán de Cuba traído por algún turista sin escrúpulos y luego abandonado en el río. Ahora el animal puede contemplarse tranquilamente en las instalaciones del parque de Palma.

Y yo tengo mis sospechas de quién lo soltó…

<u>10</u> . - El Don

Joan Martí "guindo" era un joven espabilado, había nacido en el año 1915 en el seno de una familia humilde y trabajadora, su padre era un buen picapedrero, orgulloso de sus trabajos hechos con piedra viva y orgulloso también de que estos trabajos le sobrevivieran, había trabajado en algunos de los aspectos pétreos de la Iglesia Mayor del pueblo, también del Convento de Sóller donde, el hombre, se enorgullecía de haber picado y pulido el solo, las cuatro columnas de piedra que había sobre el altar mayor, y también de haber picado y ensamblado todo el marco de piedra de la entrada superior del cementerio local. Su madre una mujer más sencilla y humilde trabajaba manejando el telar en la fábrica de tejidos local, y solía hablar poco, más que nada porque no entendía del todo bien, era sorda, como secuela de su trabajo por el extremo ruido de los telares de vapor de la época.

Joan "guindo" decidió convertirse en herrero y forjador, le fascinaban los trabajos en hierro forjado, los buenos cuchillos, y sobre todo las espadas roperas forjadas en Toledo en el siglo XVI, y aunque ahora ya no se usaban ni servían para nada, bien que le hubiera gustado poder dedicarse a forjarlas.

Le encantaba jugar a fútbol, cantar canciones de "picat" acompañado de una zambomba que fabricaba él mismo, y como no, perseguir a las chicas solteras a la salida de misa mayor los domingos y fiestas de guardar, e intercambiar alguna pequeña conversación cuando las madres de las susodichas jóvenes dejaban unos minutos de vigilarlas. Le gustaba cazar tordos con red, pero, sobre todo, sobre todas las cosas le gustaba pescar, y además era bueno, muy bueno.

Su educación había sido elemental, pero sabía leer bien y escribir, le gustaba leer todos los libros que pillaba y si eran de temas pesqueros los releía hasta casi sabérselos de memoria, y por supuesto los tebeos de aquella época. A veces había leído libros y panfletos políticos, pero además de encontrarlos aburridos y carentes de interés, eran para él fantasiosos, fuera de lugar, mentirosos, incendiarios a veces y probablemente peligrosos. Así que los evitaba si podía. De poder elegir prefería novelas clásicas y también poesía, porque además luego podía repetírselas a las chicas, que solían quedar muy sorprendidas de que conociera tantas y que pudiera recitarlas de memoria.

No tenía mucho tiempo libre, porque antes no era como los tiempos modernos que se pueden ver a gente y sobre todo a jóvenes desocupados, Antes se trabajaban muchas horas porque los verdaderos beneficios estaban en las horas extras que uno pudiera echarse al coleto. De aquí salían las huchas para comprar una caña de pescar nueva, unos cebos, una red, o a veces incluso una bicicleta. La paga era exclusivamente para entregar a las madres, íntegra y luego ellas ya la destinaban a lo mas necesario u oportuno de la casa.

Los domingos por la mañana había partido, después misa y paseo, por la tarde si el cine parroquial conseguía película iban al cine mudo o en blanco y negro, todavía no había llegado la voz ni los colores, en caso de no haber película tocaba excursión caza o pesca, y a veces también fútbol de nuevo.

Para la pesca como es natural tenía dos modalidades bien diferenciadas a saber la de agua dulce, y la de agua salada.

A fe mía que son diferentes, aunque yo diría que es diferente cada tipo de pesca, cada tipo de pez que uno pretende pescar, así que yo en principio haría las diferencias de otra manera, o sea aquellas pescas que uno puede hacer de pie o mejor en tierra y con una caña, o aquellas pescas en este caso solamente en el mar, y que precisan de una barca como soporte básico. Y como en aquellos tiempos barcas había muy pocas, y solamente las poseían los señores las diferencias eran de agua dulce, o de agua salada.

Y el hombre era especialista en la pesca de agua salada, y en ella pescaba dos tipos de peces especialmente que a su vez requieren un arte diferente, y eran los sardos, y las obladas, y de los dos, las obladas son las que requieren un arte de lo más refinado.

Las obladas son peces muy esquivos y difíciles de pescar, suelen nadar en bandadas, más o menos pequeñas recorriendo las aguas en busca de alimentos, difícilmente se las puede coger con redes, y su pesca es sencillamente con una caña, un hilo fino, y un anzuelo pequeño, pero el problema reside en que fácilmente ven los hilos o los intuyen, ven sombras, o si el mar no es el adecuado, cuando uno coge la primera y la saca, todas las demás desaparecen, si aprecian que los movimientos del pez enganchado son raros, o que sale del agua y no regresa, también se esfuman, como así mismo lo hacen si una se desengancha y vuelve a caer al agua, fin de la pesca.

Debido a todas estas particularidades estos animales solamente se pescan de dos maneras y siempre con el mar un poco movido o mal tiempo. El primer sistema en con una barca y un curricán muy fino y superficial y usando unas plumas, entonces se arrastra el cebo y si el movimiento del mar resulta el adecuado con un cierto grado de espuma, de no ser así podrás pescar un ejemplar despistado, pero nada más.

La segunda forma de pesca es la más especial y artística si se puede llamar de esta manera.

Veamos.

La manera idónea de pescar este esquivo pez es con una caña corta, un sedal muy fino y un anzuelo pequeño, fino y muy resistente. Pero aún así tampoco puede hacerse en cualquier lugar ni con cualquier tiempo. El lugar debe ser especial, son zonas de la costa llamadas "pesqueras" cuyos conocimientos suelen transmitirse de padres a hijos o entre muy buenos pescadores maestro y aprendiz. Suelen ser lugares de la costa donde se conjugan la geografía de la costa, las formas de la roca, que hacen que, en ciertas condiciones de mar movidita, cierta marejadilla, en estos lugares se formen remolinos de espuma y aguas blancas duraderos que permitan en ellas emborrachar a los peces con un buen "bromeo" de la zona y luego pescarlas una tras otra sin que ellas adviertan lo que está pasando y de que alguien las está pescando en cantidad.

El conjunto de todos estos detalles, más fáciles de explicar que de reunir y de llevar a cabo, conforman el cuerpo del arte de la pesca de la oblada. Arte de pesca fino donde los haya.

"Guindo" poseía este arte de una manera instintiva, "le salía" como el mismo solía decir cuando alguien le pedía explicaciones sobre una u otra de sus acciones. Y para un observador atento se apreciaba que era exactamente así.

Y por ello era la envidia de todos los pescadores del valle.

Pero aquel periódico devenir de las mareas, y del ritmo infinito de las olas, algo había de perturbar, primero la vida de todo un país, y más tarde la de medio mundo. ¡Si!, me refiero a la Guerra Civil Española de la que nadie en España ha aprendido nada, que no sea la revancha de las izquierdas tratando de ganar en la paz, la guerra que perdieron en el campo de batalla, y que resultó seguida por la Segunda guerra mundial, como si en realidad no estuvieran ligadas y los españoles solamente usados como conejillos de indias.

Listos ellos.

Ahora, tiempos extraños donde los haya, los españoles volvemos a jugar "con estas cosas", todo el mundo pontifica entorno a unos hechos que la mayoría desconocen, y que deberían dejarse en manos de los historiadores y nadie más, e incluso historiadores "de pro" o afamados "hispanistas" que nada se juegan ni nada tienen que perder, abogan por abrir fosas, buscar muertos, que ya nadie recuerda, y lo hacen en base a las mismas ideologías que nos precipitaron a esta guerra fratricida.

Pero volvamos a las pescas de nuestro amigo "guindo" que nada sabía de estas cosas ni puñetera falta que le hacían. Cuando después de todo tipo de revueltas y de desmanes, muchos de ellos auspiciados o promovidos por el mismo gobierno que se decía legítimo, los generales Mola, Franco, Millán Astray, y demás se rebelaron en armas, rápidamente se formaron dos bandos pero divididos entre ellos mismos, y no solamente ideológicos, también territoriales, y los jóvenes que cumplían la edad, ignorantes muchos de ellos, eran llamados a filas de uno u otro bando, y todo ello sin comerlo ni beberlo, ni tampoco preguntarles que querían ellos.

También "guindo" resultó llamado a filas, y por circunstancias que él desconocía y que tampoco podía gobernar, aunque las hubiera conocido, también fue llamado a filas en el bando franquista, o nacional, o azul, como se prefiera, porque solamente son nombres donde los chicos jóvenes acababan siendo encuadrados, para que luego se mataran unos a otros para beneficio de viejos en uno y otro lado. Al recibir la "carta" se presentó en el ayuntamiento y desde allí remitido a la caja de reclutas de Palma, donde fue acuartelado iniciando enseguida de un breve período de instrucción, porque para matarse no se precisa tanta cosa. Luego sería destinado al batallón ciclista de Baleares que estaba estacionado cerca de Alicante, y hacia allí debería ser trasladado en barco aquella misma noche, sin tiempo para despedirse de sus familiares, ni otras consideraciones, la carne de matadero no las precisa.

Eso si le dieron un uniforme nuevo, un correaje, un fusil con su munición correspondiente, y por supuesto una bicicleta que en su caso era ya usada.

 Bueno era la primera bicicleta que tenía en su vida. Y así los embarcaron en un barco atestado de chicos jóvenes, ignorantes como él de lo que les aguardaba. El barco olía a hierro viejo, y pintura nueva, olor que paulatinamente fue cambiando a medida que avanzaba la travesía en olor a vómito, a comida podrida y ácida y hasta de mierda. Pronto se hizo tan insoportable que al final tuvo que vomitar según solía decir, hasta las primeras papillas de su juventud, en lo que sería la travesía primera, inolvidable y más desastrosa de toda su vida.

Cuando llegó al puerto de Denia a donde se dirigían, estaba tan mareado, borracho de vómitos y olores ajenos que casi no se apercibió que volvían a quitarles la bicicleta, el fusil, el correaje, y si hubieran podido hasta el uniforme si así no hubieran quedado desnudos. Los subieron a camiones, y los llevaron directamente a un centro de reclusión militar, "para la rehabilitación de dudosos", según se decía, como si en estas épocas existe alguien que no sea dudoso. No fue hasta pasados cuatro días que su cerebro empezó a funcionar de nuevo, que aquello era una especie de cárcel militar, porque a lo largo de su travesía la unidad a la que todavía no se había reintegrado y de la que nunca llegó a formar parte, se había pasado al bando de la república con armas y bagajes. Como suele decirse.

No sé bien si debería decir a los republicanos que eran los menos, o mejor a los comunistas y estalinistas que eran los más.

Cuatro meses estuvo en aquel campo-cárcel conociendo allí a pájaros de todo pelaje, comiendo un rancho malo y aguado, y pelando frío a diario como si estuvieran cerca del Polo Norte, hasta que se le comunicó su nuevo destino, por supuesto cubriendo bajas en una unidad de combate que acompañaba a la compañía de requetés catalana llamada la Virgen de Montserrat, y que ahora estaba siendo destinada directamente al frente. Junto al escaso fuego del que disponían para cocinar y calentarse, y entre castañeo de dientes conoció a Cristino, un extremeño nacido en la Emérita Augusta imperial, que según decía el mismo, nunca debiera haber abandonado, pero como muchos emigró hacia el norte para trabajar en las minas de carbón de las vascongadas que al final abandonó corriendo para no caer en manos de los temidos y valientes gudaris vascos, que más tarde se rendirían tras el pacto de Santoña, cogido por la Guardia Civil cuando intentaba volver a su casa, y ahora se veía en aquel agujero como recluta dudoso. Era un superviviente nato, a todo le encontraba una utilidad, y soñaba una y otra vez con un buen jamón de bellota, que según decía ya no volvería a comer nunca más en su vida.

También conoció a Pau Pagés de Barcelona, que resultó detenido por las milicias socialistas cuando volvía de ver a su novia, y mandado directamente al frente sin período de instrucción ni nada. Al moverse en tierra de nadie para intentar encontrar un poco de comida o al menos unas hierbas para poner en la olla, resultó hecho prisionero por una patrulla franquista, para que no le fusilaran explicó que intentaba desertar para cambiar de bando, y ahora mandado a aquel campo de recuperación, así cuando fuera mandado de nuevo al frente, habría luchado en una misma guerra en ambos bandos.

Iñaki también era vasco y minero, especialista en el uso de la dinamita, él también había intentado escaparse, pero hacia Europa en un barco de pesca, y hecho prisionero en alta mar, según decía, no quería que le mataran en una guerra que no entendía ni dios. Sus propias palabras.

A José "el gitano", perteneciente a esta etnia, se decía de él que era ladrón y asesino, pero en el fondo era un tipo divertido, siempre cantaba, y con la misma facilidad que juraba a los demonios, rezaba luego a los santos. En el frente se demostró muy eficaz matando, pero claro allí quien no mata lo más probable es que muera.

Y todo un grupo de gente variopinta, cada uno con su particular historia, cada uno con su propia cruz.

Pero todos compartieron frío, compartieron rancho, y compartieron todo tipo de penurias juntos, aquellos hombres tan dispares quizás comprendieron que si permanecían juntos, que, si ayudaban, y que si luchaban juntos tendrían más posibilidades de sobrevivir de aquel peligroso trance en que se hallaban sumergidos hasta el cuello sin quererlo y sin beberlo. Y poco a poco al final lucharon juntos y se hicieron amigos.

Bueno mallorquín, tú no tienes que robar nada, da igual si sabes o no, tu tienes que estar de pie con tu carita de buen chico, y solamente si algún vigilante se acerca tienes que silbar o toser y nada más. Los víveres los robamos nosotros y luego tú también comerás un poco mejor. Por cierto, en el ejército no robamos, confiscamos. Lo tienes claro solamente confiscamos. Y si aquí todos confiscan, ¿por qué puñetas no podemos hacerlo nosotros también?

Poco a poco entre todos aquellos hombres fueron adoptando aquel chico mallorquín con cara de inocente y que todavía no había descubierto lo que estaba haciendo allí. No tardaría en descubrirlo, pero por el momento entre todos le enseñarían, le ayudarían, y quizás aprendiera a sobrevivir.

El tiempo pasaba muy lentamente en aquel campo con solamente un poco de instrucción, pocas obligaciones y sin poder salir, hasta que un día el alto mando decidió que ya estaban "maduros" y era llegado el momento de mandarlos al frente.

Les dieron unos uniformes nuevos, pero que parecían usados y algunos con un agujero de bala, un macuto, una cantimplora, una cartuchera, una manta y un fusil mauser con bayoneta incluida y este sí que era nuevo y todavía bien cubierto de grasa, que tuvo que limpiar con su propio pañuelo y algún otro trapo que pescó. Les sirvieron la última comida que resultó bastante aceptable y sustanciosa comparada con los ranchos anteriores.

- Esto equivale a la cena de los condenados antes de su fusilamiento.

Comentó alguien en voz alta seguido de algunas risitas nerviosas, pero la verdad era que hacía tanto tiempo que no comían tan bien que nadie quería perderse ni un bocado y así nadie contestó aplicados como estaban en terminarse todo lo que les habían servido.

Luego los formaron, los subieron a unos camiones y los llevaron a un lugar que nadie conocía y que dijeron era el frente.

- Joder nos mandan al frente y no han tenido los santos cojones de decirnos dónde está esto.

- ¿Dónde va a estar?, en la mismísima antesala del infierno. Donde creéis si no.

- Aún así me gustaría saber, donde puñetas nos mandan.

- Ya lo sabrás tío, ya lo sabrás.

Mientras el camión seguía su camino hacia donde fuera. El mismo infierno quizás.

Los italianos después de su victoria en Málaga pretendían un ejército totalmente italiano, comandado por italianos, y conseguida una victoria para las armas fascistas, que permitiera a su propaganda ensalzar aún más el liderazgo de su Duce.

Franco desde los comienzos de 1937 se enfrentaba a un serio problema de recursos humanos, porque sus bajas hasta el momento habían resultado muy cuantiosas, y los nuevos reclutas aún no habían recibido el entrenamiento militar básico para operar en los frentes de guerra. Aunque era muy reacio a utilizar a las unidades italianas en operaciones de primera línea, tuvo que echar mano a las unidades del fascio y así nació el Corpo di Truppe Volontarie CTV, bajo mando italiano y a las órdenes directas del mismísimo general Franco. Operarían en la zona de Guadalajara, donde ya el general Mola había planteado la posibilidad de llevar a cabo una gran ofensiva aún pendiente por la falta de medios de todo tipo, pero principalmente humanos.

Los italianos habían pensado en desarrollar una especie de guerra ideada por el británico Lidell Hart y que posteriormente sería desarrollada por los alemanes con el nombre de "guerra relámpago", pensaban atacar Guadalajara, desbaratar a las fuerzas republicanas y antes de que estas pudieran reaccionar seguir su ofensiva hasta Alcalá de Henares, y luego directamente al corazón o sea a Madrid.

Pero sus errores, su falta de cálculo, y una climatología que tampoco acompañaba mucho, junto a la reacción de las fuerzas republicanas que de la mano de las Brigadas Internacionales XI y XII que contra atacaron rápida y contundentemente hasta detener y hacer retroceder a toda la ofensiva italiana, que desembocó en una retirada que más sabía a derrota que no a otra cosa, por más que la propaganda fascista intentara maquillarla de nuevo éxito de la nueva Italia Fascista contra el comunismo en España.

De este luctuoso hecho quedaron sin embargo varias lecciones por aprender, quizás la primera de ellas debería ser que las armas del fascio italiano no eran tan invencibles como hasta el momento había vendido la propaganda de los propios interesados. La segunda de las lecciones sería que esta derrota italiana no solamente no perjudicó a Franco, sino que ella le daría argumentos para sujetar a las autoridades italianas bajo su mando, y le permitió sortear más eficazmente las pretensiones del Duce fascista. La tercera de las lecciones y quizás la más importante fue que Franco entendió que la victoria de la guerra no vendría ni de manera rápida, ni por la toma directa del mismo centro del país o sea Madrid, sino que serían necesarios antes otros triunfos en otros frentes, así el eje de gravedad de toda la guerra ahora se centraría en el norte del país.

Y era hacia el norte de la península, hacia donde se dirigían ahora nuestro "pescador de obladas" y sus variopintos compañeros para participar en otro de los sangrientos episodios de la historia reciente de nuestro pueblo. Que nunca aprende.

Estuvieron casi dos días dando tumbos en aquellos malditos camiones, dormitaban en marcha, orinaban en marcha y por turnos solamente en las breves paradas podían hacer otras cosas y comer un rancho frío que les hizo añorar incluso el rancho aguado del campo-cárcel, pincharon tres veces así al final el último trayecto tuvieron que hacerlo a pie porque no quedaban ruedas de repuesto, llegaron de noche, calados de humedad y de frío, pero aquello no consiguió esconder la imagen de dantesco desastre instalado en aquel campamento, donde hombres heridos, pilas de material, animales, comida casi en mal estado, tiendas de campaña con más agujeros que un colador, y oficiales dando por el saco con mil órdenes a la vez, casi daban ganas de seguir hacia el frente, quizás fuera mejor y mayor que aquel maldito agujero.

Apenas tuvieron algunas horas para dormir, y antes incluso del amanecer los levantaron a patadas, les dieron una achicoria de bellotas para beber, unas cuantas galletas secas, dos granadas, y después de advertirles que no hablaron se dirigieron al frente. Apenas habían llegado para unirse a su batallón de combate cuando empezó el bombardeo durante unos quince minutos y antes incluso de que terminara el último cañonazo empezaron a avanzar con la bayoneta calada, una bala en la recámara y las granadas a mano.

- Mallorquín esto va en serio, quita la bala de la recámara y sitúate detrás de mí.

Le dijo Cristino con voz muy queda.

- ¿Por qué tengo que quitar la bala de la recámara si vamos en serio?

- Porque no quiero que seas tú quien me mate. Además, si marchas detrás de mí siempre tienes tiempo de cargar.

Era razonable, hizo lo que le decía su compañero, retiró la bala de la recámara que recolocó en el cargador del arma ajustó la bayoneta y siguió a su compañero que avanzaba dando saltitos y medio agachado.

- ¿Por qué andas a saltitos? Preguntó asombrado.

- Para no facilitar la labor si alguien me apunta.

Decidió que era una muy buena razón y empezó a emular a su compañero. A los lados sus compañeros avanzaban sin apresurarse y de la misma manera. Hacia su derecha sonaron unas ráfagas de ametralladora, seguido de unos estampidos de granadas de mano, y de nuevo el silencio.

- Estos mamones se han largado. Siseó el gitano.

- Mejor. -Comentó el Pagés – cabrones que quieren dispararme, cuanto más lejos mejor.

- Si, pero mejor no fiarse por si acaso han dejado algún francotirador.

Les advirtió Cristino que era el que tenía más experiencia de todos en cuestiones de combate y que todos escuchaban como si fuera una verdadera autoridad.

Y como si hubiera sido una verdadera profecía, segundos después sonó un disparo a unos doscientos metros a su derecha, y uno de los soldados de avanzada cayó como un fardo.

- ¡Al suelo!, es un francotirador y tiene puntería el jodido le ha dado en la cabeza.

Todos se tumbaron al suelo tratando de esconderse detrás de cualquier cosa una piedra, un arbusto, una rama, una zanja, y los más afortunados encontraban un poco de pared.

- ¡Avanzad!, ¡Avanzad!, malditos, a ver si un solo tiro va a detener a todo un ejército.

Se trataba de la voz del sargento que los azuzaba a seguir con el avance.

- El joío protesta y grita, pero él va detrás. Ese mal nacío hijo de mala madre, solo una bala basta para matar al de la mía.

El gitano siempre estaba al quite.

- ¡Venga! ¡Avanzad!, que hemos venido a morir.

Volvió la voz del sargento a azuzarles.

- Que se ponga delante y le pego un tiro yo, a ver si se calla este jodío lenguaraz.

- Calla gitano y atiende.

Dijo Cristino, y todos atendieron. Lanzó una granada y todos salieron corriendo en zigzag unos diez metros, luego repitiendo la operación.

- Voy ahora yo.

El gitano lanzó una de sus granadas, todos se levantaron corriendo a saltos y tumbándose de nuevo, el gitano lanzó su segunda granada y de nuevo a correr repitiendo la operación. Un poco más adelante un bulto salió corriendo tratando de alejarse de ellos, todos los que estaban delante le dispararon con rabia.

- ¿Le has dado? Pregunto ahora Iñaki.

- No creo, yo no al menos, pero parece que ha visto lo que se le echaba encima y se ha marchado, así que mejor seguimos al trote para que no vuelva a emboscarse, y abrid bien los ojos.

Estuvieron trotando y brincando toda la mañana, pero sin más sobresaltos, de vez en cuando se encontraban con especies de trincheras de fortuna con restos de comida, algunos casquillos de bala, y alguna cagada y poco más.

- ¡Cuidado! - dijo Cristino de nuevo – si encontráis algo que desentona no lo toquéis, podría tratarse de una trampa explosiva, a veces las colocan si han tenido tiempo.

A la caída de la tarde buscaron el máximo refugio posible, excavando pequeños hoyos de tirador en el suelo, rodeándolos de piedras para resguardarse del relente nocturno, también de alguna bala suelta, o de cualquier mala jugada que a veces la vida sin avisar a veces nos juega.

Al día siguiente de madrugada ya estaban alto y después de tomar una especie de café aguado y un trozo de pan con queso rancio prosiguieron el avance y así tres días más, hasta arribar a una carretera que decían que llevaba a Bilbao, y cuando parecían imparables una lluvia casi torrencial acompañada de un frío de perros, los detuvo a todos, los caló hasta los huesos, y los postró hasta de una manera miserable, y así siguieron casi doce días en los que el más miserable de los perros tenía mejor aspecto y estaba mejor que todos ellos, ya que el animal podía resguardarse de la lluvia y los soldados no.

Cuando la lluvia escampó y el tiempo parecía mejorar les dieron dos días para secar sus ropas, adecentarse un poco, limpiar el material y las apariencias, reponerse. Pero ¿Cómo iban a reponerse en medio de un campo empapado como los animales salvajes?, pero así era la puñetera guerra inventada por una mente enferma hasta el extremo, y luego reanudaron su marcha, atacando montes donde el enemigo les esperaba emboscado, valles batidos por fuego enemigo, carreteras o bien llenas de polvo o de barro, y hambre y frío, mucha hambre, que junto con el cansancio y el agotamiento ya eran como amigos inseparables.

Aquella noche llegaron a un caserío, parecía que sus propietarios lo habían abandonado apresuradamente, ¿y quién no? Pero para aquellos soldados agotados y ateridos de frío aquello les pareció un palacio, lo registraron todo, encontrando algunas judías y unos recipientes de carne de cerdo salado que les supo a cielo. Cristino que era aceptado como jefe nato del pequeño grupo dispuso.

-   Gitano, tú pon la olla en marcha, vosotros dos situaos fuera y vigilad, luego mandaremos un relevo. Mallorquín busca vino a ver si encuentras alguna botella abandonada o enterrada, los demás reunid todo lo que pueda ser comestible y leña, a ver si comemos algo caliente con un poco de alimento.

Encontraron algunas patatas viejas y cebollas un poco tocadas, pero aún aprovechables en parte, y con todo ello el gitano que parecía el cocinero del grupo hizo el mejor guiso que habían comido en muchísimo tiempo. Cierto es que como se dice el hambre es el mejor de los condimentos.

El mallorquín encontró unas botellas llenas de telarañas y polvo en un rincón de la bodega, pero que resultaron estar llenas de vino. Vino más que aceptable que bebieron lo que quisieron y el resto de las otras botellas fueron repartidas para el camino.

No hubo incidentes aquella noche.

Pero cuando se acercaban a Vergara unas ametralladoras empezaron a batirles insistentemente, estaban muy bien situadas y dominaban todo el valle rotulado y sembrado de viña, que presintiendo la llegada de la primavera ya empezaban a despuntar las yemas. Todo el grupo se dispersó buscando el más mínimo refugio donde esconderse del insistente acoso de las balas que picoteaban alrededor de los hombres. Algunos en el pelotón de cabeza resultaron alcanzados y cayeron para no levantarse más, el gitano, Crispino, y el mallorquín se metieron en una zanja de drenaje, y fueron desplazándose por ella para permitir que otros se resguardaran y para huir del centro del tiroteo.

Pero los servidores de las ametralladoras no querían que nadie se escapara y una de ellas dirigió el fuego hacia la zanja donde reptaban procurándose fundirse con la tierra. Parece increíble lo pequeño que puede llegar a hacerse un hombre cuando le están disparando. Reptaban y se pegaban al suelo intentando escapar de las balas que los estaban buscando, de súbito el mallorquín notó un golpe en la espalda y un líquido que empezaba a empaparlo todo, solamente atinó a decir

-   Me han dado.

Y se desmayó quedando inmóvil en la zanja.

Quizás aquello le salvó porque los tiradores creyendo haber dado en el blanco, buscaron otros blancos que batir. Cuando la atención se hubo centrado en otras zonas Cristino retrocedió con mucho sigilo para no llamar la atención sobre él.

-   La leche estos hijos de la gran puta se han cargado al mallorquín.

Pero cuando dio la vuelta al cuerpo se apercibió que aquello que goteaba por la espalda del joven no era sangre, sino que era vino. Los disparos habían alcanzado solamente la mochila que el muchacho llevaba a la espalda y habían roto las botellas de vino, el chico parecía estar bien y solamente se había desmayado del susto al sentirse alcanzado.

¿Y quién no?, Le dio un tortazo en la cara que tuvo la virtud de resucitar al presunto muerto.

-   ¡Ay! Me han matado.

- Calla y escucha. No te han dado, solo han agujereado la mochila y roto las botellas de vino. Pero ellos no lo saben. Quédate aquí y hazte el muerto, pero no asomes la nariz para nada, desde la tercera compañía van a armar jaleo, y cuando toda la atención de las ametralladoras se dirija hacia allí, entonces reptas un poco hacia allí te pones a su alcance y les lanzas las granadas que llevas, y estas dos más que te dejo, pero no falles, ¿Entendido?

- Si. De acuerdo.

Estaba cabreado, una vez pasado el susto de si le habían dado o no, estaba muy enfadado porque aquellos tíos habían intentado matarlo, Y ahora era llegado el momento de devolverles el cambio. Con suma lentitud se desprendió de la mochila correaje y fusil y solamente se quedó con las cuatro granadas. Luego poco a poco empezó a reptar hacia la cima de la loma a la vez que se colocaba encima toda cuanta hierba y hojarasca encontraba a su paso para mimetizarse con el terreno.

Más lejos a su derecha otras compañías habían empezado un tiroteo y trataban de avanzar, y hacia allí se dirigía el fuego de las ametralladoras y toda la atención del enemigo tanto tiradores como servidores de aquellas mortales máquinas. Mejor eso era lo que quería.

Siguió reptando lentamente, y cuando se sintió seguro de no fallar el lanzamiento de las granadas, las preparó, una en cada mano y las otras dos en los bolsillos, quitó los seguros de las dos primeras, dio un definitivo salto para acercarse un poco más y las fue lanzando una tras otra. Una, dos, tres cuatro…Y se acurrucó de nuevo detrás de una piedra. Boommmmm las granadas estallaron un tras otra, el fuego enemigo cesó y dio un respiro para que todos los soldados de abajo se lanzaran a una colina arriba y terminaran con el trabajo de limpieza, no hizo falta. Todos estaban muertos, Las cuatro granadas lanzadas por el joven habían dado de lleno en la trinchera enemiga, y los que no habían sido alcanzados por la primera granada lo habían sido por la siguiente y así sucesivamente. Todos lanzaron un fuerte ¡Hurra!, y algunos avanzaron sobre el muchacho y lo abrazaron efusivamente, aquella acción había salvado a muchos de ellos. Cristino se acercó orgulloso.

-    Buen trabajo mallorquín. Vas progresando. Ahora baja a por tus cosas y tu fusil.

Aquella noche muchos soldados se acercaron a su fuego para darle algo, un trozo de pan, un trozo de tasajo, una botella de vino, unos cigarrillos…era la manera que tenían aquellos hombres curtidos de darle las gracias. El chico lo compartió todo con sus compañeros.

Pero la guerra no había terminado, aquello solamente era un simple escalón de una muy larga y penosa escalera. Para el joven mallorquín aquella, sin embargo, había resultado una interesante lección, porque casi le habían matado, su mochila era su testigo de ello con dos enormes agujeros que la atravesaban de lado a lado, y porque a su vez él había matado a sus primeros enemigos, quizás chicos como él que probablemente no supieran a ciencia cierta que puñetas estaban haciendo allí, y porque había sido una acción muy valorada por sus compañeros de armas.

La ofensiva del general Franco siguió adelante, y rápidamente estuvieron al alcance del cinturón de hierro que rodeaba a la ciudad de Bilbao. Más lejos de casa que nunca.

El día 26 de abril de 1937 se produjo el bombardeo de la ciudad de Guernica, para los combatientes aquello no tuvo la más mínima trascendencia ni tampoco importancia para las operaciones militares en el frente del norte. Pero resultó instrumentalizado por la propaganda, magnificado hasta el extremo y un acto que se saldó con solamente ciento y pocos más muertos se vendió por obra y gracia de la propaganda casi como un genocidio. Sería muy interesante que muchos de los que han opinado sobre este tema, leyeran un poco más, y creyeran un poco menos en eslóganes políticos de todo tipo.

El cinco de mayo empezaban en Barcelona los hechos de la Guerra Civil quizás más luctuosos, al convertirse en una guerra dentro de otra guerra y que serían conocidos como "los sucesos de Mayo". Y en el norte el autoproclamado lehendakari Aguirre decidía asumir el mando militar supremo del país Vasco, con la intención de levantar un poco la moral de sus maltrechas tropas, que ya empezaban a rendirse por doquier.

El día siete el cardenal Gomá recibe instrucciones directas de la Santa Sede para negociar y consigue del general Franco un trato especial para las provincias norteñas de profunda raigambre católica. Para que luego se quejen.

Y el día ocho la trampa queda cerrada por la zona de la costa, al ocupar la V brigada de Navarra el monte Sollube, y el 11 la II brigada de Navarra entra en Amorebieta, el 26 de mayo la unión de la II de Navarra, junto con la IV propician, que por el sur la línea se sitúe a lo largo del valle de Arratia hasta la peña de Lemona, que cae definitivamente el 5 de junio tras un violento combate.

El 3 de junio muere el general Mola en un accidente de aviación, aunque ello no influye en el avance de las tropas llamadas nacionales.

Como anécdota y prueba de la desesperación que ya empezaban a sufrir en el gobierno republicano, Indalecio Prieto sugirió a sus compañeros de gobierno que se aprovechase aquella ocasión para bombardear el entierro y así terminar con todo el alto mando franquista, y si fuera posible con el propio Franco. Al final el bombardeo no se llevaría a cabo, aunque de haber sido así, poco hubiera sido su éxito porque Franco no asistió a él.

El cinturón de hierro que rodeaba y defendía Bilbao había sido loado por la propaganda como inexpugnable, tanto los comunistas y los nacionalistas por un lado como los soldados nacionales estaban un poco asustados, ante el brete de tener que atacar tamaña obra defensiva, no obstante, el 11 de junio y después de un bombardeo artillero primero y de la aviación después se inició el ataque.

Como de costumbre era Cristino quién dirigía al pequeño grupo.

- Bueno Mallorquín, ya has recibido tu bautismo de fuego, ya eres un soldado, has matado y has visto como funciona esto. Descarga tu fusil, pégate a mi culo y procura cubrirte bien, y si disparas o lanzas las granadas da en el blanco.

Empezaron a moverse, primero lentamente estudiando el terreno y tratando de localizar y memorizar todos los posibles refugios y escondites para guarecerse de las balas si llegaban, y todo lo que el enemigo quisiera echarles encima. Luego poco a poco empezaron a moverse más rápido dando saltos de un escondite a otro y disparando contra el enemigo. Cristino había maniobrado para avanzar, pero hacia lo que él entendía como un ángulo muerto y mientras unos se dirigían cuesta arriba hacia las estribaciones del monte Urculu, y recibían fuego de todo tipo, otros se dirigían hacia San Martín de Fica que también estaba bien defendido, ellos quedaron en medio, esto les permitió avanzar un poco más rápido sin recibir tanto fuego por parte del enemigo y rechazar sus defensas antes y con muchas menos bajas.

Como nuestro pescador de obladas, había mostrado una cierta pericia lanzando las granadas de nuevo, le propusieron que así lo hiciera frente a una molesta posición defendida por ametralladoras, y así mientras unos brincaban entre el fuego enemigo para atraer la atención de los servidores de las ametralladoras, el joven se fue deslizando poco a poco hacia el nido enemigo hasta que los tuvo a tiro de granada y entonces empezó a arrojarles los explosivos regalos que llevaba para ellos. En un principio calculó mal, y las dos primeras explosiones no dieron en el blanco, pero crearon la suficiente confusión y polvo para permitirle resituarse unos metros más arriba y esta vez consiguió mandar sus dos granadas restantes dentro de la misma trinchera, casi antes de que explotaran ya estaba de pie con la pistola que le había dado el gitano para que pudiera ir armado, pero correr mejor, y ahora disparaba contra todo lo que se moviera. Rápidamente llegaron los demás allanando el camino, recogieron todo lo que les interesó principalmente comida y algunas armas y todas las granadas que encontraron, y antes de que pudieran sentarse llegaron los oficiales dando órdenes para seguir con la ofensiva, para impedir que el enemigo se reorganizara y poder pasar al contra ataque. Hasta que llegó la noche. Y esta vez resultó ser el gitano quien daba la buena nueva.

-   Esta noche contra atacarán, no pueden perder esta posición tan fácilmente.

Cristino estuvo de acuerdo.

-   Mejor nos preparamos para una noche movida. Ahora descansad por turnos, mientras los demás modificamos las defensas que ellos conocen, y de paso les colocamos unas cuantas trampas de bienvenida, luego ya nos intercambiaremos.

La propuesta era sensata y todos se pusieron manos a la obra, entre los otros pelotones se hacía lo mismo, todos pensaban que ahora aquella era una posición estratégica y que el enemigo no se la dejaría arrebatar tan fácilmente, y si arrebatada intentarían retomarla.

Y así fue, aquella noche el enemigo intentó retomar la posición en dos ocasiones. La primera fue ya pasada la media noche, aunque no fue un intento muy serio, probablemente estaban reconociendo el terreno, cuando una de las trampas colocadas exploté. Las trampas eran sencillas, solamente unas bombas de mano montadas en determinados lugares especiales y tapadas con hojarasca y listas para explotar con solo tocarlas, y así fue antes de que los centinelas descubrieran ningún movimiento una de las trampas hizo explosión revelando que el enemigo se acercaba como ya esperaban. Se lanzaron bengalas, más granadas y se disparó hasta que los cañones de los fusiles se pusieron al rojo vivo y así en ataque fracasó. Y sirvió para confirmar que el enemigo no lo dejaría tan fácilmente.

Volverán - dijo Cristino – volverán de madrugada se trata de una posición muy importante para ellos, y no la dejarán. Así que comamos algo ahora que podemos, y luego ya volveremos con los preparativos.

Y así fue, de madrugada otras trampas volvieron a explotar, y el enemigo volvió con sus ataques, pero les estaban esperando y todos a la vez, El ataque resultó nuevamente rechazado con cierta facilidad, y el enemigo tuvo que retirarse dejando el campo sembrado de cadáveres. Era duro para los soldados, pero se trataba de ellos o del enemigo, y llegados a esta disyuntiva, mejor el enemigo.

- Espero que aprendan la lección.¡Ojú! . Sentenció el gitano.

Al día siguiente empezaron con la misma táctica que la primera vez, buen fuego artillero en primera instancia, luego bombardeos aéreos, y seguidos del ataque terrestre con similar resultado, y así el famoso cinturón de hierro, el invencible se hundió.

- Tanto cinturón de hierro y tanto rollo y se ha ido al carajo en dos días.

Cantaba el gitano.

Rebasadas las defensas del famoso cinturón de hierro, las unidades atacantes giraron hacia los flancos y atacaron las defensas de través, así cogido el enemigo por los flancos la descomposición de toda la línea defensiva era inevitable, y el avance siguió hacia Bilbao con algunas resistencias esporádicas y poco eficaces. El dirigente del PNV Ajurriaguerra inició las negociaciones para rendirse. Bien que algunas unidades republicanas intentaron volar la industria pesada, pero batallones de cariz nacionalista abrieron fuego contra las fuerzas republicanas y les impidieron que destruyeran nada, y la noche del día 18 los restos de las fuerzas republicanas y comunistas se retiraron hasta Santander, mientras el día siguiente las fuerzas franquistas entraban victoriosas en Bilbao. Ahora tocaba la limpieza de toda la zona de enemigos, el frente quedaba establecido ahora en Santander, y el final de la ofensiva norte ya era solamente cuestión de tiempo y no mucho.

Mientras los generales del frente popular tenían ya preparada una operación de ataque en la zona de Brunete con la intención de aliviar el cerco sobre Madrid y con ello obligar a Franco a reducir su presión en el frente del norte y si fuese posible obligarle a desplazar tropas hasta este nuevo frente que serían fijadas sobre el terreno y posteriormente destruidas. El plan era bueno y estaba correctamente trazado y además el frente popular contaba con la superioridad tanto en material como en fuerzas, pero habían obviado la parte quizás fundamental, la falta de unidad política y que sus tropas no estaban debidamente adiestradas ni motivadas militarmente. El asalto inicial se inició con un relativo éxito, los nacionales consiguieron detener la ofensiva solamente con las tropas que tenían sobre el terreno. La aviación nacional se cebó en la aviación del frente popular y luego se dedicó a bombardear a las tropas de tierra impidiéndoles avanzar y fijándolas definitivamente sobre el terreno, impidiendo sus suministros y finalmente atacando e impidiendo su retirada.

Franco se dio cuenta de las intenciones y del peligro que suponían los movimientos del frente popular, empezó a reforzar paulatinamente este frente con todo lo que tenía a mano y desviando toda la aviación disponible incluida la famosa aviación Condor alemana hacia este nuevo escenario, para contra atacar primero y descalabrar las tropas enemigas después. El resultado final de esta operación se saldó con una nueva victoria franquista que quizás pudiera incluso haber sido mayor de no mediar su legendaria prudencia y haberse en cambio arriesgado un poco más. No obstante, se consiguió recuperar todo el terreno perdido, estabilizar este frente hasta el final de la guerra, descalabrar fuertemente varias de las mejores unidades del enemigo y entre ellas a las brigadas Internacionales, y acto seguido reanudar sus operaciones en el norte, ahora más fácilmente, hasta su total caída.

Cuando los combatientes entraron en Bilbao, el día era gris y amenazaba lluvia, la ciudad también les pareció gris y sucia por el polvo de carbón quemado, por lo demás intacta apenas había habido unas escaramuzas en la ciudad. Los soldados nacionales habían contenido a los comunistas, y todas las demás ideologías luego, se habían rendido sin apenas luchar. Bueno mejor para los soldados rasos que en el fondo son los que se juegan la piel y los únicos que siempre la pierden y sino toda si una gran parte de ella porque en el fondo ninguno llega a superar el tiempo perdido ni tampoco el trauma de las cosas que ha visto en la guerra o que les han obligado a hacer. Les llamó la atención la margen izquierda del río, donde estaban ubicadas las viviendas de los señores y potentados vascos. Curiosamente por allí la guerra ni siquiera había asomado la nariz.

Pero la guerra no había finalizado y ellos estaban encuadrados en una brigada de asalto, rápidamente fueron concentrados y reorganizados junto con brigadas de Castilla y Navarra y hasta soldados del PCTV italianos, que como solía decir el gitano, estos eran los que mejor comían y bebían.

-   ¡Coño!, comen mejor porque tienen más. No te jode el listo.

Añadiría Pagés.

-   Aquí no tenemos ni un puñetero tomate, ni soñando, para hacer un buen "pa amb tumàquet".

-   Y un buen jamón. Y un buen jamón, amigo Pagés, nunca debes olvidarte del jamón.

Repuso el gitano, que cuando se hablaba de comida siempre estaba al quite.

El 14 de agosto, con un calor más que sofocante, se inició el ataque contra Santander, que en sus inicios casi parecía un paseo. Lo que no sabían los soldados era que mientras ellos progresaban con cuidado en busca del enemigo, los italianos por su parte mantenían conversaciones secretas con los batallones vascos que negociaban la rendición de éstos. Por cierto, cosa que también desconocían los jefes del ejército rojo del norte sus aliados. El día 23 los mandos del ejército popular insistían en las órdenes de repliegue de todas las unidades hacia Asturias que eran desobedecida por los oficiales vascos que al día siguiente se reunían con el general Piazzoni de las flechas negras y ultimaban su rendición y el día 26 se rendían definitivamente a los italianos, eso si después de haber proclamado "La República Independiente de Euzcadi". Conducta típicamente nacionalista.

Mientras que italianos y vascos andaban con estas cuitas, los ejércitos de Franco seguían con su avance imparable hacia Santander, el final de la campaña del norte estaba muy cerca, aunque las autoridades del frente popular no se resignaban a permitir que la ofensiva de Franco le saliera tan fácil, y después del descalabro de Brunete, decidieron que probarían de nuevo esta vez en Aragón en lo que vendría a llamarse la batalla de Belchite. La intención de esta nueva ofensiva era la misma que la anterior o sea obligar a Franco a retirar tropas del frente del norte para aliviarlo, pero Franco aprendida la lección de Brunete no desvió ni un soldado del norte, aunque sí la aviación le permitió el dominio del aire, mientras sus tropas del norte acababan con toda la resistencia de este frente. Las tropas del frente popular fracasaban de nuevo en esta ofensiva como siempre por la desorganización, la incompetencia de sus mandos, y las inquinas políticas internas. Y una vez fijado el avance hacia lo que debía ser Zaragoza como meta final, las tropas del norte liquidaban todas las bolsas de resistencia enemiga e incautaban una ingente cantidad de material bélico, que luego usarían contra sus propietarios, y se hacían con una ingente cantidad de soldados vascos que luego reutilizarían contra los restos del ejército popular que a finales de 1937 los nacionales ya contaban con un ejército de casi tres cuartos de millón de hombres, todas las zonas industriales productivas del norte bajo su control y ya empezaba a vislumbrarse el final de la guerra y quién lo ganaría.

En su avance final hacia Santander y a pesar de estar convencidos de que la campaña tocaba a su fin, nuestro pescador y sus compañeros se encontraban ahora frente a una bolsa de resistencia.

- Estos hombres son mineros asturianos, hombres duros, acostumbrados a la lucha y al sacrificio, son además de duros muy valientes, por ello sería un grave error subestimarlos, así que ojo, manteneos juntos, luchad codo a codo y apoyaos los unos a los otros, solamente de esta manera saldremos con la piel puesta de esta última embestida. ¿Lo habéis entendido?

Estaban sentados sobre una loma escuchando y todos asintieron, hasta ahora toda la campaña había resultado más o menos fácil casi como un paseo, pero en el último momento el enemigo ya se había apercibido de que no tenían escapatoria y entonces habían decidido vender caras sus posiciones y sus vidas.

- ¡Joer! - dijo el gitano, que siempre tenía un comentario – no podrían tomar nota de lo que han hecho los vascos y venir rindiéndose hasta aquí.

- Los vascos van más de rollo político, y estos de aquí abajo van de guerra, así que no van a soltar su fusil tan fácilmente. Repuso el Pagés.

- Esto es, política de los nacionalistas, que lo que querían era la independencia y nada más. -Repuso Iñaki – Estos de aquí abajo lo que quieren es vender cara su vida.

- Si y no hace falta que lo jures.

Se oyeron gritos y movimientos en la base de la loma.

- Bueno ya vienen. Lo dicho. -repuso Cristino-.

Todos se colocaron en sus respectivos refugios de fortuna y esperaron a tener a los atacantes a tiro, para empezar a abrir fuego. Esta vez los atacantes eran muchos y parecían resueltos a barrerlos de la colina. Saltaban, corrían, brincaban y seguían con la ascensión a pesar del fuego que desde la cima les dedicaban, y las bajas dejadas en el camino. Cuando parecía que la cima iba a caer en manos de los asaltantes, o por si a alguien se le pudiera ocurrir el abandonar la posición, de repente un humo espeso empezó a elevarse por detrás de los defensores.

- ¡Ojú! ¿qué cosa es eso?

- Los oficiales están quemando los rastrojos detrás para que no abandonemos la zona.

- La leche con estos mamones

Cristino como siempre tomó la iniciativa.

- Seguid disparando sin moveros aún. Tú gitano ve a ver lo que pasa y fíjate por donde corre el fuego, y si hay alguna salida. Tú mallorquín empieza con las bombas cuando estén a tiro

- Voy.

Siguieron disparando con bríos renovados para evitar el tener que retroceder hacia el fuego que tenían detrás, pero los atacantes eran muchos y no abandonaban, y cuando comprendieron lo que pasaba renovaron sus esfuerzos hacia la cima. Pero en estos momentos y cuando estaban a tiro alguien empezó a lanzarles granadas de una manera mortalmente eficaz, mientras el gitano volvió corriendo y se tumbó al lado de Cristino exponiéndole la situación.

- Los oficiales han pegado fuego a los matojos aquí detrás lo bueno es que se han marchado. Podemos salir.

- Y el fuego.

- Bueno este es tu trabajo, mira como está y si hay una salida, y rápido estos de aquí abajo parecen ir en serio.

- Venga déjate de rollos y busca una salida.

El gitano se marchó corriendo de nuevo mientras el resto seguía disparando y procurando no malgastar munición y sin dejar que el enemigo se acercara a tiro de granada, si alguno lo lograba allí estaba el mallorquín para evitar que pudieran hacerlo.

Al rato volvió el gitano.

- Hay mucho fuego, pero el viento sopla hacia la izquierda, creo que hacia aquella zona tenemos una posibilidad de salir sin tostarnos, dijo señalando unas rocas hacia la derecha.

- Bien. Avisa al resto que se vayan desplazando hacia allí pero ojo, sin correr y sin dejar de disparar, yo hablo con el mallorquín.

Poco a poco los hombres fueron desplazándose hacia las rocas mientras Crispino hablaba con el mallorquín.

- Tenemos que hablar.

- Qué pasa hay algún problema.

- Si, desde ahora neres el encargado de vigilar a toda esta cuadrilla de cabrones, por las rocas y hacia la derecha se puede salir del fuego, vas lanzando granadas y cuando solamente te quede una, sales pitando yo estaré allí y te cubriré. ¿Entendido?

- Si

- Vale pues a ello.

El mallorquín empezó a soltar bombazos a diestro y siniestro con cierta regularidad, mientras sus compañeros se iban replegando saltando de roca en roca y por unas zonas ya chamuscadas, y así pudieron salir de la zona. Después los oficiales les contarían que el fuego se había desencadenado por unos disparos fortuitos. Como para creérselos a estas alturas.

Nuestro pescador debería mantener un ojo hacia adelante y otro atrás. Era lo acordado. Porque en el frente muchas veces la muerte no viene de cara.

Más tarde lo supo por experiencia.

Oyó un silbido, era Cristino y ya le llamaba, el chico lanzó tres bombas casi seguidas y antes de que la tercera explotase ya corría hacia las rocas mientras su compañero disparaba a todo lo que se movía. El fuego había ralentizado el ataque y los enemigos esperaban que el fuego los obligase a salir o rendirse, ello dio pie a que los del grupo de Cristino se pudieran escabullir del peligro.

Durante los últimos coletazos de la caída de Santander los soldados del frente aún sabiendo que todo el pescado estaba vendido muchos querían vender caras sus vidas, otros se lanzaron al monte y actuaron incluso como maquis antifranquistas un tiempo.

Ahora estaban en un suburbio de casas semidestruidas y los combates fácilmente se llegaba al cuerpo a cuerpo, o mejor a bombazo limpio. Desde que los oficiales pegaran fuego en el monte "guindo" siempre los mantenía localizados y avisaba a los demás si veía movimientos raros o extraños. Ahora en la lucha casa por casa andaban dispersos y el chico había perdido casi todo contacto con sus compañeros, pero mantenía un capitán, un teniente, y dos alféreces a la vista que estaban fumando y hablando tranquilamente detrás de los soldados de su unidad, mientras ellos se batían el cobre contra el enemigo. Un ligero movimiento en el rabillo del ojo le hizo agazaparse y luego esconderse detrás de unas bigas rotas y chamuscadas por el fuego de algún incendio pasado. Con suavidad recargó su fusil, y colocó la bayoneta por si acaso, y se tanteó las bombas de mano que siempre llevaba, para comprobar que estaban a su alcance en caso de necesidad. Siguió observando el movimiento que se repetía a intervalos irregulares, se trataba de un avance típico de un soldado, y por el tipo de movimiento empezaba a sospechar de quién se trataba, aunque permaneció oculto por prudencia. La forma se fue acercando y un momento dado soltó o lanzó algo. Instintivamente supo que se trataba de una granada y se agachó más tapándose la cabeza.

¿Por qué el gitano intentaría matarle? ¿a qué venía que justo en aquel momento le tirara una granada? La granada explotó, pero en el fondo de la otra habitación, y de repente se encendió la bombilla en el cerebro. ¡Los oficiales!

Cuando hubo pasado el estallido se levantó todavía sordo y pasó a la otra habitación, el gitano había desaparecido, llegó junto al amasijo de cuerpos al tiempo que otros soldados.

- ¡Joder! Han tirado una granada y menuda escabechina que han hecho. Dijo el soldado que había llegado el primero.

- ¿De donde la han lanzado? Dijo "guindo". Mejor que estemos al tanto, no nos tiren otra.

Los soldados se resguardaron y vigilaron los alrededores, principalmente puertas y ventanas.

- Vigila allí, yo mientras miraré por el otro lado.

- De acuerdo.

Dieron una pequeña batida sin resultado, el o los atacantes habían desaparecido. Volvieron de nuevo junto a los oficiales, estaban todos muertos rotos, y en posturas extrañas. El joven no pudo dejar de pensar que aquellos eran los oficiales que habían pegado fuego al monte, y en su fuero interno supo que el gitano acababa de devolverles el cambio.

- Por la noche entre los escombros se fue acercando a Cristino que estaba acurrucado comiendo un mendrugo de pan y un trozo de queso rancio.

- Hoy entre los escombros allí abajo, he visto…

- Tú no has visto nada, absolutamente nada. ¿Lo entiendes? Y es mejor que lo entiendas bien, sobre todo para tu propia seguridad.

Nunca más volvió a mencionarse el incidente. Y nadie en el grupo habló o mencionó lo que había pasado.

En el frente la muerte aparece en cualquier parte.

Mientras las fuerzas populares habían atacado Belchite en el frente de Aragón con la misma intención de aliviar la presión sobre el frente norte como en Brunete, pero todos aquellos esfuerzos y muertes no lograron desviar un ápice el curso de los acontecimientos ni el resultado final de la guerra.

- Creo que nos van a mandar para Madrid, el general quiere atacar de nuevo por lo que he oído.

Iñaqui y Pagés habían estado intentando de encontrar comida un poco más abundante y más decente, y traían las últimas nuevas que recorrían las tropas que habían luchado en el frente norte, y que pasaban de mentidero en mentidero.

- ¡Ojú!. Tener que pelearse con ese frío no va a resultar nada agradable. Disen los entendíos que los antiguos dejaban de luchar en invierno. Joer esos sí que sabían.

- Gitano tú siempre tan práctico. Pero es que antes entre los antiguos los jefes iban al frente del ejército. Pero aquí los del frente somos los pringaos como tú y como yo, los jefes se quedan en la retaguardia con los pies calentitos y bebiéndose un buen carajillo.

Repuso Iñaqui que estaba muy cabreado porque no había podido conseguir nada de carne.

Mientras ellos discutían cerca de Santander, las fuerzas del frente popular decidían adelantar su ofensiva contra Teruel para intentar que Franco atacara Madrid, y éste decidía recoger el guante y no permitir que los populares recuperaran ninguna de las capitales que ya habían perdido. Así que para su deleite con el frío "quasi" polar que allí reinaba, nuestro pescador de obladas y sus compañeros serían enviados a pelar el frío de Teruel, y si conseguían sobrevivir verían el comienzo del nuevo año en una de las regiones más frías del país.

- ¡Joer! Teruel. Lo que nos faltaba pa pelar la pava de frío, ¡coño!, es que estos putos comunistas no se han dado cuenta todavía que todo el frío de España se concentra allí. Y que hay pa toos.

El gitano estaba que echaba fuego por los clavos cuando se les comunicó oficiosamente, que no oficialmente, porque oficialmente no se comunicaba nada a la tropa, que su nuevo destino sería Teruel.

- Pues ya sabéis, - dijo Cristino siempre práctico – hay que conseguir toda la comida que podamos, porque si el frío nos coge tan delgados y famélicos nos helará hasta los huesos. Y también ropa, ropa buena.

- Bueno mallorquín, vamos a ver como te portas hoy, qué nos pescas.

- Joder gitano nos pasamos toda la puta guerra robando comida.

- Es que mallorquín, tenemos el puto visio de comer cada día, y si además vamos a Teruel más vale que pongamos un poco de grasa debajo de estos pellejos, porque allí lo que nos va a matar será el puto frío que siempre hace en aquella zona.

- Tanto frío, me estáis describiendo el infierno, pero al revés.

- Si claro, se trata del infierno, pero en frío. Ala espabila que hay que robar para comer un poco decentemente.

Les tocó atacar por el sur del Turia, y a finales de año estaban cerca de Teruel, y como se dice con más frío que otra cosa. Y a principios de enero, cuando todo parecía acabado, las tropas rojas atacaron de nuevo a la desesperada, con los anarquistas al frente logrando hacerse con el centro de la ciudad obligando a los nacionales dirigidos por D,Harcourt a rendirse por razones más que humanitarias.

Pero el general Franco no estaba dispuesto a dejar Teruel en manos de los rojos y el 17 de enero se inició una ofensiva total con artillería, aviación, y todo el ejército nacional en orden de combate. A pesar de ello durante el mes de febrero todavía se luchaba por el control del frente de Teruel, durante este periplo se produjo la carga de la caballería, que sería la última en la zona de la Alfambra, pero así y todo no resultaría hasta el 21 de febrero que las tropas del ejército rojo empezarían a retirarse. Y nuevamente lo que se había iniciado como una ofensiva eficaz del frente popular terminaba convirtiéndose en un sonado fracaso y naturalmente la pérdida de todo el terreno conquistado, hombres y material en grandes cantidades.

- No saquéis la nariz, pero seguid disparando, aunque casi no haría falta, este maldito frío nos matará a todos.

Estaban cerca de la zona del cementerio de Teruel hostigando al enemigo, que poco a poco iba cediendo terreno, enfrente tenían ante ellos a las tropas del llamado Campesino que se defendían encarnizadamente, pero con muchas bajas por la batida constante que hacía la artillería sobre ellos.

- Pero Cristino, estos tíos nos están dando mucha caña y con tanto frío duele hasta tirar del gatillo.

- Mallorquín esto es una guerra, y nosotros solamente somos unos putos soldados, nuestra más importante misión es conservar el pellejo ¿O no?, así que esconde la cabeza y deja que la artillería y los morteros los ablanden un poco más. ¿O acaso no te basta con combatir el frío?

Cristino decía aquello mientras intentaba encender un poco de fuego con trozos de bigas y de puertas rotas que habían ido recogiendo para calentarse al menos las manos. Llevaban unos días de un frío de perros y las cosas parecían ir para largo, todo estaba helado, y hasta el agua de las cantimploras debía ser calentada para poder beberla.

De repente un grupo de soldados enemigos con la bayoneta calada se levantó e inició una desesperada carrera hacia ellos.

- Bueno no querías sarao mallorquín pues aquí viene.

- Dejaos de cháchara y usad las granadas. Venga todos a una.

Ordenó Cristino dando gritos, los soldados enemigos estaban a menos de veinte metros y seguían corriendo. Todos lanzaron las granadas de que disponían y después de la explosión sacaron los cañones de los fusiles y dispararon a todo lo que se movía, los cuerpos de los enemigos quedaron tendidos en el suelo y en trágicas posturas sobre el fango y la nieve, mientras rápidamente empezaban a congelarse.

- Bueno ahora nos dejarán un poco en paz, a ver ¡Gitano! Vete a ver si consigues lo que ya sabes, y de paso trae te unas granadas, ya no nos queda ninguna.

- Mayorquín, vamos. Tenemos faena que hacer.

Menos mal aquello le servía para apartarse un poco del frente, moverse un poco para entrar en calor, y a veces le permitía comer algo caliente.

- Ya voy gitano.

El gitano era el "conseguidor" del grupo, listo como un zorro siempre sabía donde había algo que interesara, y sabía o se las ingeniaba para poder obtenerlo, y el joven de Mallorca se había convertido en su ayudante oficial.

- Bueno, tú te colocas aquí y si viene alguien silbas. Y ya sabes si preguntan que haces aquí hemos venido a buscar granadas que ya no tenemos, y yo estoy cagando por ahí. ¿Vale?

- Gitano, ya se me el cuento de memoria.

- Bueno pues a ello que hasta ahora no ha ido tan mal.

Habiendo los nacionales acumulado personal y material en Teruel, el general Franco decidió posponer la campaña sobre Madrid, y de paso atacar la zona del Ebro hacia el mar y dividir la zona enemiga en dos y al final desarbolar todo el tinglado. Se daba el caso de que al inicio de las hostilidades el frente popular estaba mucho mejor pertrechado tanto de material de todo tipo y también de hombres, mucho más que los sublevados, hasta tal punto que los mal llamados republicanos incitaron a la sedición para despúes poder aplastarla y de una manera definitiva. Pero ahora, ya a finales de 1938, después de sucesivas derrotas, después de perder material, y hombres, después de haber entregado todo el oro de España a Stalin cuando este prestaba más atención a las actividades de los japoneses y sobre todo viendo la imposibilidad de unir la guerra de España a la guerra Mundial en ciernes y que ellos habían inicialmente previsto, ahora se desentendía cada vez más del Gobierno Popular, empezando a fallar los envíos tanto de armamento y resto de pertrechos.

- Bueno en marcha de nuevo.

- A donde nos mandan esta vez.

- Dicen que esta vez nos ha tocado el Ebro y luego el mar, coño menos frío. Y quien sabe si luego Barcelona.

- Qué bien al menos nos acercamos a casa.

- Mayorquín, no seas ingenuo. No querrás irte a casa nadando.

- Gitano, siempre estás en todas, claro que no, pero que después de lo de Teruel hasta estaría dispuesto a intentarlo con un tronco si fuera preciso. Al menos allí hace menos frío que aquí arriba.

- Esto no lo vamos a discutir.

Con la organización, con los números, el armamento y el momento a su favor los nacionales decidieron continuar su ofensiva hacia el mar y dividir la España del frente popular en dos, y aunque la ofensiva no iba a resultar solamente un paseo esta se llevó a término con una cierta comodidad si comparamos con Teruel. Franco quizás hubiera podido atracar Cataluña en aquel momento, pero su idiosincrasia, su prudencia, y quizás otras razones desconocidas hicieron que su atención torciera hacia el sur, aunque las fuerzas populares no querían ponérselo tan fácil y empezaron a moverse en la zona del río Ebro. Y así el 24 de julio iniciaron su ofensiva dando comienzo a lo que se conocería como la "sangrienta batalla del Ebro".

Como había sucedido en Brunete, en Belchite, o en Teruel, las fuerzas populares habían obtenido un triunfo inicial, pero rápidamente fijadas sobre el terreno, luego se veían sufriendo el constante martilleo de la aviación Franquista y esperar luego su inmediata contraofensiva, que en la experiencia cada vez había resultado totalmente desastrosa para el frente popular.

Precisamente allí serían mandados ahora nuestro pescador mallorquín, y sus compañeros. Los primeros enfrentamientos ya revelaron al ojo experimentado de Cristino que aquello no iba a ser un avance normal, sino que se convertiría en una cruenta batalla de desgaste, donde los comunistas habían puesto toda la carne en el asador para frenar el avance de los nacionales hacia Valencia, y donde Franco en vez de fijar al enemigo y atacar a la desguarnecida Cataluña al norte , prefería optar en contra de la lógica militar de Kindelán y otros, por destruir definitivamente al enemigo, desgastándolo y estrujándolo contra el río Ebro.

- Muchachos esta no va a resultar una batalla normal. Aquí se irá a por sangre, así que ya sabéis lo que toca permanecer juntos, luchar, pero cubriéndonos unos a otros y dejándonos de heroicidades. Esto se va definitivamente al traste. Así que a ver si terminamos todo este teatro con la piel puesta. ¿Entendido?

- ¿Porqué lo ves tan terrible ahora Cristino?

- Esto está en fase final. Nuestros mandos ya no quieren conquistar terreno, se trata de destruir al enemigo, aquí contra el río. Lo que pasa es que el enemigo lo sabe y venderá cara su piel. Así que mallorquín cúbrete como no lo has hecho otras veces, o no verás el final de esta guerra.

Cristino era un hombre muy experimentado y con altas dosis de sentido común, un hombre muy sensato y lo había demostrado desde que estaban juntos, por ello era aceptado por todos como un líder nato, y aunque era un buen soldado no tenía nada de arriesgado ni de suicida, y el pescador mallorquín y sus otros compañeros lo sabían y lo valoraban, así que mejor tomar nota de lo que éste estaba diciendo. Y la verdad es que hasta ahora no les había ido tan mal.

La sierra de Pándols resultó ser un matadero. Posiciones muy difíciles de conquistar, los soldados enemigos a pesar del continuo ablandamiento al que les sometía la artillería y la aviación, no se retiraban, o si lo hacían de día, luego contra atacaban de noche y recuperaban las posiciones perdidas, y todo ello con muertos y más muertos por ambos bandos.

El pequeño grupo en que se encuadraba nuestro pescador mallorquín procuraban luchar y permanecer lo más juntos posibles. El soldado mallorquín conocía el efecto de las granadas de mano durante los combates a corta distancia, y siempre procuraba llevar un macuto bien lleno de ellas, y hacer uso profusamente de estos pequeños y mortíferos artilugios, le gustaban especialmente las granadas de palo alemanas, porque le permitían lanzarlas mucho más lejos, y el enemigo cuanto más lejos mejor.

Con muchos esfuerzos y poco a poco fueron desalojando a los rojos de las alturas, mientras otras unidades trataban de embolsarlos hacia el río hasta el momento que tuvieran que cruzarlo. Una vez más la proverbial intuición de Cristino les avisó:

-   Ojo con el río, ahora lo tienen ellos a su espalda y es como una espada de Damocles, pero si nos vemos en la tesitura de cruzarlos luego seremos nosotros los que lo tengamos detrás y también la espada. Así que medir bien los pasos a dar y pensar en ellos.

Una vez conquistada la cota que durante tantos días les había llevado de cabeza, de seguida se pusieron a reparar las defensas y trincheras. Todos eran conscientes que el enemigo intentaría recuperarlas de noche.

- Mayorquín, vamos a ver si encontramos unas cuantas granadas, esta noche nos harán mucha falta.

Además de recoger todas las granadas que pudieron de los suministros que siempre llegaban a duras penas y más en este lugar dada la geografía, también se pusieron a registrar a todos los muertos que encontraban a su paso, fueran del bando que fueran porque cuando uno la necesita una granada es una granada y a veces la diferencia entre la vida y la muerte.

- Joder mallorquín, hace unos meses pelábamos todo el frío del mundo en Teruel, cuando ahora nos asamos en este monte donde solamente hay carrizos y espinas.

- Y balas, gitano, y balas muchas, no lo olvides.

- Bueno si y balas también.

- Por la noche, los soldados comunistas a resguardo de los aviones que los bombardeaban todo el tiempo, volvieron para recuperar el terreno perdido.

- Mallorquín deja toda la impedimenta y colócate allí, no te muevas para nada, si no te mueves ellos no te verán por la noche. Cuando estén a tu alcance les lanzas granadas. Ojo poco a poco y con tino, si lo haces correctamente tampoco te descubrirán, y nos dará tiempo para recogernos, luego tu te retiras por la izquierda, ¡recuerda!, siempre por la izquierda y así nosotros te cubriremos a ti desde nuestra posición. Recuerda que no debes disparar para nada, si lo haces te descubrirás, te tendrán localizado y te cazarán, pero si no disparas nunca sabrán a ciencia cierta por donde paras, de noche los fogonazos despistan a la gente y no ven nada más. ¿Comprendido?

Así se hizo, y cuando el enemigo parecía llegar a la cima entraron en la zona de fuego del mallorquín y empezaron a lloverles granadas, nuestro amigo "guindo" las lanzaba con suavidad y con mucho tino, con poco movimiento y con cierta regularidad para que no lo descubrieran y eligiendo el blanco para ser más efectivo y frenando las avanzadillas enemigas a bombazo limpio.

La ofensiva quedó parada en aquel sector, y cuando solamente le quedaban dos granadas inició una lenta y suave retirada por la izquierda donde ya estaban sus camaradas que ya se habían replegado antes, y desde su nueva posición abrían fuego contra los comunistas llamando su atención y cubriendo a su camarada.

- Bien hecho mallorquín, habéis visto que si luchamos juntos nos va siempre mejor.

Así era en efecto, pero mañana tendrían que intentar retomar la posición de nuevo.

- Mira chico, hemos recogido estas granadas entre todos, avanza con mucha suavidad y túmbate detrás de unas piedras que hay a mitad del camino, mañana durante el avance repetiremos la misma escena de hoy.

- Pero tendré que dormir toda la noche al raso.

- En efecto, pero espero que a estas alturas no me digas que esto te supone un problema, además ya no estamos ni en Teruel, ni en invierno. Imagina el desconcierto del enemigo cuando les empiecen a llover granadas así de súbito. Quizás podamos reconquistar la posición sin muchas bajas. Venga mallorquín ánimo y al toro. Ah y entiérrate un poco serás aún menos visible.

Pasar toda la noche al abrigo de unas simples piedras y en terreno de nadie, no parecía un panorama muy halagüeño, pero podía ser tremendamente eficaz, así que recogió los dos petates con granadas, dejó todo lo demás salvo la pistola y se fue alejando hacia les líneas enemigas, muy lentamente, procurando no hacer ningún ruido, ni levantar la cabeza. Si le localizaban era hombre muerto. Cuando llegó a las piedras se estiró lo más pegado posible a ellas y procuró lentamente irse tapando de tierra y hojarasca, escuchando y conteniendo la respiración por si oía algo sospechoso. Allí solo no podría dormir, los nervios, el miedo, el temor a ser descubierto, tantas cosas. Dedicó el tiempo a colocar con toda suavidad y lentitud posible cuanto guijarro y terrón de tierra o hierbajo que estuviera a su alcance entre él y sus enemigos. Luego, cuando en día empezó a despuntar no tenía un gran parapeto, pero si estaba mejor escondido a los ojos de las trincheras de enfrente, y fue cuando se desencadenó el infierno, los cañonazos y morteros barrían la cumbre, buscando eliminar o ablandar al enemigo, el joven pescador se encontró rezando a todos los moradores del cielo, para que sus compañeros tuvieran buena puntería, y no le alcanzaran a él, y aunque una explosión de mortero cayó realmente cerca solamente le dejó un poco más sordo de lo que ya estaba, pero sin daños.

De súbito los cañones enmudecieron, y empezó el ataque de infantería y el fuego de fusilería. El joven mallorquín esperó a que sus compañeros estuvieran a cierta distancia, y a que los soldados enemigos hubieran salido de sus refugios, y así como ya había hecho antes, empezó a lanzar sus granadas como había ensayado en la oscuridad casi toda la noche, es decir solo moviendo el brazo, y sin asomar el cuerpo para nada, las fue lanzando con regularidad y cambiando de blanco con el fin de barrer a toda la trinchera de enfrente. Los rojos quedaron desconcertados por tanta granada que les caía encima, cuando pensaban que el enemigo estaba todavía lejos para lanzarlas, por su efectividad, y regularidad. El fuego de fusilería decayó y casi cesó cosa que Guindo aprovecho un poco para ya sacar la cabeza y apuntar mejor sus lanzamientos lo que le hizo más mortífero si cabe, y que además sus compañeros aprovecharon para avanzar a más velocidad y cuanto antes, y a la bayoneta arrasar la trinchera si se movían rápido y terminaban su trabajo las posibilidades mejoraban sensiblemente. Cuando terminó con las granadas se quedó tieso y sin moverse, solamente tenía una pistola, el fusil y resto de su impedimenta la había dejado para moverse mejor, sus compañeros le rebasaron y tomaron la posición todavía con menos bajas que el día anterior, entonces si se levantó. Cuando ya el tiroteo se iba retirando, una sombra se situó ante él se trataba de un oficial que pistola en mano le apuntaba a la cabeza.

- Tú qué haces aquí, ¿pretendes escaquearte? O quizás lo que quieres es desertar, y si decido pegarte un tiro aquí mismo para que aprendáis todos.

Menos mal que Cristino llegaba en su ayuda y llevando toda su impedimenta.

- ¡Teniente! Teniente. El chico es el granadero de avanzada. Se ha pasado toda la noche aquí solo escondido, y es quién nos ha tejido una tela de granadas para proteger nuestro avance. Esta es toda su impedimenta que había dejado atrás para arrastrarse mejor.

- Pues dale sus armas y adelante. Aquí no podemos permitirnos ni vagos ni cobardes.

El enemigo poco a poco se fue retirando de sus posiciones ante el empuje de los nacionales, pero no sin luchar cada palmo de terreno, hasta que llegó el momento que los soldados tanto temían, a saber: el cruce del río Ebro.

Antes de que se iniciaría el cruce del río el fuego de artillería batió la orilla opuesta, plantando una explosión a cada palmo de terreno.

- ¡Joer! Es como si estos tíos quisieran hacer un puré de la orilla opuesta.

- Maldita sea gitano, solamente piensas en comer.

- ¡Hombre!, no hace mal a nadie, da un gustirrinin y de paso alimenta. Te parece poco.

- Cuando cruzaron la corriente con barcazas de fondo plano traídas en camiones, solamente hubo algún disparo de francotirador, pero poca cosa, mientras las barcazas iban y venían de una a otra orilla sin cesar.

- Esto es malo. De nuevo Crispino sentenciaba.

- Por qué es malo. No oír tiros es mucho mejor que oírlos.

- No seas pardillo mallorquín, esto es que nos dejan pasar para luego darnos más duro y tendremos el río a la espalda.

Palabras proféticas.

Una vez casi todo el ejército en la orilla opuesta y justo cuando empezaban a avanzar para consolidar la cabeza de puente, entonces se abrieron los infiernos. Volvió el puré del gitano, solo que esta vez a su costa.

- Chico, elige un cráter de bomba reciente y acurrúcate en su fondo, y no te muevas.

Pero las bombas siguieron cayendo por doquier. Iñaqui y Cristino cayeron en el bombardeo, y sus cuerpos nunca fueron encontrados. Probablemente ni buscándolos lo hubieran sido.

Cuando cesó el fuego enemigo empezaron a oírse los motores de los pocos blindados que aún tenía el enemigo, y el griterío de la infantería que los seguía y entonces cundió el pánico, donde uno pudiera mirar estaba lleno de soldados que corrían en dirección al río abandonando por el camino armas y pertrechos, no quedaba pues otro camino que también correr hacia el agua.

Cuando llegó allí se dio cuenta de lo crecido que venía el río, probablemente se habían abierto las esclusas aguas arriba y ahora llegaba la ola, los soldados se tiraban al agua con las botas, otros con las cartucheras y hasta alguno con el fusil. El joven pescador conocía el agua y aunque aquella era dulce sabía lo que tenía que hacer, así que se introdujo lentamente en la corriente a la vez que se desprendía de toda su impedimenta, botas incluidas, y hasta de su ropa, poco a poco empezó a nadar sin ajetrearse y dejándose llevar por la corriente de agua que era fuerte, pero el joven no luchaba, se mantenía a flote y se dejaba llevar por el agua derivando lentamente. Mientras a su lado chicos jóvenes que sabían nadar poco o nada o que no habían tenido la picardía de deshacerse de todo lo que llevaban, ahora empezaban a hundirse.

El joven pescador procuró maniobrar con suavidad procurando mantenerse alejado de todos los demás, sabía que no había nada más peligroso que una persona que se está ahogando.

La corriente era fuerte y lo estaba arrastrando hacia abajo, la visión dantesca el río estaba lleno de hombres muchos con esfuerzos desesperados, para mantenerse a flote, otros intentando avanzar, y otros muchos que casi no sabían nadar, lloraban, rezaban, o entregaban sus almas ya sea a Dios o al diablo. Guindo seguía manteniéndose a flote, se dejaba llevar por la corriente y procurando que fuera con cierta diagonal hacia la otra orilla, y evitando acercarse a nadie para que no lo agarraran y lo hundieran. De repente avistó una cara conocida, o mejor casi no la reconoció por el rictus de agonía que se veía en su rostro, se trataba de el gitano, había cometido el error de lanzarse al agua vestido y sin quitarse el correaje, y mal nadador que era, se estaba hundiendo. Sintió lástima e intentó acercarse a él, pero la distancia entre ellos era grande y la corriente tampoco lo facilitaba, poco a poco, lo iba consiguiendo, pero sin la rapidez necesaria. Se detuvo unos momentos para respirar y situarse.

- Gitano, quítate el correaje y la ropa. Ya voy.

- Déjalo mallorquín, aquí termina mi viaje. Y gracias por haberlo intentado.

- ¡Espera! No te rindas gitano. Todavía me debes un gazpacho, que me lo prometiste. No te rindas tío. ¡Espérame!

La cabeza del gitano desapareció bajo el agua brumosa y a tramos hasta sanguinolenta, solamente permaneció su mano unos segundos más y luego también desapareció. Renovó los esfuerzos para acercarse nadando a su colega, pero cuando llegó a la zona donde teóricamente se había hundido el gitano ya no había nada. Se zambulló, pero resultó en vano. El gitano se había hundido en aquel maldito río que nunca debieron cruzar en aquellas condiciones.

Cuánta razón tenía cristino al referirse al río como una espada de Damocles.

Se sintió desolado y quizás más solo que nunca, en poco tiempo todos sus camaradas que habían sido como su única familia, habían desaparecido y no volverían más ni para acompañarle ni para ayudarle, habían desaparecido bajo las bombas o bajo el agua, pero habían desaparecido y no volverían más, tampoco para protegerle o enseñarle como hacía Cristino, nada. Pensó que casi lo mejor que podía hacer, era hundirse también. Pensó en dejarse, pero un fuerte instinto de supervivencia se lo impidió.

Siguió nadando.

Cuando al fin sus pies tocaron fondo en la orilla opuesta el río lo había arrastrado quizás más de veinte kilómetros, aunque él no lo sabía, estaba exhausto, pero no podía quedarse allí, cualquier francotirador asesino de cualquiera de los dos bandos podía matarle así medio desnudo como iba. Con cuidado para no pisar espinos o piedras puntiagudas fue avanzando hacia un gran grupo de árboles para guarecerse, al final encontró un gran olivo hueco en su centro y como pudo se acomodó allí, desmayándose primero, durmiendo después, hasta perder la noción del tiempo. Cuatro días estuvo allí solo, saliendo solamente por la noche para hacer sus necesidades, beber agua sucia del río cuando la sed le atormentaba y comiendo hojas y brotes tiernos del olivo que le cobijaba. Cuatro días y cuatro noches en las que se sintió solo, casi como si fuera el único habitante en el mundo, como si todos hubieran perecido en aquella horrible guerra entre hermanos.

Solo y asustado. Aún a pesar de tener mucha hambre y frío, tenía más miedo, miedo que no le dejaba moverse, salir, y enfrentarse al nuevo mundo. Así lo encontraron una patrulla de soldados nacionales, ya que al parecer las tropas franquistas habían reconquistado la otra orilla y al parecer ganado de nuevo aquella campaña. Lo llevaron a un hospital de campaña unos días y de allí al hospital militar de Zaragoza y finalmente lo reintegraron de nuevo a su unidad, una vez allí no reconoció a nadie, de doscientos treinta componentes de su grupo solamente quedaron cuatro vivos, todo lo demás eran traslados nuevos de otras unidades, o eran reclutas, pardillos llegados al matadero, como también lo había sido él en su momento, pero él había tenido suerte de encontrar unos buenos compañeros. Inmejorables.

Pero la guerra ya se estaba acabando. Franco había desencadenado toda su imparable fuerza sobre Cataluña y las reacciones del enemigo, ya casi ni consiguieron molestar las acciones del ejército nacional. El 6 de febrero de 1939, tanto Azaña, como

Negrín, Companys, y Aguirre habían salido huyendo primero a Figueras donde se había refugiado el gobierno del frente popular, para luego pasar la frontera, el 5 de marzo Casado destituía al gobierno, el 1 de abril Franco firmaba el último parte de guerra.

La guerra Civil Española había terminado.

Inocente el pobre pescador mallorquín pensó que pronto sería licenciado y podría así volver a casa y a la pesca de sus añoradas obladas. No fue así ya que la guerra hacía poco que había terminado, porque además quedaban maquis, porque se preparaba una guerra más generalizada en Europa, o por mil razones incontroladas, todavía tardaron unos años en licenciarle. Menos mal que fueron años relativamente tranquilos en los que a Dios gracias no tuvo que combatir, ni jugarse más la vida, ni siquiera preocuparse de nada solamente cumplir las órdenes y listos.

Y un buen día, cuando ya no pensaba en nada, cuando ya casi ni siquiera pensaba, llegó la orden.

- Mallorquín pasa por la oficina de capitanía para recoger la cartilla y tu pasaje. Te vas a casa.

Casi no reaccionó, le costó unas cuantas horas digerir aquellas palabras, entender que por fin se había acabado todo, se había acabado definitivamente y volvía a casa. A Mallorca.

El viaje de vuelta resultó más cómodo y tranquilo. Por muchos de los lugares por donde pasaban se podían ver las cicatrices de la guerra, aunque la gente se empeñaba en olvidarse de ella y seguir con su vida sin mirar atrás.

Por fin llegó a casa y después de saludar a su familia que ya casi no lo conocían, se lavó fregando fuertemente como para querer limpiarse la sangre y el polvo de los cuarteles se cambió toda la ropa en una especie de intento de dejar todo su pasado atrás. Repasó sus cañas de pescar y se fue de pesca.

Cuando llegó a la Playa artificial, que era una zona muy rocosa y que de playa no tenía nada, allí empezó a respirar por primera vez aliviado. Al fin habían quedado atrás todos aquellos terribles años de odios y muertes sin sentido. Y él había sobrevivido. ¿Todo? Bueno todo no, una parte de él había quedado atrás con sus amigos en aquel río turbio y fangoso, enterrado junto a sus camaradas en sus márgenes arenosas, en su agua sucia, sanguinolenta.

Pero ahora estaba frente al mar, su mar, tratando de desechar todas sus malas ideas, montó sus cañas y se sentó junto a las rocas y con un movimiento suave, rítmico como rítmico era el vaivén de las olas, empezó a cebar la pesquera. Al cabo de un buen rato cuando los rayos plateados empezaron a surcarla, y a resbalar sobre las rocas y el musgo preparó sus cañas y empezó a pescar.

Detrás dejaba un mal sueño. Pero un sueño que se había llevado con él los mejores años de su vida. Y casi la vida entera.

En los años venideros "guindo" se hizo famoso como el mejor pescador de obladas de todos los tiempos. Todos decían que tenía un secreto, unos pensaban que en las cañas, otros que en los hilos, otros creían y juraban que en la forma de preparar sus cebos, otros pensaban que el secreto estaba en la forma de "brumear" o de cebar la zona de pesca, y otros… y otros…Pero la verdad es que guindo no tenía un secreto en particular, o quizás sí tenía uno, cuando se encontraba sentado sobre la roca de la orilla, cuando se encontraba cerca del mar con una caña en las manos, él mismo era MAR.

La oblada es un pez vivaz, difícil de pescar, y para ello se requiere el concurso de varias situaciones especiales, La primera de ellas es el mar, debe estar movidito para producir espuma en su choque con las rocas de las orillas, entre esta espuma se disimulas los hilos de pesca y los anzuelos, y la salida del agua de las capturas, la zona deben ser recovecos y grietas, es donde la espuma se produce y se mantiene más tiempo, los hilos deben ser finos, las cañas cortas, y los anzuelos pequeños, y por supuesto tanto el cebo que se pone en el anzuelo y el que se usa en el brumeo será a base de harina, queso un poco pasado y carne de arenque también un poco rancio y aliñado con algún secreto personal del pescador. Pero lo más importante es la actitud, es decir como se acerca el pescador a este tipo especial de pesca, y desde luego su capacidad mágica para evaluar todo este conjunto de factores cambiantes y en movimiento.

Resulta difícil establecer similitudes o paralelismos, pero en mi caso si en algo tuviera que comparar esta actitud sería con el Zen. Seguro que si llega a leer estas palabras un verdadero maestro de Zen me pega, es una especie de zensacrilegio, pero ver como un buen pescador de obladas se prepara para una jornada de pesca, y compararlo con un tirador de arco Zen que se prepara para una tirada, uno no puede evitar establecer paralelismos o similitudes.

El arquero se concentra, el pescador también, ambos se aíslan del mundo exterior estableciendo como una burbuja en su pequeño entorno donde van a actuar, ambos vacían sus mentes de todo aquello que no sea su propósito, y ambos se aplican con cuerpo y mente a lo que van a hacer. ¿Dónde están entonces las diferencias?

Y si el tirar con un arco bajo la disciplina Zen es un arte, ¿cómo no va a serlo también la pesca de obladas. Y era de esta manera como el veterano guindo se acercaba a su actividad preferida, con ella conseguía su meta que era aislarse del mundo y de todos los fantasmas que le perseguían y que probablemente le perseguirían todo el resto de su vida. De los malos momentos pasados en el frente, de las caras de sus amigos muriéndose, de las caras de sus enemigos quemándose con las llamas de una granada, o desangrándose por el agujero que una bala de fusil ha hecho en su pecho, o la cara del gitano ahogándose en aquel río lodoso y sanguinolento a la vez. Con la caña de pescar en las manos todo esto pasaba a un segundo plano, para desaparecer después. Con la pesca todo esto se olvidaba, y solamente contaba el mar, los peces, los aparejos de pesca. Todo lo demás no era ni pasado ni futuro, simplemente no era. Y así cuando las primeras obladas entraban en la pesquera y empezaban a quedar enganchadas del anzuelo y a engrosar las capturas de su cesta, entonces había alcanzado la meta, la flecha había dado en el blanco.

La oblada es un pez muy apreciado en la cocina popular mallorquina, junto con los tordos y los caracoles, se han constituido hasta ahora en la cocina de los pobres principalmente en las cocinas ribereñas, y es muy curioso que lo que antiguamente era usado por los pobres para completar su dieta de proteínas baratas y asequibles, ahora se está convirtiendo en una cocina cara, de ricos.

La oblada se puede comer de varias maneras:

La más sencilla de ellas consiste en trocear la oblada después de limpiarla rebozar los trozos con harina y freírlas con abundante aceite de oliva en el que se ha frito previamente una mezcla de pimientos verdes y rojos y unos ajos, mezclar y comer, chupándose los dedos.

Quizás la forma preferida y más conocida son las sopas de obladas. Primero hacer un caldo con las obladas, puerro, tomate, ajo, cebolla, una patata, y sal, llevar a hervor unos minutos hasta que el pescado esté bien cocido, luego se cuela bien el caldo para evitar que haya espinas, limpiar las obladas y solamente aprovechar los lomos y las partes sin espinas para reintegrarlas al caldo. Hacer un pequeño sofrito con aceite, ajos, cebolla bien picada, añadir unos níscalos, y unas hojas de acelga o espinacas, los muy vegetarianos lo prefieren todo en crudo evitando el sofrito. Si lo llevamos a cabo, cuando el sofrito esté bien hecho, añadir el caldo con los trozos de obladas y llevar a hervir, en este punto a los más sofisticados les gusta añadir una copita de buen jerez. Ahora colocar unas pocas sopas en el plato y escaldarlas con el caldo las verduras y los trozos de las obladas.

Así se trata de una comida sencilla, muy sabrosa con un fino sabor a pescado, nutritiva y ligera.

Si se me permite una sugerencia usar este plato como cena en las noches de junio, acompañado de un vaso de malvasía de Banyalbufar bien fresco, ambos se realzan mutuamente y la combinación es perfecta y si uno lo "marida" con una buena compañía entonces el éxito resultará indiscutible.

Yo lo he probado y funciona.

La tercera forma habitual de comerlas es fritas pero mezcladas con "tumbet" mallorquín o sea se fríen las obladas, enteras si son pequeñas o en dos trozos las mayores enharinándolas antes y se colocan en una cazuela de barro que en Mallorca llaman "greixonera" se coloca encima una capa de pimientos fritos, una capa de berenjenas fritas, y una capa de patatas cortadas en rodajas muy finas, unos ajos y una capa de salsa de tomate, se guarda unos minutos al horno y a servir.

También aquí el vino blanco de malvasía bien fresco resulta el maridaje perfecto. Y de la compañía ni hablaremos...

<u>11</u> .- Toni Litó.

¿Dónde?

Allí, aquel individuo que está allí.

Estaba sentado en el suelo, en una postura que solamente mirarlo se antojaba de lo más incómoda, pero al hombre no parecía importarle, descalzo, sin camisa, y con un gran sombrero de palmito en la cabeza, protegiéndose de un sol de justicia que caía a raudales a eso de las dos de la tarde. Tenía en una mano una gran aguja redera de varias puntas y envueltas con hilo, y en la otra mano llevaba un pequeño cuchillo sin punta y convexo de tanto afilarlo con el mango de cuerno de buey. Estaba remendando unas redes o haciéndolas nuevas que yo por aquel entonces no distinguía la diferencia. Un amigo común me lo había recomendado diciendo que aquel era un gran tipo, buen marinero y mejor pescador, ex contrabandista y amigo de sus amigos, y que ahora al estar retirado el hombre podría encargarse de la barca que todavía no había comprado, y además él podría aconsejarme al respecto. Por aquel entonces yo empezaba mis pequeños escarceos con la pesca en el mar. El río estaba cada vez más complicado, más gente, contaminación, menos capturas y yo era de los que defendían el río, pensando que lo mejor era dejarlo en paz, guardarlo para el solaz, para pasear por sus márgenes y contemplar los peces y algunos patos porrones que se habían asentado en sus márgenes, y ahora debía dar ejemplo, pero la verdad es que no podía vivir lejos del agua y por supuesto de la pesca, por ello pensaba en comprarme una pequeña barca, sin pretensiones porque mi economía no estaba para echar cohetes, y ahora necesitaba un experto que me asesorara.

Al acercarme un poco más me apercibí que ya conocía el hombre de haberlo visto charlando en la zona del muelle con otros pescadores, aunque nunca conmigo. Muy moreno teñido por un sol de muchos años, tenía como consecuencia la piel arrugada como una pasa, pero no una arruga antiestética, sino la rugosidad de un árbol viejo, milenario. Las manos nudosas se movían con una extraordinaria habilidad entre las cuerdas, los hilos, y de las redes. Tenía la planta de los pies callosa, como si llevara la suela de una alpargata pegada a la piel, pero no la llevaba, era su propia piel la que había formado a aquel callo que la protegía y le permitía caminar sobre cualquier superficie y soportar la quemazón del fuerte sol sin preocuparse, donde yo ni siquiera podía pensar en sacarle los zapatos, o si lo hacía me veía obligado a dar saltitos continuamente, porque me estaba tostando vivo. Para anudar las redes llevaba gafas, unas viejas gafas de concha que parecían heredadas de su abuela, una vez llegó a contarme que las había comprado en un rastrillo de viejo en Consell, pero una vez en el mar tenía una vista de águila, y se apercibía de todas las cosas, mucho antes que otros más jóvenes que él y que yo mismo, por cierto, y eso que de joven yo tenía una vista envidiable.

- Tienes una vista de águila. Le comenté una vez que estábamos pescando.

- Será porque me gusta mucho la carne de esta rapaz. Me contestó enseguida.

- ¿Comes águila?, no fastidies.

- Yo como de todo, y si tu hubieras nacido en la post guerra en un pequeño pueblo de pescadores como yo, también la comerías, o al menos la hubieras comido en más de una ocasión, antes no había tiendas ni supermercados en el puerto, también como halcones, búhos y todo tipo de carne real, por supuesto cormoranes y tortilla de huevos de gaviota.

Me quedé helado, cuántas cosas se comían, y yo ni me había enterado. Recordé que en mi primer viaje a Méjico cuando Méjico era un hermoso y tranquilo país, donde la gente era extremadamente amable, se cantaban rancheras, y la vida era sencilla y barata, iba con una amiga que luego sería mi esposa en un desvencijado autobús por el estado de Guerrero. En cada pueblecito que pasábamos podían leerse letreros de: "Tenemos gallina verde" o bien "hay tortillas de huevos de gallina verde", o "tenemos rica sopa de gallina verde con frijoles".

¿Qué será esto de la gallina verde?, me comentó mi compañera, cuando se lo pregunté a unas señoras sentadas a mi lado resultó que no hablaban castellano, solamente maya. Vaya nunca había oído hablar este idioma en mi vida, y hasta tenía la convicción de que se trataba de una lengua perdida, y mira por donde, estaba sentado junto a dos señoras mayores que solamente hablaban este idioma.

Hasta el final de la jornada no pude aclarar este misterio, hasta que bajamos del autobús precisamente frente a un pequeño restaurante que tenía colgando uno de aquellos famosos carteles que me habían intrigado todo el día y que rezaba así: "hoy guisado de gallina verde". A freír monas ahora saldremos de todas nuestras dudas. Entramos y pedimos el famoso guisado que resultó muy sabroso, por cierto, pero no habíamos resuelto el problema, seguíamos sin saber que puñetas era una gallina verde. Así se lo referimos al dueño del restaurante, que cachondo el hombre donde los haya, se metió dentro de la trastienda sin habernos contestado, y al punto apareció con la iguana más grande, mas fea, y más verde que yo había visto en mi vida, la levantó y me la enseñó.

- Esto es la gallina verde. ¿quieren ustedes otro plato?

Miré a mi compañera, no hizo falta preguntar nada, estaba más verde que la iguana, pagamos y nos marchamos disparados.

La verdad, pero es que el guisado de gallina verde resultó buenísimo, al menos para mí. La mujer me hizo jurar que no volveríamos a entrar en ningún restaurante que exhibiera un cartelito de aquellos, y conociendo mi afición a probarlo todo, me hizo jurar que nunca más comería bichos verdes. Lo hice, pero sigo pensando que aquel guisado estaba estupendo.

Un día mi amigo pescador estaba preparando la barca en la orilla cuando llegué.

- ¿Sales?

- Tengo ganas de comer tortilla, ¿quieres venir? Será una hora más o menos.

- ¿Tortilla en el mar?

- Bueno ven y verás

Salimos del puerto y nos dirigimos a un islote no muy lejos, nos acercamos por sotavento, a pesar de que el mar estaba en calma, amarramos la barca y subimos por las rocas escarpadas, su cima estaba llena de nidos de gaviota. Mi amigo pescador empezó a revisar los huevos de los nidos a contraluz, unos los recogía, otros los tiraba y otros los marcaba con un lápiz y volvía a depositarlos en el nido.

- ¿Y esto? Pregunté intrigado.

- Ahora recojo los más frescos los otros ya han empezado a crecer. Si marco un huevo y lo dejo en el nido, las gaviotas pondrán más huevos y dentro de unos días si vuelvo sabré cual he dejado y cuáles son los más recientes.

Por supuesto que quise probar la tortilla de huevos de gaviota y la verdad no estaba mala. Luego supe que en países del extremo oriente consideran a los huevos de gaviota y otras especies con polluelo dentro como una exquisitez y también se los comen de esta manera. Hasta aquí llego.

Compramos una barquita bajo la sabia dirección de mi amigo pescador, la barca llevaba abandonada en un huerto mucho tiempo, pero nos resultó muy barata y además tenía los papeles en regla.

- Es un buen barco, tiene el casco intacto, y todo lo demás en el mar es secundario. Llaman obra viva a todo lo que está sumergido, y obra muerta a lo que está sobre la superficie. Por algo será.

Efectivamente estaba bastante bien, después de unas buenas manos de pintura y unos pocos retoques como el cambio de puertas sustituir bisagras de hierro por las de latón o de bronce que en el mar aguantan más y algunos refuerzos de orlas y estachas que con fibra de vidrio es fácil de trabajar el barco quedó como nuevo. Conseguimos un antiguo motor sea-gull desarrollado por los ingleses durante la segunda guerra mundial, antiguo, sencillo, muy fiable, fácil de reparar si se estropeaba y muy... sucio. Al final decidimos no amarrar en el puerto para no pagar amarre, solo la entraríamos en invierno usando amarres en desuso.

- En el mar la barca cuando más sola y libre mejor si se mueve no pasa nada, mira en el puerto las barcas están demasiado juntas, y cuando el mar se mueve un poco se rompen de entrechocar las unas con las otras.

Colocamos los fondos, no uno sino dos en tándem.

- Uno se rompe fácilmente o se despega del fondo, dos se protegen uno al otro y resulta la manera más segura de tener un barco en el agua. Luego van las cuerdas y luego las piedras.

- ¿Piedras? ¿Para qué sirven?

- Verás atadas a las cuerdas funcionan como si fueran muelles limitan mucho el vaivén de la barca, hacen su trabajo protegiendo el conjunto y resultan muy baratas.

Efectivamente hacen un gran trabajo sobre todo cuando la barca se mueve limitan los movimientos, pero no los anulan ni tensionan las cuerdas, se trata de elegir las mejores piedras y mejor si tienen un agujero lo que facilita atarlas.

- Y ahora unos sacos de lastre y a pescar.

- ¿Lastre? Nosotros iremos dentro de la barca los dos y a veces con nuestro amigo "Tiba", no somos acaso un buen lastre.

- Cuanto más lastrada va una barca mejor navega, es más estable en el mar y se mueven y balancean menos, tú confía y ya verás.

Efectivamente unos sacos de piedras de la propia orilla colocados adecuadamente, le conferían a la barca una perfecta estabilidad, reducía mucho el balanceo y ayudaba a repartir el peso por supuesto lastre muy barato y además no contaminante.

Empezamos nuestros periplos marineros navegando por el puerto y poco a poco por los alrededores, estudiando la costa, los fondos, y los arrecifes o rocas que pudieran ser peligrosas, sobre todo de noche.

- Ves allí, ahora nos acercamos poco a poco, hay una gran roca y está justo debajo del agua, estas son las peores, no se ven y si te despistas hunden barcas, esta la llaman "el cabezudo" y yo me sé más de uno que se ha quedado con la barca subido a ella, o han dejado la cola del motor y han entrado a puerto remolcados. Toma nota, hay tres más como esta a lo largo de la costa debes saber donde están, y si además pescas a curricán dejarás todos los aparejos enganchados en sus tenazas.

Y era bueno saberlo de antemano en un futuro cuando me aventurara a pescar solo y de noche que es cuando se consiguen más presas, pero la luz es traicionera, cuando se ven monstruos u otros bichos raros y sobre todo cuando el mar infunde más respeto a lo que no se ve, a lo desconocido, y en lo desconocido todo tiene cabida, todo puede suceder.

Recuerdo que un año durante una tormenta un buque perdió unas docenas de troncos muy grandes, los troncos se dispersaron en el mar y navegaban so taguados es decir a ras de agua o a pocos centímetros debajo de ella, algunas barcas de día encontraron alguno de ellos lo remolcaron a puerto y ganaron sus buenos dineros, pero también hubo algunos accidentes por choques, pérdida de hélices y hasta una lancha de estas muy rápidas que se estampó contra el tronco hundiéndose después, menos mal que en estas costas no hay tiburones blancos.

El próximo paso tocaba definir los tipos de pesca a la que íbamos a dedicarnos para preparar las artes y también hilos y cebos específicos, en mi caso era muy sencillo, pescaría con caña si podía salir de día. Pero de noche básicamente lo haría al curricán, otros experimentos ya saldrían poco a poco, y por supuesto redes y similares nada de nada. El objetivo era pasar el rato.

Mi amigo como era pescador y por aquello de que la cabra tira al monte ya se sabe, empezaría al revés, pero de todo esto yo no quería saber nada.

Es curioso porque en el puerto siempre ha habido polémica entre pescadores profesionales y pescadores deportivos o recreítos como los llaman ellos, los profesionales pueden hacerlo todo, los demás nada. Bien, no entraré en estas discusiones que se llevan años a la gresca, pero es muy curioso que cuando los profesionales se retiran siguen usando de todo y protestando como antes. Y así era mi amigo el pescador, primero todo tipo de redes y luego de vez en cuando un hilo.

Como la pesca con red nunca me ha interesado tampoco la he practicado ni he tenido tiempo para ello, entonces la dejaré un poco de lado, aunque puede que cuente alguna que otra anécdota, pero me centraré principalmente en los hilos que era lo mío, y lo que me gustaba, la pelea uno a uno. Un hombre un pez. Bien en este caso yo aportaba la barca y la motorización mi colega se encargaba de su mantenimiento y a partir de aquel momento íbamos a "fifty fifty, o sea que cada uno hacía lo que quería, en el fondo era lo mejor. Siempre he sido bastante adaptable a todas las situaciones que la vida me ha planteado, y muy raramente "pongo problemas" y resultó que mi amigo el pescador tampoco los ponía, él pescó solo, pescamos juntos los dos y luego yo pesqué solo, se trataba de una convivencia perfecta, la verdad es que "litó" me enseño poco a pescar, pero yo no necesitaba muchas cosas, lo mejor de nuestra sociedad fueron las charlas, y por supuesto "ser amigos".

Quiero relatar aquí un pequeño pasaje para exponer la psicología de mi amigo "litó" el pescador:

Un conocido mío se había comprado una estupenda lancha, me propuso ir a pescar juntos y que yo invitara a mi amigo el pescador," Así podremos ir más lejos y cogeremos más pescado". La finalidad secreta del dueño de la barca consistía en llevar unas cuantas veces al pescador para que este le revelara algunas de sus "pesqueras" así el podría "aprenderlas" todo lo demás era decorado.

- Bueno se lo propondré a mi amigo.

Le mencioné varias veces la invitación a mi colega el pescador, pero el hombre no hizo mucho caso, por lo que yo me olvidé rápidamente de ello. El propietario de la barca volvió varias veces sobre el asunto, y yo volví a mencionarlo a mi amigo pescador, con el mismo resultado. Pasaron meses y cuando todo parecía olvidado, un buen día el pescador me acometió diciendo:

- Qué tu amigo el de la barca todavía sigue interesado en lo de ir a pescar.

- Bueno no lo sé. Sí, supongo que sí, si quieres se lo comunicaré.

- Dile que el sábado a las seis de la mañana en el muelle si todavía le interesa.

El dueño de la barca, claro que todavía estaba interesado, y el sábado siguiente salimos a la mar con las expectativas de un buen día de pesca. Como la barca era grande y rápid provista de dos motores intra borda marítimos de la casa volvo, y no sé cuantos cientos de caballos cada uno, pronto estuvimos "in situ", o sea en el lugar que los pescadores llaman "su pesquera". Fui el primero en lanzar mi caña y poder decir que el primero del día era mío.

A las doce del mediodía, habíamos cambiado quince veces de sitio, habíamos lanzado cientos de veces los hilos al mar y ...no habíamos cogido ni una triste "doncella" que quisiera suicidarse. Ni siquiera nos habían picado. Yo tenía la sensación de estar pescando en el "Mar Muerto", porque allí no había nadie en absoluto. Al final el dueño de la barca nos propuso probar en uno o dos puntos que él conocía, y al menos pescaríamos un platito de serranos para hacer sopa. El pescador se fundía en mil excusas de todos los colores y al final aceptó la propuesta del capitán de la barca, probaríamos en los lugares que él conocía. Efectivamente en estos nuevos puntos empezamos a coger algunos peces y después de una hora teníamos un platito cada uno, al menos podríamos hacer un pequeño caldo.

Regresamos a puerto y mi compañero el pescador seguía excusándose, no comprendía que había pasado con sus pesqueras y si querían otro día probaríamos de nuevo. El propietario de la barca no estaba por la labor de probar otro día, con aquel había tenido suficiente.

Mi amigo "Litó" tenía una característica muy curiosa por cierto, mientras estaba en el mar no podía orinar, a veces hasta llegó a estar mas de quince o más horas sin orinar ni gota, pero cuando ponía un pie en el suelo, lo primero que hacía era orinar en el mismo muelle entre dos barcas aunque hubiera gente delante.

Aquel día no había absolutamente nadie en el muelle, y yo me coloque a su lado a orinar también por aquello que decimos en Mallorca que "un español mai picha tot sol" y me dedique a aquella aliviable actividad. Empezó a hablar.

- Tú amigo el barquero creía que le iba a revelar mis lugares de pesca, y al final ha sido él que me ha revelado los suyos.

- O sea que nos has tenido toda la mañana removiendo la sopa a sabiendas de que no íbamos a pescar nada.

- Hombre de eso se trataba.

- Joder, esto no se hace a los amigos, la próxima vez me avisas y me traigo un libro.

- Si pero se trataba de que la treta funcionara y esto le ha dado más realismo, y ha funcionado ¿no?

- Joder si había funcionado, yo tenía los brazos llenos de agujetas para nada.

De joven mi amigo pescador había ido al colegio, por supuesto, pero esto había durado poco había que trabajar y pronto empezó a navegar, primero con su padre, y luego con otras barcas de pesca, por aquellos tiempos los niños tenían que crecer rápido, las explicaciones para aprender y cosas similares eran pocas y los coscorrones muchos, supongo que por aquello de que la letra, u otras cosas con sangre entra, su función al principio era la de aguantar el timón, y atender las indicaciones que le daban, y hacerlo prontamente y bien, a estribor, ahora a babor, coloca la barca al pairo y demás, una de las veces que se durmió aguantando el timón y no oyó las indicaciones que le daban, un pez voló hacia él clavándole las espinas del dorso en la frente. Jolin, como para perder un ojo.

Después le tocaría estar a los remos, ahora boga, ahora cía, o muchas veces hacer un boga-cía o sea un remo hacia adelante y el otro hacia atrás, y ya de vuelta a puerto, o haciendo una espera había que arreglar cuerdas, aparejos, redes y un poco de todo lo que se hace y usa a bordo de una barca. Recordaba con particular intensidad una vez a medio canal entre Mallorca y Valencia por culpa de la torpeza de su hermano le cayó el balde al agua, el balde era de madera y no se hundió. Le ordenaron que fuera a recogerlo y él sin dudarlo se lanzó al agua, cuando nadaba de regreso a la barca se dio cuenta que su hermano gritaba y daba saltos en la borda señalando hacia atrás, se detuvo a mirar y ver una aleta que se acercaba rápida a toda velocidad, se trataba de un pez de "mandíbula" como el lo llamaba o sea un gran marrajo que iba en busca de un buen desayuno. Apenas tuvo tiempo de colocar el balde entre su cuerpo y el animal que se le echaba encima y que le propinó un buen bocado partiendo el balde casi por la mitad. El animal volvió a la carga posiblemente excitado por el violento chapoteo de pies.

- No esperé al bicho, nadé como un loco hacia la barca, y aún no puedo recordar como subí a ella, pero mi hermano me contó que parecía un mono trepando, el caso es que cuando estaba arriba, notamos un fuerte golpe al lado de la barca, el animal excitado en su persecución había chocado contra nuestro costado. Pero eso sí, no solté el balde, cuando me hube serenado todavía lo tenía en la mano, lo coloqué en su sitio y enrollé la cuerda, los demás marineros me miraban y nadie abrió la boca, estuvieron más de una semana a comentar el caso, y más de dos en hacer bromas al respecto.

- Jolín tío, parecías un pingüino más que nadando corriendo sobre el agua.

Y cosas parecidas.

Durante la posguerra las economías de la mayoría de ciudadanos no estaba muy boyante, y el turismo no había empezado todavía, y la pesca era solamente una actividad de supervivencia, muchos pescadores se veían en la tesitura de tener que redondear sus escasos ingresos contrabandeando. La mayoría de este contrabando eran comestibles, café, té, azúcar, antibióticos y muchas veces tabaco, considerado por muchos como un producto de primera necesidad, y como también quita el hambre como un comestible más.

En encargos especiales transportaban antibióticos que eran muy buscados, y a veces la diferencia entre la vida y la muerte del paciente. Algunos farmacéuticos e incluso médicos del pueblo estaban implicados en aquel tipo de contrabando al considerarlo una ayuda básica para sus pacientes mucho antes que un mero contrabando, y no tan solo no ponían reparos, sino que lo consideraban un deber para con sus pacientes. Una noche recibieron una visita muy inusual en casa llamaron a la puerta a altas horas de la noche y al abrir la puerta allí estaban el médico y el farmacéutico.

- Tenemos dos pacientes muy graves, sin penicilina morirán. Aquí tiene el dinero y mañana sin falta debería traernos la penicilina, toda la que pueda comprar con ese dinero.

La verdad es que el dinero no era mucho, pero aquello era un caso de conciencia y su padre aceptó el encargo, ellos sabían en que aguas debían navegar para encontrarse con un barco nodriza que salía a veces de Tánger, y otras se decía que de Portugal mismo. No les importaba, si el barco estaba allí lo encontrarían y si llevaba antibióticos los traerían, era el encargo y era su palabra. Salieron con la barca mucho antes del amanecer, y para ayudar al pequeño motor y darse más prisa, desplegaron la vela latina, La barca parecía volar sobre las olas, pasadas las diez horas de navegación con viento tan favorable ya estaban en aguas internacionales por donde navegaban barcos y pesqueros contrabandistas. Y efectivamente allí estaba el barco, se trataba de un pesquero de altura que se usaba para contrabandear todo tipo de cosas y con base al parecer en Alger, se acercaron y se abarloaron al barco que al verlos había disminuido su velocidad.

- ¿Qué deseáis, mes garçons?

- Hablaban una mezcla de español francés y árabe y también alguna palabra impronunciable.

Decidieron hacerse un poco las víctimas.

- Verá señor tenemos un hermano muy enfermo y necesitamos antibióticos para curarlo.

- Solo queréis antibióticos y para eso hemos parado.

- Verá señor, lo sentimos, pero es una cuestión de vida o muerte, ahora necesitamos estos antibióticos. Otro día vendremos con mejores negocios.

El capitán del barco contrabandista era un pájaro de cuidado "gent de forca" decía su padre, tenía una fea cicatriz en el rostro y llevaba siempre una pistola en el cinto que por si fuera poco exhibía constantemente.

- Bueno por esta vez aquí tenéis cinco dosis de penicilina son cuarenta pesetas a toca teja, et vite.

- Eso es mucho dinero por solo cinco dosis.

- Eso es lo que hay, o pagáis o des abarloáis rápido.

No quedaba otro remedio, aquel era un precio un poco abusivo para lo que costaban habitualmente los antibióticos, pero no quedaba otro remedio, o pagaban o nada. A pesar de todo a la vuelta estaban contentos porque habían encontrado la penicilina en un tiempo récord y con ello podrían ayudar a los enfermos, pero a su vez estaban enfadados porque aquel desalmado se había comportado como un vulgar pirata aprovechándose de su posición dominante y de su necesidad.

Resolvieron que a la más mínima oportunidad le devolverían el cambio.

Pasó un año largo, y aunque hicieron muchas salidas no volvieron a toparse con el barco nodriza argelino ni tampoco a su capitán pistolero. Pero una noche cuanto menos se lo esperaban:

- Aquel es el barco. Encended las luces y acercaos poco a poco para que puedan vernos bien.

Estaba anocheciendo y no era conveniente acercarse a un barco contrabandista con demasiado sigilo, había patrones de lo más quisquillosos, y como ya sabían muchos de ellos armados hasta los dientes.

- Padre este es el mismo barco de la penicilina.

Efectivamente, su hijo lo había reconocido enseguida aún en la oscuridad era el mismo barco que se habían topado hacía más de un año y que les había cobrado un precio abusivo por los antibióticos que ellos necesitaban.

- Bueno hijo escóndete y a ver, qué haces.

Su hijo Antonio se escondió rápidamente bajo unas redes en la regala de la barca de estribor, mientras su padre iniciaba la maniobra para abarloarse por babor y por la popa donde estaban los demás marineros, y donde se dirigió el foco del barco contrabandista y toda la atención de a bordo.

- Qué queréis. Les gritó la voz áspera y dura del mismo capitán.

- Nos llevaremos un saco de café, uno de azúcar, y un fardo de tabaco si es posible.

- ¿Dinero?

- Cantante y sonante. Y esta vez además llevamos unos dólares americanos que hemos conseguido.

- Esto está muy bien.

Sabido era que la moneda internacional que todos los contrabandistas aceptaban era el dólar americano. Y ellos habían conseguido unos cuántos de los primeros turistas que empezaban a recalar en el Puerto de Sóller. Y mientras marineros y patrones de ambas embarcaciones estaban pendientes unos de otros, porque sabido es que se trata de un mundillo con muy poca fiabilidad, el joven se deslizó con extrema suavidad hacia el agua y nadó por debajo de los barcos hasta el lado opuesto de la embarcación contrabandista a la que subió con el mismo sigilo. En pleno trabajo nadie se apercibió de que tenían un polizón a bordo, y seguramente aquello era lo que menos esperaban, con suavidad el chico ató un saco de café al cabo que llevaba atado en la cintura y siempre con el máximo sigilo lo deslizó al agua donde se hundió y también él lo hizo detrás después de haber tomado una buena bocanada de aire. Cuando estuvo a varios metros de profundidad para resguardarse de las hélices de ambos barcos, se sirvió del cabo para volver a su barca siempre nadando por debajo, pero esta vez se quedó en el agua siempre amparado en la oscuridad y con el bulto de la barca para evitar miradas inconvenientes.

Finalizados los negocios los dos barcos se separaron rápidamente y cada uno siguió su rumbo, no convenía permanecer parados, y menos juntos más del tiempo necesario.

Su padre maniobró con suavidad para que el barco siguiera cubriendo al travieso polizón y cuando estaban totalmente solos y a oscuras le ayudaron a subir a bordo junto a su botín.

- Cuéntanos que has hecho.

- Bueno, les he afanado un saco de café lo tengo colgando del cabo.

- Pues arriba con él, tampoco conviene que está mucho tiempo en el agua. Al llegar a puerto lo lavaremos con agua dulce y lo secaremos en el terrado de casa al sol, podremos beber café todos, una temporada y vender el resto a cambio de las cuarenta pesetas que nos robaron ellos.

Efectivamente, el polizón que no tonto había elegido uno de los sacos más grandes que llevaban estibados en la regala del barco contrabandista presto para ser descargado. Cuando los piratas echaran cuentas notarían que algo les faltaba, pero no sabrían lo que en realidad había pasado, y puede que nunca lo supieran. De todas formas, lo mejor sería evitarlos una larga temporada por si las moscas, los contrabandistas, ladrones ellos, eran gente muy desconfiada e irritable, y si solamente sospechaban de la "broma" podía acarrear consecuencias, por ello su padre les advirtió severamente.

- De todo lo acontecido esta noche ni una palabra a nadie, ¿habéis comprendido?, a nadie en absoluto, en boca cerrada no entran moscas, y no es cuestión que estos pájaros tengan conexiones que nosotros desconocemos y por hablar demasiado nos encontremos un día con una navaja entre las costillas. ¿Entendido?

- Por supuesto padre. No diremos nada a nadie, ni mencionaremos el asunto.

- Bien hecho hijo mío, así quizás estos bandidos aprendan que no se puede joder tan fácilmente a nadie, aunque si no se enteran mejor. Lo sabremos nosotros y basta.

No volvieron a toparse con el barco argelina y quizás ello fuera lo mejor, evitando tentaciones se evitan pecados.

Un vecino extranjero me había regalado un rapala enorme de los que no había todavía en España, cuando mi amigo Litó se quedó un poco asombrado pero fiel a su modo de ser no hizo comentarios, solamente dijo.

- Cuando sea el momento oportuno lo probaremos.

Mucha gente cuando se acerca al agua ve que en el mar hay peces, y cree que con mojar un anzuelo ya basta para pescarlos. Pero cada especie es diferente y también su comportamiento, y el momento oportuno es algo a tener muy en cuenta si lo que se quiere son unos buenos resultados. Un día preparamos un sedal grueso como una cuerda, yo mencioné que los peces lo verían de lejos y se reirían del engaño.

- Veremos. Contestó mi amigo y no hizo más comentarios.

Un atardecer del mes de noviembre, después de casi una semana de un fuerte temporal de mestral y fuertes lluvias mi colega me llamó.

- Hoy es el día, probaremos tu nuevo y enorme rapala.

No confiaba poder pescar nada, pero después de muchos días amarrado, tenía mono y acepté el salir y probar. El atardecer todavía estaba muy encapotado, pero soplaba un ligero viento de mestral y a ratos aparecía la luna que estaba en pleno apogeo y cuando asomaba su brillante cara daba al mar un aspecto muy interesante, el agua estaba muy blanca, pero queríamos probar el nuevo engaño.

- Puedes echar el rapala, coge bien el sedal, pero no te lo enrolles en la mano.

Puse el pez artificial en el agua, y enseguida noté sus vibraciones que se transmitían a través del sedal a mi mano, el pez nadaba y se movía correctamente era de madera, pero tenía una especie de barba metálica lo que le hacía vibrar y estaba armado con tres anzuelos tridentes muy afilados.

- Ves tras varios días de temporal el agua está muy blanca y además los peces tienen hambre intuirán el cebo, pero no verán los hilos, hoy es el día oportuno para usar este engaño.

El rapala nadaba vigorosamente, y la mano me dolía de aguantar y por la fuerte tensión del hilo, me di dos vueltas a la mano para aguantar mejor.

- Si te enrollas el hilo en la mano y cogemos algo gordo terminarás en el agua.

Pensé que me tomaba el pelo, ¡Je!, algo gordo, y seguí con el sedal de la misma manera. Apenas habían pasado unos minutos noté un fuerte tirón, bueno más que un tirón me dio la impresión que el cebo había quedado parado de golpe, en seco, lo que con la velocidad de la barca me echó violentamente hacia atrás, el hilo empezó a apretarme en la mano y apenas tuve tiempo de poder quitármelo, mi amigo me miraba con cara de travieso y buen conocedor de lo que estaba pasando.

- Y ahora qué pasa.

- Creo que hemos enganchado un fondo porque el pez ha quedado inmóvil de golpe.

Mi compañero que estaba al timón empezó a virar y cogiendo el hilo dijo:

- Veamos que tenemos aquí. No es un fondo así que coge el hilo y aguanta luego empieza a recoger poco a poco mientras yo viro con la barca, veamos lo que sale y procura mantener el sedal siempre tenso.

Mientras mi compañero y amigo maniobraba la barca en un gran círculo para poder mantener el sedal tenso, pero no demasiado, yo por mi parte intentaba hacerme con un hilo que no se movía y que se resistía como si en vez de un pez, hubiera enganchado un submarino atómico.

- Seguro que no hemos enganchado un fondo de barca, una cuerda o una roca, o lo que sea, porque esto no cede ni un milímetro.

- No. No te preocupes como el sedal es resistente suficientemente, tú tira.

Nunca antes en mi vida había enganchado algo digamos tan enorme, y no me daba la sensación que al final del sedal pudiera haber algo vivo, solamente un hilo que no cedía y punto.

- Tira. Tú tira sobre todo a medida que voy haciendo los círculos más cerrados.

Yo estaba tirando como un loco, las manos me dolían y algunos dedos empezaron a sangrar, ahora el hilo empezó a ceder, pero poco a poco, no sabía si en efecto era el hilo lo que cedía o era la barca que en realidad se acercaba. Dudaba. De repente el hilo cedió unos metros y pareció que subía a la superficie, por supuesto era lo que estaba haciendo, súbitamente el pez salió del agua en un salto de unos metros y dio dos o tres vueltas al aire. Me quedé extasiado mirando aquella bestia soberbia que al fin había dado la cara, menos mal que mi compañero estaba al tanto e impidió que el sedal se me escapara de las manos y también que se destensara.

- Si tonteas con estos movimientos cortará el sedal en el aire y te quedarás sin pez y sin rapala. ¡Venga espabila!

- Jolin, no hemos cogido un pez, esto es la mismísima Moby Dick.

- Venga no hables tanto, sigue tirando no le des cuartel o se nos escapará.

O fue la adrenalina, o fue la emoción, o lo que fuere, pero ya no sentía frío, ni dolor en las manos, ni nada por el estilo, toda mi atención estaba en la pelea con aquel animal. Quería verlo, quería cogerlo, quería enseñárselo a mi esposa, a todo el mundo, ¿Cómo era posible un bicho de aquel calibre pudiera nadar por la pequeña bahía del puerto de Sóller,

- Mecachis, si lo se antes no me baño en estas aguas, con estos bichos sueltos.

El tiempo pasó volando, pero en realidad estuvimos casi una hora y media, solamente para acercar el animal a la barca, cuando pude verlo por primera vez me pareció un torpedo plateado que venía hacia nosotros, directo, pensé que si chocaba con la barca nos hundía.

-   ¡Ojo!, No permitas que pase por debajo de la barca si consigue restregar el sedal con el casco lo romperá.

Me tumbé todo lo que pude, esquivé el motor como pude, y conseguí pasar al otro lado sin que el sedal tocara el casco del barco.

-   Bien, ahora tienes que dedicarte a interrumpir sus carreras y procura mantener el sedal siempre tirante, sigue tirando de él.

Ahora ya conseguía acercar el animal a la barca, pero cuando estaba cerca parecía que sus bríos se renovaban, se revolvía, tiraba con más fuerza, y a escaparse de nuevo a expensas de la piel de mis dedos. Pero poco a poco se iba acercando cada vez más y más.

-   Si consigues acercarlo un poco más podré engancharlo y ya será nuestro. Así que vivo.

Nunca hizo el más mínimo gesto para ayudarme, cosa que le agradezco, aquel resultó un rato increíble, que no cambiaría por nada del mundo, y solamente recuerdo algunos momentos más emocionantes, que serían el día de mi boda, y el nacimiento de nuestra hija.

En una de sus idas y venidas conseguí que el animal se acercara a la barca para que mi compañero el pescador que estaba al tanto de todo consiguiera engancharlo con un gancho que llevábamos a bordo precisamente para estos menesteres.

- ¡Ala! Ya es nuestro, este no se nos escapa.

Pero aún enganchado y siendo dos, no resultó tarea nada fácil subir aquella bestia a bordo, era un animal enorme y quería mucha guerra. Pero cuando pude pasarle un lazo por la cola y anudarlo a la barca supe que ya era nuestro.

Nunca había visto un animal así, pescado un pez como aquel, claro está que en los documentales de televisión se pueden ver animales tan grandes y más, pero aquello está muy lejos y tras una pantalla, Este estaba allí en mis manos y dando coletazos y mordiscos a diestro y siniestro.

- Ojo que no te muerda, las heridas de estos dientes sangran durante mucho tiempo y tardan luego en cicatrizar o se infectan.

Conseguimos taparle la cabeza con un trapo y mi compañero le daría unos cuantos trompazos con un palo de abordo y así el animal cesó de moverse.

- Bueno pienso que por esta noche ya tenemos suficiente, empieza a plegar el sedal y resto de cosas volvemos al amarre.

En total llevábamos más de dos horas y media con aquella pelea, aunque a mi me parecieron solamente minutos. Después tocaba pesarlo porque en palabras de mi compañero pescador aquel era el espetón más grande que el hombre había visto en sus múltiples años en el mar. Efectivamente el pez pesó doce kilos trescientos gramos, y toda la gente que acudió a verlo nunca habían visto un espetón de aquel calibre y en el puerto. Madre qué animal. Madre que pelea. Madre qué emoción.

Desde entonces he pescado muchos animales de esta especie y algunos muy grandes, pero nunca ninguno llegó a igualar a este. Un espetón de doce kilos trescientos gramos. ¡Qué torpedo!

Existen siempre múltiples maneras de comerse un buen espetón, pero para nosotros son tres las maneras de comerse un buen y sabroso de estos peces.

La primera es el más sencillo, recién cogido, cortado a rodajas, enharinado y frito. Se suele comer frito y todavía caliente. Su carne así blanca como la leche es digestiva, muy sabrosa y nutritiva. Mi abuelo solía decir que contenía mucho fósforo para "el celebro".

Dos secretos, limpiar el pescado recién cogido con agua de mar en la misma barca, cocinarlo lo más pronto posible, un buen pescado fresco solamente precisa una gota de aceite de oliva, y una gota de limón, nunca comer un pez de más de tres kilos, los grandes tienen hebras de carne marrón y esta amarguea.

La segunda de las maneras es también frita, con "tumbet Mallorquín" o sea verduras fritas y una salsa de tomate encima unos minutos al horno para que caramelice un poco y listos.

Pero quizás el mejor modo de comerse un pescado como estos sea en escabeche, un buen escabeche, un día de reposo y al coleto.

Para escabecharlo hay que freírlo, se coloca en una fuente con cebolla y zanahoria muy finas cortadas en juliana luego se añaden unas hojas de laurel, unos granos de pimienta, y vinagre del bueno, se tapa y se deja reposar. Mi abuelo decía "bocato di cardinale".

Y para los muy sibaritas se puede cocer al horno bien cubierto de sal gruesa unos quince minutos, luego se retira la sal y aparece una carne blanca muy sabrosa añadir unas gotas de aceite de oliva de las almazaras de "Son Catiu" en Inca y listos un exquisito resultado.

Los sibaritas lo maridan con un vino blanco "Son Blanc" añada del 2006 de las bodegas C,as Majoral de Algaida Mallorca. Premio Bacchus de oro.

Ahora solamente falta la compañía, pero este es su trabajo.

12 . - Secretos

Todos los pescadores tienen sus secretos. De pesca claro está, porque en el fondo todos tenemos nuestros pequeños secretos de la vida. Algunos son secretos inocentes, sin importancia, otros a veces son secretos inconfesables, y otros son los llamados secretos a voces, o sea secretos que conoce todo el mundo, pero siguen siendo secretos.

Bueno yo me refiero aquí a secretos de pesca. Y esto, en el mundo de los pescadores es un secreto infinito.

Mi colega Sitó tenía muchos de ellos, y era misión imposible arrancárselos, de hecho, yo ya no lo intentaba, lo dejaba y cuando la fruta estaba bien madura entonces caía del árbol. Conocíamos a otro pescador al que llamaban "viscaí" porque su familia era oriunda de esta provincia del norte de la península o del norte de España, - a pesar que determinadas corrientes ideológicas que "Juaristi" llama "enfermos de melancolía" en la medida que el que padece esta enfermedad no para de quejarse de haber perdido algo que nunca ha tenido -, que como era lógico en el mundo de la pesca, el hombre se adornaba de poseer el secreto más deseado en todo el Puerto de Sóller.

Como era de imaginar por mi carácter curioso e investigador, que pronto me picaría el "gusanillo", qué cosa podía ser un secreto, y cuál podría ser el secreto más anhelado por todo el mundo de la pesca, en este apartado rincón del Mare Nostrum.

Al parecer el secreto en cuestión atañía a la manera de pescar "dentons" que son un hermoso y deseado pez, por el sistema del curricán usando de cebo a otro pez más pequeño al que nosotros llamamos "vaca", y que por lo visto es un gran cebo.

En mi vida he pescado dentons porque para ello en principio se precisa de algo de lo que yo siempre he ido escaso y que se llama tiempo, una barca grande o al menos mucho más que la que yo poseía por entonces, que permitiera salir de la pequeña bahía de Sóller con ciertas garantías de poder volver y poseer determinados aparatos entre ellos una rueda de curricán, ahora ya existen cañas especializadas para estos menesteres, pero no entonces. Lo que llamamos vaca era por lo visto una de las presas apetecidas por el denton como lo es el calamar, pero más caro y que poco se usa como cebo y menos entre los profesionales, la vaca decía, tiene la particularidad de que cuando la cogen muere rápido, y al morir se va retorciendo, con lo que al colocarla de cebo da vueltas como un molinete y no pesca es decir que los animales no la atacan.

El hombre poseía un secreto para que esto no sucediera.

Pasaron más de veinte años durante los cuales nos vimos con cierta regularidad por diferentes razones, pero nunca conseguí que me revelara el tipo de secreto, aunque una y otra vez hablamos del tema. Siempre me prometía que antes de morir revelaría su secreto, pero no por el momento. Estaba sobre ascuas, ¿qué secreto podía ser tan importante o interesante como para mantener una persona sobre ascuas más de veinte años y no revelarlo?, más y cuando solamente se trataba de un secreto de pesca, nada del otro mundo. No hablamos del tesoro del pirata Morgan o algo parecido.

Indagué otras personas, amigos y conocidos de ambos incluso a sus hijos y nadie sabía ni imaginaba de que cosa podía tratar aquel puñetero secreto.

Una pesquisa estéril. Un callejón sin salida.

Así con este cuento pasaron veinte años. Una noche me llamaron de urgencias a las tres de la madrugada, el viscaí estaba sufriendo un fuerte dolor, al parecer el hombre tenía un fuerte cólico de riñón algo que resulta muy molesto y muy doloroso también. Cuando llegué a su casa el hombre estaba postrado en la cama sudoroso y retorciéndose de dolor. Después de reconocerlo y asegurarme de que mis sospechas eran correctas dije:

- Bueno amigo, tiene usted un cólico de riñón, para aliviarle ahora debo ponerle unas inyecciones intravenosas y entonces el dolor le pasará, más adelante tendremos que estudiar si ello es debido a piedras en el riñón que es lo más común o a otras causas, pero ahora ha llegado la hora de hacer un buen intercambio: yo le quito este dolor, y usted me revela su secreto.

- Serás tan hijo de la gran p…de que no me cures si no te lo revelo.

- Pruébeme.

- No puedo esperar esto me duele horrores. El secreto es que para usar una vaca de cebo y que no se retuerza y nade correctamente para ello se le rompe la espina con un trozo de caña por dentro de la boca para no romper el pez.

Naturalmente le coloqué las inyecciones, que igualmente le hubiera puesto porque con estas cosas no se juega, y mientras el dolor empezaba a cederle, dije.

- Tengo algo para usted voy a buscarlo y en unos minutos regreso mientras todo el tratamiento hace su efecto.

Me llegué a casa, unos meses antes otro paciente francés también pescador me había regalado un utensilio parecido a un sacabocados precisamente para este fin, o sea sacar la espina del pez sin romperlo, para que en el agua no se retuerza y sea más flexible y por tanto un buen cebo para pescar.

De vuelta ya en su casa y el hombre libre de su doloroso cólico le di el utensilio.

- Tenga usted, a partir de ahora podrá retirar el espinazo entero sin romper el pez y así aún nadará mejor que si solamente lo rompe con una caña.

- Entonces tú ya conocías el secreto.

- En absoluto, yo solo tenía curiosidad para saber "qué era un secreto", pero ya ve que en la pesca y en muchas otras cuestiones pocas cosas son un secreto hoy en día. Y como yo nunca iré a pescar dentons, como en realidad así ha sido le regalo este útil para que haga de su secreto un mejor cebo.

Esto era un secreto y éste era su secreto, y esta la historia de su descubrimiento. Total, una chorrada, pero que duró veinte largos años.

Cuando se lo conté a mi amigo pescador no me contestó adoptando un aire reflexivo.

- ¿En qué estás pensando? Pregunté.

- Espero no tener ningún cólico de riñón. Me respondió.

Y se marchó con aire pensativo, como si en aquel momento se hubiera dado cuenta que los secretos ni eran tan secretos como quizás había pensado, y a su vez eran más vulnerables de lo que se esperaba. Vamos como si con aquel conocimiento se le acabara de robar algo a él. Meses después tomábamos un café a la vez que vigilábamos el mar en unos días que éste se había mostrado especialmente revuelto y nos planteábamos si por seguridad debíamos cambiar la barca de lugar de amarre, hasta uno más seguro, dijo:

- Tengo que contarte unos secretos.

- ¿Y esto a qué viene ahora?

- Verás, si tengo un cólico o me muero quiero hacerlo en paz, tranquilamente, y sobre todo sin cuentas pendientes, así mi juicio será breve.

- Y la sentencia rápida. Repuse

- Rápida o no ya dará igual porque yo habré descargado mi fardo.

Entonces procedió a contarme algunos secretos que para él eran importantes, pero que ni eran secretos ni para mí revestían ningún interés, algunos se trataban de historias de contrabandistas y otros de índole más personal.

- Bueno ya te encuentras más descargado.

- Supongo que ahora sí.

- Ego te absolvo ad pecatis tuus.

- Venga no te cachondees. El tiempo parece empeorar y hay que cambiar la barca de amarre.

En una ocasión pescábamos mi hermano y yo de palangre, entonces había más peces en el mar que ahora, y llevábamos un pescador viejo y casi ciego a los remos, lo llevábamos porque había sido un antiguo amigo de mi padre y para que pudiera ganarse alguna peseta, su única función real a bordo consistía en mantener la barca alineada cuando sacábamos el palangre lo que nos facilitaba mucho el trabajo a cambio le dábamos una pequeña parte de lo cogido y que el hombre llevaba a su casa para comer o bien lo vendía para sacar algo de dinero. Un día sucedió que estábamos sacando un palangre yo tiraba del hilo y mi hermano retiraba los peces y los dejaba en un lado para luego proceder a clasificarlos. Entre las capturas cogimos un "jarret" y luego otro, y dos más, cuando sucede una cosa así quiere significar que el palangre estaba sobre un gran banco de este tipo de pescado, porque en general estos peces no se cogen en el palangre, y si lo hacen indica que están ahí y en mucha cantidad. El viejo pescador que nos acompañaba, que apenas podía ver por la edad preguntó de repente que tipo de pez habíamos cogido, por el sonido al chocar el pez contra las tablas el "puñetero" ya se había dado cuenta de que aquella no era una captura normal de palangre. Mi hermano me miró a los ojos y contestó.

- Una araña, si se trata de una araña y cuidado que no te pique.

Mi hermano ladino él no quería darle pistas antes de hora.

Cuando ya dejábamos el barco amarrado para llevar el pescado a la lonja, mi hermano comentó solo para mis oídos:

- Luego embarcaré las redes y mañana iremos a por el jarret.

A la mañana siguiente y preparados con las redes esperábamos a nuestro compañero viejo que ya se retrasaba, con las redes del jarret a bordo y vistas las señas del día anterior augurábamos una buena jornada de pesca, pero nuestro compañero seguía sin aparecer. Cierto es que el jarret es un pescado barato, pero siempre que encuentras un cardumen sueles llenar la barca, al final da muchos beneficios y se vende bien. Como el marinero no llegaba mi hermano empezó a temer que el hombre hubiera tenido problemas por la noche y necesitase ayuda.

- Iremos a su casa no sea que nos necesite.

Y así lo hicimos y casi corriendo llegamos a su casa. Su esposa ya estaba en la ventana limpiando las persianas todo parecía normal y no nos daba la impresión de problemas. Le preguntamos por su marido, no había venido a la barca. Contestó:

- Hoy ha salido una hora antes que de costumbre. Pensaba que estaría con vosotros.

- Nos marchamos casi a la carrera, subimos a la barca mascando rabia y sospechas y pusimos proa al punto donde habíamos pescado el jarret con el palangre.

Y por supuesto allí estaba nuestro marinero, pero…con otra barca…y otra tripulación, nos estaba robando el jarret. El hijo de la gran p…se había dado cuenta de nuestras intenciones, y quizás por unas pesetas más al momento, había vendido nuestra información sobre el cardumen de jarret a la competencia. Y ciertamente ellos pescaron el jarret, y mucho. Y como estábamos seguros a la mañana siguiente nuestro marinero traidor se presentó a la barca como si nada hubiera pasado. Mi hermano con todo el cabreo del mundo sacó la escopeta que llevábamos a bordo y la amartilló apuntándole a la barriga:

- Marinero traidor y falto de toda moral, si te atreves a poner un pie en la barca te mato.

El marinero se marchó corriendo con la cola debajo del culo, pero al día siguiente a la misma hora y por espacio de más de tres meses bajaba al muelle y se colocaba de tal manera para que pudiéramos verlo.

- El marinero vuelve a estar allí. Comenté una mañana.

- Antes pego fuego a la barca que volver a ver a este perro traidor a bordo de nuestra barca.

Claro el mensaje. Y no volvimos a hablar del tema. Una mañana nos dimos cuenta de que el hombre ya no estaba allí. Nunca más volvió.

Hacía mucho calor y aquel día el mar estaba como un espejo, como suele decirse, "mar podrida" dicen los pescadores, esperábamos que anocheciera para ir a pescar o a coger según se mire cangrejos reales. Mi amigo el pescador me había augurado una inmejorable captura, hoy es el día perfecto, pero…ojo con los dedos.

Como siempre empezó a hablar sin preguntarle:

- Debía tratarse de un día de calor y calima como éste cuando Jesucristo acompañado de su inseparable San Pedro llegaron al puerto de Sóller. Sudaban a mares, como sudamos ahora nosotros sin movernos. Un viejo pescador que estaba sentado en el suelo a la sombra de una pared los vio y compadeciéndose de ellos les invitó a sentarse y a beber un vaso de agua fresca de una jarra de arcilla que tenía a su lado. Quizás le dieron pena al verlos. O quizás porque parecían extranjeros. A veces hacemos por un extranjero que no conocemos lo que nunca se nos ocurriría hacer para un vecino que vemos cada día. Los dos hombres se detuvieron bebieron con fruición su vaso de agua le dieron las gracias y luego siguieron con su camino, quizás tuvieran algunos asuntos que atender en el Puerto de Sóller. Al atardecer los dos hombres estaban de partida y al pasar por el mismo sitio vieron al viejo pescador que seguía sentado sin aparentemente haberse movido del lugar. Jesucristo lo señaló e hizo un breve comentario a su acompañante San Pedro, que se acercó a donde estaba sentado el pescador.

- Mire usted, ya estamos de partida y queríamos agradecerle de nuevo que nos diera el vaso de agua fresca. Aquel señor de allí es Jesucristo, y yo mismo soy San Pedro, también pescador, por cierto. Y hemos decidido concederle un don, puede pedirnos lo que quiera, pero con una condición solo una, y es que de lo que pida, a su inmediato vecino le daremos automáticamente el doble. El hombre abrió mucho los ojos emocionado y sorprendido por la propuesta y empezó a mesarse la barba.

- Se trata de una propuesta muy delicada ¿puedo pensarla un poco?

- Hombre piense un poco, pero tenga en cuenta que ya estamos de partida. Nos vamos enseguida.

El viejo pescador siguió pensando y mesándose la barba un buen rato. Casi una hora después San Pedro insistió:

- Decídase buen hombre que ya nos vamos.

- Bueno puessss…si a mi vecino le van a dar el doble, mi petición es que me saquen un ojo.

Me quedé con la boca abierta, nunca antes había oído una historia como aquella, tan increíble, tan perversa tan… Pero no hice ningún comentario.

Aquella noche cogimos cangrejos reales como nunca en nuestra vida, la barca estaba llena. Tuvimos que detenernos para poner un poco de orden porque por toda la barca había cangrejos y bichos moviéndose y…mordíaaannn. De aquella historia nunca más hablamos, pero tampoco nunca más la he olvidado. Pero no fue la única, puedo jurar que con mi amigo el pescador pescamos poco, pero historias, lo que se dice historias, aprendí un montón.

En otra ocasión que pescábamos calamares a la puesta del sol, y los calamares se habían ido al caribe, porque allí nadie nos daba las buenas noches, el hombre empezó a hablar de nuevo.

- En cierta ocasión un viejo marinero oriundo del Puerto de Sóller, bregado en los siete mares porque por todos ellos había navegado, y que era conocido como el "patró Martí" recalo en el puerto de Marsella. Todos los marineros que han navegado mucho saben que el Puerto de Marsella se trata de un lugar disoluto donde todo es posible. Fácilmente hacerte rico, como lo más probable es perder hasta la camiseta, puedes acostarte con una hermosa y estupenda señorita y amanecer en un fuerte de la Legión Extranjera en medio del desierto magrebí, o contemplar a una bella vietnamita fumando con la vagina, tener contrato para embarcar en seis barcos diferentes en un mismo día o pasarse seis meses sin poder embarcar en ninguno, y así sucesivamente porque la cosa podría alargarse como el rosario de la aurora.

El caso es que nuestro viejo patró Martí estando tomando unos vinos en uno de los bares del puerto de Marsella, entabló conversación y al final se hicieron amigos con otro marinero ilustre que también al parecer también tenía una vasta experiencia por haber navegado mucho y de muchas maneras. Estuvieron toda la noche hablando, riendo, y contándose todo tipo de historias y de aventuras de las que ambos iban largamente sobrados.

A la hora de despedirse, ya amaneciendo, el extraño marinero le dijo al patró Martí que su nombre era San Raimundo de Peñafort, veterano navegante como él y un poco santo, y que ya que se habían hecho tan buenos amigos y habían pasado tan alegre e interesante velada en su compañía a cambio el hombre quería concederle un don.

- El que vos me pidáis sin límites ni excusas.

Bueno la verdad es que a nuestro patró Martí aquello le cogió un poco por sorpresa, nunca antes le había pasado una cosa parecida y tampoco antes había tenido la oportunidad de conocer a otro gran navegante y santo, además, tampoco se había parado a pensar que haría en una situación similar. Mesándose la barba repuso:

- Bueno verá, la verdad es que soy un hombre austero, no derrocho ni mal gasto el dinero, tampoco tengo vicios, y la verdad es que en estos momentos nada necesito.

El hombre insistió, un don sin límites, eran amigos se despedían y quería hacerle un regalo. Él elegiría.

- Bueno verá, en principio no necesito nada, tengo una pequeña cantidad ahorrada en un banco que me solucionará la vejez, tengo trabajo y bien pagado, por cierto, he viajado ya por todo el mundo y conozco los siete mares, no tengo vicios, y he sido un buen cristiano así que con toda probabilidad a mi muerte iré al Cielo, así que en fin, sí deseo algo… me gustaría ver el infierno antes de morirme.

- Hecho.

El marinero y santo, se sacó un papel y un lápiz del bolsillo y escribiendo le entregó un papel y dijo:

- Este es su pase, cuando quiera lo presente en una de las mil puertas que tiene el infierno, y el demonio de guardia le enseñará todo lo que desee sin ningún problema ni compromiso.

Bueno, el patró Martí no tenía razones para dudar, pero por ahora tampoco un interés desmesurado, así que se metió el papel en el bolsillo de su chaqueta, se despidió de su amigo como hubiera hecho con cualquier otro amigo que se hubiera ganado este calificativo y ahora cada uno siguió "su rumbo" como suelen decir los marineros. Pasado un tiempo de la noche pasada con su amigo y por supuesto también de su "pase para el infierno".

Siguieron pasando los meses, y puede que también los años, porque ya se sabe que cuando uno está muy ocupado, y más si la ocupación resulta interesante, el tiempo pasa volando, hasta que un buen día cepillando su chaqueta nuestro buen patró se encontró de repente con cierto pase en un bolsillo.

- Vaya. El pase para "visitar" el infierno, ya no me acordaba de ello, bueno la verdad es que mañana tengo el día libre en el puerto y probablemente sea el día adecuado para usarlo y hacer la visita.

Y así lo hizo, a la mañana siguiente se lavó hasta las orejas, se vistió adecuadamente como si de domingo se tratara y buscó en un rincón entre unas rocas una de las múltiples entradas al infierno, que como es sabido se encuentran siempre en cuevas profundas y oscuras. El lugar olía mal, en el fondo de la cueva había una puerta negra que estaba cerrada a cal y canto, y además parecía hacer muchos siglos que nadie la había abierto. Bien se revistió de valor, y con la seguridad de quien ha sido un buen cristiano a lo largo de su vida, y no tiene nada que temer llamó a la puerta sonoramente tres veces. Su padre siempre le decía que había que llamar tres veces, la primera era para la gente lista y atenta, si todo el mundo fuera así con esta vez sola ya bastaría. La segunda para los tontos y los que siempre están en babia, en el mundo hay muchos de este tipo. Ganado abundante. La tercera es para los que están dormidos. Hay mucha gente deambulando por el mundo, pero que en realidad están totalmente dormidos. Vaya para ver si se despiertan de una sola vez.

Oyó voces que se acercaban jurando y rezongando y maldiciendo en una lengua extraña que le sonó a arameo, oyó ruido de pasos, pero como si anduvieran, y anduvieran kilómetros, al final ruidos de puertas, chirridos, goznes oxidados, maderas rotas y candados destrozados a martillazos. Al final la puerta se abrió, y en el dintel hizo su aparición el tío más feo que jamás ojos humanos hubieran contemplado, y además tenía cuernos, vamos que era un demonio cornudo.

- ¡Tú! ¿Qué maldita cosa deseas, que te ha traído a perturbarme en mi infernal siesta? Dijo al final entre toses, maldiciones, babas y demás.

El patró no respondió, se sacó su pase del bolsillo y se lo entregó al feo diablo portero.

- ¿Qué diablos pretendes? Y ahora además me he dejado las gafas sobre la mesa.

Cerró la puerta, volvió a abrirla, hizo esperar al patró Martí, apareció y desapareció y al final volvió con sus gafas.

- Veamos ese papel.

Se lo tendió de nuevo.

- Vaya se trata de una autorización de visita. Sabía que existían, pero nunca había tenido la oportunidad de ver una. Pero vamos no te quedes de pasmarote en la puerta, ¡pasa!

Le dijo al tiempo que se ladeaba y cediéndole el paso justo para poder entrar, diríase que tenía miedo que algo o alguien de dentro se le escapara. El patró entró y se colocó a un lado para dejar al diablo pasar delante y que le abriera el camino.

- ¡Ah sí! Yo seré tu guía, pero espero que no me molestes con muchas preguntas tontas. Sígueme.

Descendieron por una empinada y oscura pendiente en la que el visitante estuvo a punto de tropezar unas veinte veces, subieron por unas escaleras talladas de piedra llenas de agua y de moho y que resbalaban más que la piel de una anguila, si habéis tocado una anguila alguna vez en vuestras vidas.

Volvieron a bajar por un pasillo lleno de telarañas , torcieron hacia la izquierda, luego de nuevo a la derecha por otro pasillo en el que parecían que andaban pisando cáscaras de huevos, o lo que sería peor, "bichos" de todo tipo, giraron de nuevo otra vez a la derecha y aquí los huevos que pisaban estaban podridos porque olían a infiernos, por cierto términos de lo más ajustados, y volvieron a bajar por otro pasillo lleno de agua y barro, y puede que alguna mierda de demonio. Al final después de tantas vueltas y revueltas que nuestro capitán había perdido ya su rumbo, cosa rara y difícil en tan avezado marinero, llegaron a una gran nave con una bóveda tan alta que casi no podía verse el techo, y desde luego no el final.

- Voilá, dijo el malcarado demonio con una mueca que pretendía ser graciosa pero que asustaba al más valiente de tan terrible y fea que era.

- ¿Qué es eso? Preguntó el asombrado patrón.

- ¿cómo que, qué es eso? ¿qué va a ser?, eso es el infierno, ¿O no habías venido a ver eso?

La sala además de ser enorme estaba llena de unas enormes ollas de algunos metros de altura y más de diámetro, todas tapadas con su correspondiente tapadera, a fuego lento, parecían estar dentro, parecía que algo hervía dentro, se oían extraños ruidos que a veces, y solo a veces le recordaban gritos humanos, estando en apuros o pidiendo socorro.

- Pero qué son tantas ollas, me había imaginado el infierno de otra manera. Si de otra manera.

- De otra manera, de otra manera, siempre pretendéis imaginaros el infierno, y no sabéis nada de nada. Porque nunca nadie se ha escapado de aquí para contarlo. ¡Esto es el infierno!, no hay otro.

Aquello era el infierno y no había otro. Así a bote pronto no parecía tan terrible, húmedo eso sí, caluroso y mal oliente también, pero nada más.

¿Nada más? Insistí preguntando:

- ¿Y tantas ollas?

- Aquí es donde están las almas en pena de los condenados, cada olla corresponde a un lugar, mira: ésta es Madrid, aquella de allí es Barcelona, la otra más lejos es Nueva York, y así, dentro estás las almas para toda la eternidad, cociéndose poco a poco como pecadoras que son.

Bueno aquello si parecía terrible de verdad, porque la palabra eternidad tiene un significado muy eterno. Le llamó la atención que en el fondo había una de las ollas que no tenía la tapadera colocada, y precisamente hacia allí le llevaron sus pasos.

- ¡Hey! Tú, que yo soy el guía oficial.

- Perdona es que aquella olla no tiene tapadera, ¿está vacía?

- No nada de eso. Pero esta es la olla que corresponde al Puerto de Sóller y no precisa de tapadera.

Esto le intrigó de sobremanera, levantó la vista de nuevo y volvió a mirar el mar de ollas y de tapaderas, todas estaban bien tapadas, y solamente la que correspondía al Puerto de Sóller carecía de ella y estaba destapada. Insistió.

-   ¿Pero por qué es la única que está destapada?

-   Ya me estás cargando un poco con tanta pregunta, yo soy un demonio ¿sabes?, y los demonios no responden preguntas, pero ya que tú tenías un pase de primera te lo diré, pero es la última pregunta que respondo, ¿entendido?

-   Vale, lo he comprendido muy bien.

-   Verás, pues, esta olla puede estar destapada porque este es el sitio del Puerto de Sóller, cuando una de las almas que allí está dentro intenta salir, las otras la cogen por los pies tiran de ella y no la dejan ni tan siquiera asomarse. ¿Lo comprendes ahora? Ala ya se acabó la visita.

El patró Martí se quedó de piedra. Aquello nunca lo hubiera imaginado, luego dócilmente siguió al demonio portero que lo dejó de nuevo en la puerta. Poco a poco el hombre regresó cabizbajo a su casa. Había constatado que los hombres son malos para otros hombres en la vida diaria, aún en el infierno.

También sabía que en las cárceles los presos que lo han perdido todo, en lugar de ayudarse, también allí se van haciendo trastadas de todo tipo. Hasta a veces el más malo es el propio jefe de la cárcel. Pero lo que nunca hubiera imaginado es que aquella maldad pudiera llegar a extenderse hasta en el infierno, porque aquello suponía una maldad eterna, casi podía aseverar que el hombre es intrínsecamente malo, y esto es muy difícil de digerir.

Decidió que al menos él no haría nada de eso, se retiraría, compartiría lo que tenía y se comportaría correctamente con sus semejantes, y por supuesto evitaría por todos los medios el ir a parar a las ollas del infierno.

Pocas cosas me enseñó mi amigo pescador de pescar debo admitir que la didáctica no era su fuerte, pero me enseñó, al fin y al cabo, con él aprendí a apreciar el olor a mar, a apreciar el olor a vida.

Pero él mismo que tanto amaba la vida cometió un grave error a saber, cometió el horror de fumar, y de fumar mucho. Y un día a punto de salir a pescar notó un fuerte dolor en el vientre que lo llevó al servició de urgencias del hospital de Palma tenía un gran aneurisma disecante de Aorta típico de grandes fumadores y aquello lo mató

Espero amigo que pesques en paz en ríos y mares llenos de peces.

12 . – Funeral Vikingo

Mi esposa me ha pasado una orden, y yo, como no, debo cumplirla, es sencilla y tajante: Poner orden en el garaje y eliminar todo lo que sea innecesario o resulte superfluo. Siempre me ha gustado la pesca, pero nunca he tenido muchas cosas, en su momento tuve una barca y la regalé junto con el motor y todos los aparejos de pesca, en realidad ahora solamente me quedan dos cañas, la que uso para la pesca de mosca, y la que uso para lanzar. La que uso para la mosca es un regalo de mi tío Sebastián que vivía en Francia y que en paz descanse, se trata de una caña hecha de bambú a mano y vendida por los grandes almacenes de Saint Etienne del país vecino. La segunda es una caña también especial para mí, es de base de bambú y punta de nylon confeccionada por mi padre, de hecho, fue la primera caña que él me regaló y con un carrete de lanzar japonés, cuando en España no los había, no tengo más no lo he necesitado y no lo he amontonado. Ahora con el tiempo he dejado la pesca, los años pasan para todos y también para mí, ahora prefiero pasear por las márgenes del río y contemplar los peces y sus evoluciones, que pescarlos, aunque sea sin muerte.

Ya he limpiado el garaje he eliminado todo lo que era innecesario y he recogido mis cañas y los pocos hilos y moscas que me quedaban, pero soy incapaz de tirarlos. Mi pequeño torno también lo había regalado, así como otras pequeñas cosas como tijeras, un pequeño cuchillo para dividir las plumas y demás.

He subido de nuevo al río cerca de Fornalutx , un amigo mío tiene un olivar allí, con su permiso he hecho un fuego con madera de olivo que se guarda de las podas y de los árboles muertos, se trataba de una buena hoguera grande, arde muy bien y deja un olor a madera muy agradable, si de vez en cuando uno pone una ramita de romero en el fuego, entonces perfuma medio valle, en su pleno apogeo he colocado mis cañas y todo lo que tenía de pesca allí y lo he quemado todo, incluso mi diario de pesca con los secretos de casi setenta años de observaciones, de lances, de pensamientos, de experiencias y demás, en realidad allí está toda mi vida de pescador en el Valle de Sóller. Con la caña de bambú ha sido fácil, la otra me ha costado un poco más, pero al final lo he conseguido, también los carretes e hilos, poco a poco el fuego se ha ido extinguiendo, la madera del otro año estaba muy seca y ha ardido rápido y sin dejar carbón, solamente cenizas.

He recogido todas las cenizas, las pequeñas partes metálicas del carrete y los anzuelos lo he enterrado en un hoyo, el hierro terminará de pudrirse y servir para las plantas y demás, las cenizas las he llevado al Torrent Major y cerca del desnivel del Gorg d,en Bessó donde en su momento pude ver el famoso y temido monstruo del Torrent Major, allí las he lanzado a las aguas al tiempo que rezaba una oración de agradecimiento para ellas. Después de las últimas lluvias el agua venía crecida y corría con alegría, estoy seguro que el polvo de las cenizas pronto llegará al mar, y allí se integrará en lo que yo llamo la "gran obra".

Yo por mi parte no volveré a pescar nunca más, y cuando mi garaje "personal" sea limpiado me encantaría que mis cenizas hicieran el mismo recorrido y también poder unirme con mis cañas y mis apreciados ríos y mar, o sea con la creación misma.

Este es el funeral que se merecen mis cañas, un funeral vikingo, me han servido correctamente, y les deseo un descanso en paz.

Y cuando mi cuerpo deje de funcionar, que tan bien me ha servido, para él deseo y solicito a mis descendientes el mismo "funeral vikingo"

Amén.

El Prat diciembre de 2020

Todas las historias y personajes de este libro son ficticios e inventados, cualquier semejanza con la realidad es pura e involuntaria casualidad.

PIEDRA GRABADA
RITO FECUNDACON
de la CABRA

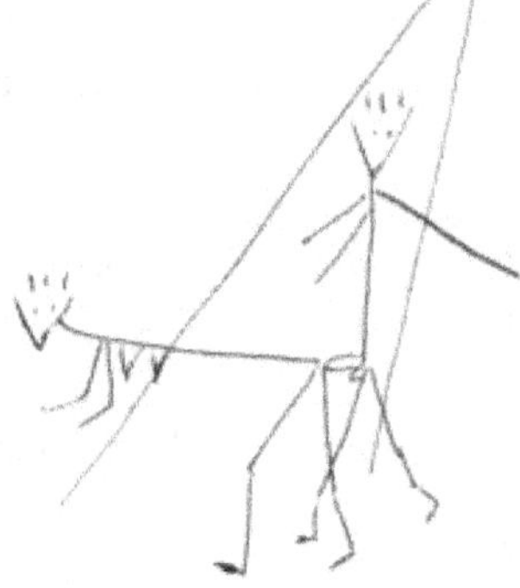

TIRANTE
de PESCA ESPETONES

www.ingramcontent.com/pod-product-compliance
Lightning Source LLC
Chambersburg PA
CBHW051957150726
47999CB00004B/1422